le mauvais frère

christine latour

le mauvais frère

Quinze / prose entière

Collection dirigée par François Hébert

Couverture : d'après une maquette de Roland Giguère
Illustration : Graeme Ross, *Premier rang de Cacouna,*
        sérigraphie (détail).

PS
9573
.A86
M38
1980 / 46,553

LES QUINZE, ÉDITEUR
(Division de Sogides Ltée)
955, rue Amherst, Montréal
H2L 3K4
tél. : (514) 523-1182

Distributeur exclusif pour le Canada :
AGENCE DE DISTRIBUTION POPULAIRE INC.
(Filiale de Sogides Ltée)
955, rue Amherst, Montréal
H2L 3K4
tél. : (514) 523-1182

Copyright 1980, Les Quinze, éditeur
Dépôt légal, 2e trimestre 1980
Bibliothèque nationale du Québec

ISBN 2-89026-236-7

I

Voir pleurer Monique est un régal pour les yeux et procure une véritable satisfaction esthétique. Je ne sais pas comment les autres la voient ; entre soeurs, il y a des jalousies auxquelles j'ai eu la chance d'échapper. Mais moi, je l'observe d'un point de vue d'homme et c'est quelque chose de bien. Juste assez, rien de trop. Assez d'élégance, pas trop d'ostentation.

Sa coiffure est seyante, à la mode, mais discrète, comme il convient à un jour de deuil. Son visage porte quinze ans de moins que sa cinquantaine bien atteinte. D'après Henriette, qui n'y met aucune mesquinerie, cette éternelle jeunesse doit beaucoup à la palette d'Elizabeth Arden. C'est possible, je n'y connais pas grand-chose. Mais Monique n'a pas l'air maquillée. Au surplus, elle s'habille d'une façon qui me plaît. Avec son tailleur gris-bleu, elle évite le lugubre m'as-tu-vu du noir, mais ne se laisse pas aller à la vulgarité des couleurs vives.

— Viendrez-vous chez moi après l'enterrement ? m'a-t-elle demandé tout à l'heure. On pourra... elle a hésité un instant devant un terme trop larmoyant... se remettre de nos fatigues en prenant un café.

J'ai acquiescé, comme je le fais toujours dans les grandes circonstances familiales, bien que je n'aie aucun plaisir à retrouver mes soeurs. Je crois d'ailleurs m'apercevoir qu'elles-mêmes n'ont pas tant de joie à se revoir. Mais il le faut. Jusqu'à ce que nous soyons tous morts, il faudra qu'à chaque décès, les survivants se réunissent autour d'une table toujours plus aérée, pour sacrifier au rite des adieux aux morts. Mes enfants trouvent ce cérémonial hypocrite et inutile. Ils ne s'y sont quand même pas dérobés, du moins jusqu'à présent. Mais Hugo, qui va sur ses quinze ans, trouvera sûrement le moyen d'esquiver la prochaine corvée, à moins que ce ne soit la suivante. Je ne m'y opposerai certes pas. Henriette, plus conventionnelle que moi, fera connaître son déplaisir, mais ce sera tout. Hugo commence à prendre seul les décisions qui le concernent. Pour ce qui est de Marin, ses treize ans restent méprisants, mais silencieux, devant ce déploiement de chagrins mondains. De tout l'après-midi, il ne prononcera pas trois phrases, même avec ses cousins.

— C'est nous autres, les aînés, à présent, m'a chuchoté Sabine d'une voix mouillée, alors que je la faisais entrer dans ma voiture à la sortie du cimetière. Et comme je demeurais muet, elle a ajouté, croyant que je n'avais pas compris :

— Papa était déjà parti, et maintenant maman. Et cette pauvre Nora. La mort commence à regarder de notre bord.

J'apporte un soin infini à mettre de l'ordre sur la banquette arrière de l'auto. Sabine m'énerve. Elle a le génie des mots crispants, des attitudes excessives, des embrassades goulues que les enfants ont tendance à essuyer d'un revers de main. Cette façon de nous appeler « les aînés », de dire « partir » au lieu de « mourir » et surtout, surtout, d'évoquer « cette pauvre Nora ». S'il y a un terme qui convient mal à Nora, même maintenant qu'elle est morte, c'est bien celui-là. Mais peut-être que j'exagère. Peut-être les mots qui me hérissent chez Sabine me paraîtraient-ils tout à fait naturels chez Monique. Malheureusement, quoique je m'entende mal avec Monique, j'ai pour elle une espèce de préjugé favorable, de cette sorte de préjugé que nos compagnes nous reprochent souvent d'avoir envers les jolies femmes. Et c'est vrai qu'il s'agit d'un sentiment de cet ordre. Monique est présentable partout. Si un quiproquo nous faisait prendre pour des conjoints plutôt que pour les frère et soeur que nous sommes, je n'aurais pas honte, bien qu'elle ait sept ou huit ans de plus que moi. Tandis que Sabine... c'est à elle qu'irait le terme de « pauvre Sabine ». Elle a, je crois, une sensibilité plus profonde et plus altruiste que Monique. Elle est beaucoup plus accessible que Nora, qui était toujours prête à sortir griffes et dents contre quiconque s'occupait de ses affaires. Mais Sabine porte le fardeau des maladroits. Tout se retourne contre elle et, bien que personne n'ose carrément la détester parce qu'elle ne fait jamais rien de mal, chacun lui en veut d'être là et se sent soulagé dès qu'elle quitte les lieux.

Je m'impatiente :

— Eh bien, montes-tu, Sabine, ou si tu attends quelque chose ?

— Oui, oh ! excuse-moi, Victor. Non, je me demandais si Louis-Marie avait pu trouver de la place avec quelqu'un d'autre. Notre auto est au garage.

Je hausse les épaules avec exaspération. Mais Sabine me regarde avec des yeux d'épagneul et je soupire :

— Assieds-toi, je vais voir où il est. Non, non, ne bouge pas. Et tes enfants ?

— Oh, ne te dérange pas pour eux autres, explique-t-elle avec empressement. Ils sont avec Alexis.

Tiens, c'est vrai : Alexis est là, lui aussi. Toute notre jolie famille est décidément représentée. Nora affirmait que mon aversion envers Alexis venait de ce que, comme les coqs de basse-cour, je ne supportais pas la présence d'un autre mâle dans mon aire d'influence. C'est peut-être vrai, ce doit même l'être si j'en juge par la colère qui m'habitait quand elle m'assenait des phrases de ce genre.

Je m'égare. Je regarde mon frère et mes sœurs, je leur cherche des puces, je les étudie sans indulgence. J'oublie que nous sommes ici uniquement pour rendre un dernier hommage à notre mère. Mais je n'arrive pas à me mettre dans l'ambiance. Je n'arrive pas à avoir du chagrin et, pourtant, je suis certainement celui envers lequel ma mère avait le plus de complaisances, « LE fils » avec un grand LE, disait Nora. Elle ajoutait :

— Toi, maman t'aime. Tu peux te permettre de lui en vouloir pour ci et ça. Nous autres, elle nous tolère, alors on s'efforce de ne penser que du bien d'elle pour conquérir son affection.

Et elle ajoutait avec un rire guttural :

— Autant extraire de l'or d'une mine avec une cuillère à café.

C'est vrai. Ma mère m'aimait, enfin ! elle m'aimait à sa façon, autoritaire, possessive, intolérante, sarcastique, mais elle me laissait me défendre, chance qu'elle n'a pas accordée à tous.

Monique intervient dans le cours de mes pensées et me prend le bras :

— Si on partait, Victor ?

Je hoche la tête. Tout en la tenant aux épaules, je ne puis m'empêcher de penser à notre mère qui trouvait Monique trop belle pour être issue d'elle. Pendant notre enfance, Monique nous a bercés, cajolés, tapés. Elle a énormément aidé maman à tenir maison et en a retiré une sainte horreur du désordre et de la saleté. Sa maison est un chef-d'oeuvre de goût et d'agrément pour les yeux. Ses deux filles sont aussi jolies qu'elle, mais ne réussissent pas, dans leur vingtaine avenante, à rivaliser avec l'appétissante maturité de Monique. Du moins à mon point de vue, mais ce ne doit pas être celui de tout le monde : mes nièces ne manquent pas d'hommes autour d'elles.

— Pourquoi me regardes-tu comme ça, Victor ?

— Monique, aimais-tu vraiment maman ?

Ma question a été trop brusque : je sais, rien qu'à voir son air, qu'elle ne me dira pas la vérité. Elle va prononcer les mots qu'elle croit de bon ton de dire et déjà, je ne l'écoute plus. C'est le côté du caractère de ma soeur qui me déplaît le plus : son hypocrisie mondaine :

— ...surmonter les rancunes mesquines... notre unique mère, après tout... certaines injustices...

Pour un psychiatre, il y aurait sans doute un certain intérêt à fouiller dans le vocabulaire de Monique pour déceler sa pensée profonde. Mais moi, j'aime les choses nettes et sans mystère. C'est d'ailleurs la première fois de ma vie que je me livre à un peu d'introspection. Ni la mort de mon père, ni celle de ma soeur Nora que j'adorais ne m'ont poussé à une telle soif d'analyse.

Les autres respectent mon silence qu'ils doivent prendre pour du recueillement. Durant le trajet en voiture, je n'ai rien entendu de ce que pouvait bien me dire Sabine. J'en ai même du remords. Devant la porte de Monique, je tapote l'épaule de ma soeur dans un essai de fraternisation. Aussitôt, je le regrette : mon geste libère la digue et lance Sabine dans un débordement de larmes et de transports affectueux :

— Ah Victor ! Je l'ai toujours su que tu étais un tendre, au fond. Mauvaise tête, mais bon coeur, ajoute-t-elle avec un sourire tremblotant en me flattant la joue comme à un enfant de six ans.

Tout à coup, je revois mon père qui, indifférent à tous ses enfants, appelait Sabine « mon p'tit noroît ». C'était sans doute, chez cet homme théâtral, une façon de se reconnaître une certaine parenté avec la plus maladroite et la plus cabotine de ses enfants. Je me rends compte, soudain, que Sabine a bien dû sentir cette affection et en porter le deuil. Et je lui pose sottement une question, presque la même qu'à Monique :

— Qu'est-ce que tu avais comme sentiment pour notre père, Sabine ?

Mon intuition, pour une fois, ne m'a pas trompé. Ma soeur me regarde d'un air sérieux et je sens qu'elle va me parler avec sincérité et bon sens, ce qui est rare chez elle :

— Je l'aimais beaucoup. Évidemment, je ne le lui montrais pas parce qu'il n'aimait pas les filles. Il aurait aimé n'avoir que des garçons...

— Qui t'a dit ça ?

— Lui, réplique-t-elle doucement. Il me parlait, de temps à autre, comme on se parle tout seul. Je pense que je ne le dérangeais pas. C'était rare qu'il m'adresse la parole directement. Une fois, il m'a quand même dit : Sabine, si tu veux faire du théâtre, étudie-le, lance-toi là-dedans, monte sur les planches, mais pour l'amour de ton public, ne nous impose pas des répétitions continuelles.

Elle rit, tout à coup. Ce reproche lui a rendu son père plus réel et plus aimant que n'importe quel compliment et je me demande si ce n'est pas en mémoire de lui qu'elle a continué à cultiver son penchant pour la tragi-comédie. Brusquement, elle m'émeut :

— Il me trouvait irréfléchie, impulsive, mais il disait que j'étais sensible et capable de passion. Il...

Le moment de grâce est écoulé. Sabine se remet à pleurer avec ostentation, s'accroche à mes revers, niche son front sur mon épaule :

— Viens, Sabine, on nous attend chez Monique.

En entrant chez Monique, on a l'impression qu'elle est restée à la maison tout le temps de la cérémonie des obsèques pour préparer le goûter. En un instant, nous sommes débarrassés de nos manteaux, installés dans des sièges, un verre à la main. Je remarque qu'après une hésitation, Alexis a accepté un scotch. Je sais qu'il se méfie de l'alcoolisme, qui a atteint notre père et Nora. Chaque fois qu'Alexis prend plaisir à boire, il se demande si le démon ne s'est pas emparé de lui. Mais en réalité, je n'en sais rien. Envers lui comme envers Sabine, je manque d'indulgence. Je crois que je n'aime pas voir les problèmes des autres. Sabine et Alexis constituent des problèmes vivants qui me crispent et me poussent à la fuite. Nora, elle aussi, était assaillie de problèmes, mais elle n'en parlait pas. Malgré son alcoolisme, elle était gaie, d'une gaîté parfois forcée :

— Buvons, frérot, lançait-elle en jouant les vieilles pochardes. Hier nous blesse et demain est foutu. Buvons, mon frère.

Quand je lui demandais pourquoi elle buvait autant, elle me chuchotait en roulant des yeux de façon comique :

— J'ai des malheurs, moi, monsieur. Je vous vois double et votre sosie est aussi laid que vous : il y a de quoi boire.

Bref, elle ne me demandait rien, et si je sentais son désespoir, j'étais beaucoup trop égoïste et trop prudent pour chercher à la sonder.

Pour le moment, c'est Alexis qui boit. Oh ! qui boit, c'est beaucoup dire, mais il le fait de façon si misérable qu'on le croirait vraiment seul à boire. Tandis que je le contemple sans amitié, Monique s'approche de moi et, tout en me souriant des yeux, elle me demande :

— Comment te sens-tu, Vic, maintenant que c'est nous, les vieux ?

C'est bien ça, la même question, posée par Sabine ou par Monique, ne me produit pas le même effet.

— Pour l'instant, je ne sens rien, dis-je dans un effort de franchise. Mais il faut dire que je suis un gars aux réactions lentes.

À ce moment, Henriette s'approche de moi :

— Les garçons voudraient s'en retourner à la maison. Ils disent qu'ils ont rendez-vous. Ils demandent s'ils peuvent partir.

Puis avec un sourire d'excuse à notre hôtesse :

— Tu sais ce que c'est, à douze et quinze ans, les réunions funèbres...

Monique hoche la tête, avec ce rien de condescendance qu'elle a toujours eue envers Henriette et qui m'agace sans que je puisse m'en défendre :

— C'est bien naturel, les pauvres choux ! Si tu laisses la voiture à ta femme, Vic, j'irai te reconduire.

J'accepte, feignant de ne pas voir le reproche écrit dans le regard d'Henriette. Il est vrai que je ne me porte guère à la défense de ma femme devant ma soeur aînée. Défense contre quoi, d'ailleurs ? Il s'agit de cent riens, de minuscules escarmouches, un plissement de paupières, un mot prononcé sur un certain ton, une fugitive allusion... Mais Henriette, qui a accepté avec sérénité les défauts de toute ma famille, renâcle devant l'attitude de Monique :

— Elle est jalouse, mon chéri, tu ne t'en aperçois pas, jalouse parce que je suis plus jeune qu'elle.

Henriette est beaucoup trop modeste pour affirmer qu'elle est plus jolie que ma soeur.

— Et puis j'ai des garçons et elle a des filles.

— Mais voyons, Henriette...

— Je te jure que ça compte, dans les familles, la transmission du nom et toutes ces choses.

— Mais ce n'est pas notre nom qu'elle aurait transmis, puisque...

— Monique est à l'ancienne mode derrière ses allures dernier cri. Elle ne m'aime pas.

— Et toi, tu l'aimes ?

Henriette ne biaise jamais :

— Pas beaucoup. Je suis peut-être un peu jalouse d'elle, moi aussi, de son élégance, de son raffinement. Mais je la trouve malveillante, égocentrique, revendicatrice.

Tout mon portrait, au fond, mais Henriette m'aime trop pour s'en aviser.

Pour l'heure, je regarde s'éloigner Henriette, sous l'oeil de Monique à qui, j'en suis persuadé, aucune de mes pensées n'a échappé.

L'esprit ailleurs, j'échange des propos anodins avec les uns et les autres, j'aide Monique à faire circuler les tasses de café, je finis par saluer Alexis qui me répond avec sécheresse.

Je suis plongé dans mes souvenirs. Est-ce le fait de revoir tout le monde à la fois qui m'a replacé dans l'atmosphère de mon enfance ? C'est possible. Une pointe aiguë de nostalgie me fouille soudain et je me revois à Villy, avec Nora, courant à toutes jambes sur la plage déserte, à l'aube, dans les cris des corneilles et les balbutiements de la marée montante.

Il m'est désormais impossible d'observer le mouvement de la marée sans éprouver une étreignante impression de paradis perdu : Villy, son anse tiède et paisible, ses falaises de tuf, sa grève caillouteuse et les sapins noirs au-dessus desquels planaient en croassant des essaims de corneilles ; Villy, avec les pêcheurs d'anguilles qui, suivant le cours de la marée, descendaient la côte soit de jour, soit de nuit, pour aller relever leurs « pêches » et offrir la primeur de leur moisson odorante aux villégiateurs.

Ni moi, ni aucun de mes frère et sœurs, je pense, n'a connu une enfance très heureuse. Pourtant, Villy, c'était pour nous tous plus qu'un chalet d'été : c'était un peu de liberté dans une vie d'habitude sévèrement contrainte, c'était de marcher pieds nus au lieu de nous meurtrir les orteils dans des chaussures toujours trop petites ou les bottines que ma mère nous faisait porter. Villy, c'était le vieux père Chalifoux, avec ses yeux d'enfant et sa carrure de roc inébranlable malgré ses septante et quelques années. Villy, c'était Nora et moi, heureux comme nous ne l'étions que là, pataugeant dans les flaques de soleil et d'eau, poursuivant à la course des « suisses » jamais atteints, érigeant des barrages sur le ruisseau glacé et, certains matins, allant rendre hommage à la magnifique épave de goélette qui, échouée dans le sable, se recouvrait lentement de mousse et de coquillages et gîtait davantage à chaque mois, au moment des grands-mers.

— Tu l'as vue brûler, toi, la goélette ? me demandait

Nora, dont les quatre ans étaient prêts à croire n'importe quoi de la part de mes arrogants six ans.

— Non, répondais-je avec regret, c'était la nuit.

Et avec rancune :

— Personne m'a réveillé.

Mais ne voulant pas renoncer tout à fait à épater Nora :

— Par exemple, je l'ai vue arriver sur la grève à marée haute, elle était pleine d'or.

Plus tard, il est arrivé à ma soeur de me reprocher mon attitude d'alors :

— Tu abusais de ma crédulité, parce que j'étais plus jeune, que j'étais une fille et que maman ne m'aimait pas.

— Qu'est-ce que l'amour de ma mère avait à voir avec mes « accroires » ?

— Ça te rendait plus sûr de toi pour me mentir impunément.

Mais ce matin-là, nous restions sur place, figés, immobiles, émerveillés comme toujours devant l'épave. Il n'en restait que la proue, un petit bout de quille et le mât de beaupré. La fine étrave pointait encore vers l'ouest, comme pendant la nuit terrible où elle avait pris feu.

— Moi, dis-je à Nora, j'en bâtirai une goélette. Pas trop grande, mais aussi belle que celle-là. Je serai le capitaine, puis je surveillerai l'équipage pour qu'il mette pas le feu.

— Moi aussi, répétait Nora, piquée de n'avoir pas exprimé en premier lieu un rêve aussi mirifique.

Je la toisais avec mépris :

— Les filles bâtissent pas de goélette. Elles sont pas capitaines, non plus. T'es bête.

Quand je me montrais aussi catégorique, Nora ne disait rien. Elle pâlissait sous son hâle et semblait céder. Mais son petit visage farouche affichait clairement un entêtement inébranlable et un désir de surmonter à tout prix les interdits et

18

les tabous. Jamais par la suite n'a-t-elle été aussi décidée que ce matin de juillet, alors que, murée derrière son orgueil et mon abandon, elle bâtissait dans sa tête des rêves d'avenir d'où mes pareils et moi-même étions exclus.

Est-ce ce même matin que les grands-mers, plus violentes qu'à l'habitude, ont fracassé contre la falaise la plus grande partie de l'épave que nous vénérions ? Je ne puis l'affirmer. Mais je revois Nora, ses mèches brunes et raides encadrant son visage doré, les yeux secs et la bouche crispée, essayant de libérer, avec ses mains de bébé, quelques planches à demi pourries que le choc avait abîmées.

Pourquoi ai-je aujourd'hui du remords d'être demeuré indifférent à son chagrin ? La goélette symbolisait-elle pour Nora quelque chose qui durait en dépit des défenses, comme elle désirait obscurément le faire ? Déjà frondeur, j'avais enfoncé mes poings dans les poches de mon short :

— Elle est foutue, cette goélette. Je souhaite que la marée emporte le reste. Ça fait de la saleté sur la grève.

Nora leva sur moi des yeux tragiques et ne pipa mot. Ma défection devait lui être encore plus pénible que le bris de l'épave. Je ne puis m'empêcher de songer maintenant que j'ai toujours eu cette attitude envers elle : une affection débordante, suivie d'une crise de cynisme et d'indifférence glacée, devant laquelle elle ne se révoltait jamais. Simplement, elle apprenait à ne pas compter sur moi, sur ma parole, sur mes sentiments. Elle m'était fidèle, mais n'aurait pas misé grand-chose sur ma fidélité.

Est-ce aussi ce matin-là que ma mère avait grondé Nora pour avoir déchiré son short, lui reprochant de se livrer à des activités de garçon ? Il m'arrivait souvent de soutenir ma sœur contre l'intransigeance de maman, mais cette déplorable fois, je n'en fis rien. Nora reçut l'algarade avec une trompeuse impassibilité et ne m'appela pas à son aide.

Je crois comprendre tout à coup pourquoi le remords m'empoigne aujourd'hui plutôt qu'un autre jour. Au cimetière, j'ai nettement vu, en retrait du groupe que nous formions, la fille de Nora, accompagnée d'un homme, debout dans la neige fraîchement tombée. À ma connaissance, elle n'a salué personne et personne ne l'a vue ou n'a fait mine de la voir, à part moi. Et moi-même, pourquoi ne l'ai-je pas accostée et embrassée ? Nora est morte depuis trois ans, sa fille doit avoir aujourd'hui à peu près vingt ans, quelques années de plus que mon aînée, je pense.

Oui, c'est ça qui me tarabuste. Je sais qu'au cimetière, j'ai commis le même acte d'abandon qu'il y a plus de trente-cinq ans. En même temps, il y a en moi quelque chose qui refuse d'aller vers cette fille et de lui donner l'affection indéfectible que j'ai refusée à ma propre soeur. Mon ambivalence me fait un peu honte, à moi qui ai toujours passé dans la famille pour l'homme équilibré, décidé et sûr de ses objectifs. Peut-être est-ce pour garder cette réputation que je n'ose pas établir avec les gens des relations un peu plus profondes ? Je l'ignore, mais je ressens une grande honte, comme si j'avais fait mourir Nora de ma main.

— À quoi penses-tu ? me demande Monique, m'arrachant à mes élucubrations.

— À la fille de Nora.

J'ai répondu très vite, oubliant de vérifier si la franchise m'attirerait des ennuis.

— Ah ! fait simplement Monique. Tu l'as vue, toi aussi.

Interdit, je lève les yeux sur elle. Elle me regarde en coin et je sais que nous sommes au moins deux à avoir honte.

II

Pendant des jours, j'ai ruminé ce désagréable sentiment que crée la mauvaise conscience. À l'école, quand j'étais petit, on nous décrivait l'âme d'un pécheur comme un cloaque si puant et si inconfortable que je me demandais comment ces pauvres délinquants avaient le courage de persévérer dans leur choix de la mauvaise route. Aujourd'hui encore, j'ai peine à ne pas éprouver une sympathie immédiate pour tout ce qui s'appelle déviant, délinquant, marginal, dissident. Et c'est bien pourquoi Nora, fille-mère, avait droit à tout mon appui. Autrefois, je me sentais incroyablement veinard d'appartenir à la mince cohorte des élus, et cette certitude créait en moi un déchirement. D'une part, j'étais poussé à une certaine solidarité envers les pécheurs ; d'autre part, l'égoïsme parlait haut chez moi. J'y tiens, à cet égoïsme, « féroce » d'après Sabine, « attardé » d'après ma mère, « masculin » selon Monique ; Nora, elle, parlait de mon égocentrisme « victorien », c'est-à-dire propre à Victor.

Encore maintenant, ce réflexe défensif, quel que soit le nom que je lui donne, m'incite à demeurer neutre et lointain vis-à-vis de ma famille. C'est pourquoi j'ai assez mal accueilli l'appel téléphonique de Sabine qui m'annonçait en coup de théâtre l'intention de Monique d'accueillir chez elle la fille de Nora.

— Qui t'a dit ça, Sabine ? Calme-toi, je te prie, je n'ai qu'une paire d'oreilles, ne la transperce pas.

— C'est Monique, qui veux-tu ?

— Elle t'a appelée pour t'annoncer ça ? m'exclamé-je, incrédule.

— Non, répond Sabine sans fausse honte. Ça me tracassait, cette histoire de la fille de Nora. Au cimetière, elle avait l'air désemparée...

C'était le secret de Polichinelle, si je saisis bien. Malgré moi, je suis un peu vexé de n'être pas le seul à avoir entraperçu Aurélie. Mes soeurs, qui ne se sont pas bornées, elles, à jeter sur ma nièce un regard furtif, commentent maintenant entre elles les raisons de sa visite au cimetière et sans doute ses moyens d'existence. Plongé dans des pensées rageuses, j'entends à peine Sabine qui poursuit inlassablement :

— ...ce serait toi qui lui aurais déconseillé d'y aller ?

Un silence m'apprend que Sabine m'a posé une question. Je suis bien en peine d'y répondre. Tant pis pour moi. Je suis forcé de demander à ma soeur de reprendre son récit, malgré l'agacement que j'éprouve chaque fois qu'elle me raconte quelque chose. Il ressort de ce long monologue que le remords a rongé aussi le coeur de Monique. Mon aînée, qui a pourtant coutume d'agir plus intelligemment, a appelé Aurélie pour l'inviter à venir vivre chez elle. Il paraît que ma nièce, en fidèle enfant de sa mère, a nettement envoyé promener Monique, mais sur un tel ton de persiflage que cette dernière s'est refusée à accepter ces propos pour ce qu'ils valaient. Elle croit qu'en sous-main, j'ai incité Aurélie à refuser toute alliance avec la famille.

— Qu'est-ce que tu vas faire ? s'enquiert Sabine. Je te préviens que Monique a une dent grosse comme ça contre toi.

Elle se pourlèche, Sabine. Elle savoure intensément ce moment, prélude à d'éventuelles querelles fraternelles. On pourra se visiter, organiser de gentils colloques perfides, servir de petits goûters au vinaigre et au fiel, casser du sucre sur les dos tournés. Je réponds avec froideur, en me félicitant intérieurement de ma sagesse :

— Si Monique a invité Aurélie chez elle, c'est qu'elle croyait devoir et pouvoir le faire. Je ne crois pas que je serais le bienvenu en lui conseillant après coup de n'en rien faire.

22

— Mais elle pense que le refus d'Aurélie vient de toi.

Ça, c'est un appel clair : je t'en prie, mon petit Victor, ne laisse pas s'échapper une si belle occasion de brasser de la zizanie, on s'ennuie tant de ce temps-ci. Je reste inébranlable :

— Qu'elle le pense, je n'y puis rien.

Sabine se fait insinuante :

— Je comprends très bien que tes liens avec Aurélie ne regardent personne, pas même Monique. Après tout, tu avais une affection particulière pour Nora : il est normal que ton amitié se reporte sur sa fille.

Venant de Sabine, le coup est assez subtil. Elle feint maintenant d'ajouter foi à l'accusation de Monique. Peut-être même n'est-elle pas consciente de ses agissements d'incendiaire. Je serre les dents avec violence, preuve que la tactique était bonne :

— Tu es gentille de m'avoir appelé, Sabine. Si tu as le goût de venir me voir un de ces quatre...

Elle n'était pas trop contente quand elle a raccroché. Tant pis. Je sais maintenant que Monique boudera quelques jours avant de me rappeler, mine de rien et le verbe haut. Mais je ne m'étais pas avisé que nos rapports, à Nora et à moi, avaient tant fait souffrir mes autres soeurs. Et peut-être même Alexis en a-t-il senti le contrecoup. Mais pourquoi pensent-elles que...

Allons bon. Le téléphone ne me laissera pas en paix aujourd'hui. Pour une fois que je suis seul à la maison un samedi. Je vais passer mon temps à...

— Salut, Victor. C'est Aurélie.

— ...

— Tu ne me reconnais pas ?

Ma seule réaction est d'être furieux contre Monique. Elle n'a fait que devancer le moment où elle avait le droit d'être fâchée contre moi. Maintenant qu'Aurélie m'a appelé, je ne pourrai plus nier avec vraisemblance.

23

— Je peux te voir, Victor ?

— Mais... oui, bien sûr.

Pourquoi est-ce que je bafouille ? Pourquoi n'est-ce pas naturel de la part d'Aurélie comme de la part de n'importe lequel de mes neveux et nièces de venir voir l'oncle Vic ? Et je sens que Sabine a réussi à distiller en moi un sentiment de clandestinité et de culpabilité. Fruit de la belle éducation hypocrite que nous avons reçue. Tout faire, mais n'en point parler. Penser tout le mal qu'on voudra, mais ne le laisser entendre qu'à demi-mot. Ne jamais lancer une vérité de face à quelqu'un, mais insinuer cinquante fois pire.

Ma colère me démontre que je n'ai pas réussi à surmonter ce code d'hypocrisie que m'enseignait la V.D., la vieille dame, comme Nora et moi l'appelions dans les temps lointains de notre adolescence rebelle. J'ai un léger frisson en songeant que la V.D. n'était guère plus âgée que je ne le suis aujourd'hui.

Voici Aurélie. Elle est grande, plus que ne l'était sa mère, mais elle lui ressemble étonnamment. Dans sa main, elle fait sauter les clés d'une petite voiture qu'elle a garée juste devant la porte. Son jean délavé, son chandail ajusté, ses mèches châtaines en désordre, tout en elle me rappelle sa mère. Oh ! Nora, Nora, je t'aimais tant, je le sais maintenant !

Les larmes m'ont brusquement monté aux yeux, sans que j'aie pu l'empêcher. Interdite, la jeune fille a esquissé un mouvement vers moi. Mais j'ai un geste de retrait, comme tout mâle surpris en flagrant délit de larmoyer, et elle recule également ; je m'aperçois alors que ce que je prenais pour de l'arrogance n'était qu'une profonde timidité.

— Salut, Victor.

Elle n'ose pas m'embrasser. Et moi, bêtement, je tiens la porte ouverte sans songer à la faire entrer. Enfin, je m'éveille :

— Excuse-moi, Aurélie. Entre. Je suis seul, tu vas partager une bière avec moi, c'est tout ce que j'ai à t'offrir.

— Ça ira, j'ai pas mal soif.

— Tu as une auto ?

Je lui ai posé la question pour dire quelque chose.

Sa voix est brève quand elle me répond :

— Non. C'est quelqu'un qui me l'a prêtée.

En lui tendant son verre de bière, je la regarde un instant. Les traits offrent une certaine dissemblance d'avec ceux de Nora, mais l'étau qui m'a étreint le coeur tout à l'heure ne se desserre pas. C'est ma petite soeur qui est là, devant moi, fumant en cachette une cigarette offerte par moi, buvant une bière interdite et conduisant une voiture défendue. Ma voix est rauque quand je lui dis :

— On t'a déjà dit que tu ressemblais beaucoup à... à ta mère ?

Elle hoche la tête en silence.

— Où vis-tu, maintenant ?

Ses sourcils se froncent, elle dresse un peu la tête et je pense à un petit animal prenant son élan avant de s'enfuir.

— Pourquoi me demandes-tu ça ?

Je décide d'être net.

— Écoute, Aurélie, si tu dois prendre chacune de mes questions pour une manoeuvre ou pour une menace, restons-en là. On prend une bière ensemble, c'est bien, c'est agréable et on n'est pas obligés de devenir des amis si tu ne veux pas. Mais si tu veux qu'on s'entende, tâche de ne pas grimper sur tes grands chevaux chaque fois que je te demande comment ça va ou ce que tu deviens.

Elle sourit, d'un air un peu mélancolique.

— Tu sais que ta soeur Monique m'a appelée ?

— Sabine m'a téléphoné pour m'en informer.

Ma nièce lève un sourcil étonné.

— Sabine ? Ah oui, Sabine. Mais qu'est-ce que Sabine...

Je hausse les épaules :

— Je ne saurais te dire. Tout ce que je sais, c'est que Monique t'a invitée à vivre chez elle et que tu as refusé.

La fille de Nora me scrute avec méfiance. Dieu sait ce que sa mère a pu lui raconter sur mon machiavélisme pour qu'elle m'étudie ainsi avant de me parler. Ou peut-être Nora n'y est-elle pour rien et ne s'agit-il que de la susceptibilité de la jeunesse devant l'âge mûr.

— Monique, reprend-elle enfin, m'a dit que je devrais aller vivre chez elle, vu que je suis encore toute jeunette et assez inexpérimentée devant la vie. J'aurais besoin d'être entourée de gens plus âgés non pas pour me contraindre ou me surveiller, mais pour me guider avec tolérance dans toutes mes difficultés.

Le ton de ma nièce est volontairement neutre. Je vois qu'elle se force à raconter sans commentaires l'incident qui l'a opposée à Monique. Mais sa neutralité même force les commentaires, et je ne suis pas dupe de cette prétendue impartialité. Hugo m'a fait le coup assez souvent pour que je connaisse la ficelle. Cette attitude a quand même réussi à soulever mon exaspération contre Monique. Décidément, je suis l'être le plus influençable du monde. Il suffit d'un changement de ton ou de vocabulaire pour susciter en moi un changement de sentiments.

Une angoisse m'assaille soudain. Mes soeurs savent-elles que je suis ainsi ? Est-ce qu'elles me manoeuvrent sans scrupules, me sachant à la merci d'une tactique, d'une approche diplomatique ? Malgré moi, cette peur devient de la colère, et ma colère se tourne contre ma mère morte, contre cette V.D. qui, elle, m'a manipulé quotidiennement, me sachant paralysé par sa préférence pour moi et par ma propre vanité.

Mon ton devient sec :

— Donc, Monique t'a offert un toit.

Aurélie me considère avec étonnement. Immédiatement, elle adapte sa réaction à la mienne et sa voix se fait aussi sèche que ma voix :

— Tante Monique, précise-t-elle d'un ton cérémonieux, m'a vivement conseillé d'aller me placer sous sa bienveillante autorité. J'ai refusé de façon catégorique et peut-être un peu impolie. Si tu la vois, oncle Victor, peux-tu lui offrir mes excuses ? Je ne voulais pas la blesser, je lui suis reconnaissante de son aide, mais je me crois en mesure de me débrouiller toute seule.

À partir de là, la conversation redevient froide : Aurélie est fâchée contre moi. Elle a tout flairé : mon égoïsme qui refusait de me compromettre en sa faveur, ma peur de contrarier Monique, ma crainte de me retrouver face au douloureux fantôme de Nora, ma crainte d'être pris par les jeunes comme un complice possible contre des parents abusifs. Elle se lève enfin, laissant sur la table basse un verre de bière encore à demi plein. Je pose sur son bras une main apaisante, mais Aurélie n'est pas Sabine. Elle se dégage sans brusquerie, mais avec une lenteur réfléchie qui me pince férocement :

— Merci de ton accueil, oncle Victor. Mes amitiés à tante Henriette et à Hugo et Marin.

Elle s'en va, faisant sauter ses clés dans sa main, et la porte s'est refermée sur elle avant que j'aie eu seulement le temps de justifier mon attitude ou de retenir mon invitée.

En voyant démarrer en trombe la petite voiture, une violente fureur s'empare de moi. Maudites soient les femmes de ma famille : la V.D., Monique, Sabine, Nora, Aurélie, même Henriette qui se prête aux rancunes et réconciliations des unes et des autres.

Très vite, ma rage fait place à une impuissance désolée. Sans indulgence, j'essaie de savoir pourquoi j'ai laissé partir Aurélie sans tenter de la comprendre. Je secoue la tête : que de complications ! Tandis que j'ai un après-midi tranquille, je ferais mieux de lire ou de bricoler.

Mais le petit visage buté de ma nièce trotte dans ma tête et je finis par me rasseoir au salon, une autre bière à la main, cherchant à fuir la raison de ma fuite. Pourquoi, mais pourquoi est-ce qu'au fond, je ne tiens pas à me trouver devant la fille de ma soeur préférée ?

— Parce que tu es sage. Ça ne te regarde pas, me répond Monsieur Victor Dutil avec sa déplaisante onction.

— Parce que tu es un salaud. Jamais tu n'as été loyal à Nora, rien d'étonnant à ce que tu abandonnes sa fille, rétorque le vieux Vic.

La tête me tourne. Après seulement trois bouteilles de bière, c'est ridicule. J'allume une cigarette, je m'appuie la tête au dossier du fauteuil et je me laisse aller à de désagréables souvenirs...

L'inconvénient de fréquenter un collège de riches alors qu'on est soi-même fils de fonctionnaire modeste et prolifique ne se fait sentir qu'après quelques années. L'adolescence survient alors, les copains ont de l'argent et on n'en a pas.

Grâce à la féroce éducation que j'avais subie à la maison où la lecture était le seul passe-temps autorisé à peu près sans contrainte, j'étais de deux ou trois ans plus jeune que mes camarades de classe. Sabine était dans le même cas à son école, Nora à la sienne, Alexis avait terminé son baccalauréat à dix-sept ans et demi. Seule Monique, qui n'a jamais été une intellectuelle et sur qui la V.D. s'était beaucoup appuyée, n'avait pas pris d'avance dans ses études. Je ne l'en aimais que davantage. Elle ne me livrait pas concurrence, moi qui ai toujours eu horreur de ça. Elle affichait ses ignorances académiques avec un dédain que Nora jugeait feint :

— Tu ne t'aperçois pas, gros imbécile, qu'elle est bourrée de complexes d'être la cruche de la famille ?

M'enveloppant de fil blanc, je déballais toutes mes batteries à mon irascible petite soeur :

— Tu te crois mieux qu'elle, je suppose, parce que tu es en train de faire un cours classique ? Pauvre idiote, les hommes cherchent des femmes élégantes, jolies, pas compliquées, tout le contraire de toi. Monique a tout ce qu'il faut. Toi, je te plains.

À ma surprise, Nora m'avait éclaté de rire au nez :

— C'est ça qui te chiffonne, hein ? T'as peur que je ne passe pas ma vie à pourchasser les hommages des mâles ? T'en fais pas, vieux Vic, les hommes qui me trouveront de leur goût ne seront peut-être pas aussi nombreux que les admirateurs de Monique, mais ils seront fous de moi et ils ne m'oublieront pas.

J'aurais dû savoir que de telles affirmations ne se font pas à la légère, même chez une fillette de quinze ans. Nora connaissait exactement le territoire et la portée de son pouvoir. Elle négligeait le reste et m'envoyait à la face les fragments de mes insultes.

J'étais, il est vrai, vexé d'observer l'indifférence de Nora vis-à-vis des garçons. Si j'amenais des copains à la maison, elle se terrait dans sa chambre avec un livre, descendait à son heure pour prendre un café sans se soucier des autres, alors que Sabine, pourtant trop âgée pour mes amis, guettait l'instant où nous arriverions en bande dans la cuisine pour surgir avec une cafetière bouillante et une assiette de biscuits. Mes camarades, flattés de voir une grande fille de vingt et un ans s'intéresser à eux, ne se leurraient pas au point de penser qu'il y avait là matière à occasion. Ils louchaient plutôt du côté de Nora qui, en dépit de mes sarcasmes, devenait femme et assez attirante.

Mais Nora ne leur manifestait qu'une glaciale courtoisie, agrémentée d'un sourire reconnaissant si l'un d'entre eux lui offrait une cigarette. Elle fumait déjà comme une cheminée et n'avait jamais d'argent pour s'acheter des provisions de tabac.

Pour ma part, j'étais à la fois ennuyé et content de l'attitude de Nora. Ennuyé, parce qu'en repoussant mes amis, il me semblait qu'elle me repoussait également et qu'elle dédaignait trop visiblement les gamins de mon âge. Content, tout de même, parce que je ne voulais partager ni mes amis, ni ma soeur. J'étais jaloux et exclusif comme un grand frère corse et il me plaisait que tous ces jeunes se trouvent là, réunis pour boire du café, du seul fait que j'existais et qu'ils désiraient être en ma compagnie.

Ces satisfactions de vanité n'étaient toutefois pas suffisantes. Antoine, Guy, Julien avaient des pères dotés d'une plus grosse fortune et d'une plus petite famille que mes parents. Ils m'emmenaient à la taverne, malgré mon jeune âge, et me présentaient des filles. Mais ma pauvreté m'était pénible comme un habit trop court. Jamais je n'avais touché d'allocation de mon père. Celui-ci ne s'était jamais avisé que je pouvais en avoir besoin et citait souvent en exemple sa propre enfance démunie. Je travaillais l'été, mais mon argent passait à payer pension à ma mère, à m'habiller un peu et à défrayer mes cigarettes et quelques sorties. En octobre, il n'en restait rien.

Entre quinze et dix-neuf ans, j'ai inventé, pour me renflouer, une foule de petites combines qui n'avaient en commun qu'un seul point : leur stupidité. Après le pillage des machines distributrices du Centre sportif, il y avait eu les faux chèques présentés avec la signature paternelle, depuis longtemps travaillée et imitée presque à la perfection. Tout ça n'était pas bien grave, quoi qu'en dît la V.D., quand la police m'a arrêté pour fraude avec trois de mes copains.

Ce n'est pas cette fraude qui m'a laissé si longtemps avec un goût de remords et d'amertume sur l'estomac. C'est l'histoire des disques.

Mon père avait déniché, pour augmenter ses revenus, un contrat de critique musicale auprès de revues appartenant à une chaîne d'information. Les compagnies de disques, soucieuses d'avoir de bonnes critiques dans des revues à haut tirage, envoyaient à mon père des échantillons de leur production, avec l'étiquette *NOT FOR SALE* collée sur la pochette. Mais aucune étiquette n'était à l'épreuve de mon habileté d'Arsène Lupin en herbe. J'ai soustrait une petite centaine de disques à mon père et j'avais déjà réussi à en placer soixante-dix et quelques, au coût d'un dollar chacun, quand la V.D. a eu vent de la chose.

Pourquoi mon père a-t-il attendu d'en avoir perdu autant avant de s'en ouvrir à ma mère ? Il n'était pourtant ni distrait, ni au-dessus de ses affaires. Il est vrai qu'une fois écoutés aux fins d'analyse, ces disques ne l'intéressaient plus. Mais, élevé pauvrement, mon père avait le goût des possessions matérielles et aimait voir grossir la pile de ses microsillons. S'il a gardé le silence aussi longtemps, c'est peut-être après tout dans l'espoir que je lui en parlerais moi-même, ou que les larcins finiraient par cesser sans scandale, ou que le coupable était quelqu'un d'autre. Mais je suis persuadé qu'il savait tout.

Quand le pot aux roses a été découvert, ce n'est pas moi qu'on est venu trouver. C'est Nora qui, tout en larmes, est venue se confier à moi, me faisant un récit incohérent des soupçons qui pesaient sur elle. Ma mère qui, pour une raison obscure, n'avait jamais eu d'indulgence pour Nora, s'était mis en tête ou feignait de croire que ma soeur volait des disques pour les vendre à des amies de sa compagnie de guides. Quand je repense maintenant à ces soupçons, je me dis que ma mère n'était pas si sotte : elle voulait que le message se rende jusqu'à moi, car Nora me confiait presque tout, mais elle ne voulait pas paraître me soupçonner, ce qui l'aurait obligée à sévir. Or, elle me préférait à ma soeur et aimait mieux susciter les larmes d'une victime que les aveux agressifs d'un voleur.

Encore à présent, j'ai envie de me cacher avec ma honte quand je revis ce qui s'est passé ensuite : j'ai ouvert de grands yeux.

— Pourquoi te soupçonne-t-elle ?

Nora haussa les épaules avec lassitude :

— Tu sais bien qu'elle ne me croit jamais. Avec moi, sa

devise, c'est : soupçonne toujours ta fille de mensonge, un jour ou l'autre tu seras dans le vrai.

J'étais mal à l'aise :

— Mais enfin, elle ne te soupçonne pas sans raison ? Les disques ont bel et bien disparu ?

— Comment veux-tu que je sache où ils sont ? cria ma soeur avec exaspération. Je n'écoute jamais de musique, je me sers du salon seulement pour faire ma pratique de piano, tu le sais !

Non, j'aime mieux penser que ce n'était pas la peur d'être découvert qui m'a empêché de me dénoncer. C'est la peur du mépris que j'aurais lu dans les yeux de Nora qui, m'étant loyale, avait en ma loyauté une confiance absolue. Pas un instant, elle ne s'est avisée qu'elle parlait à la cause de ses problèmes. Elle était toutefois assez fine pour comprendre que ma mère ne désirait pas la voir démêler le mécanisme de ce piège. Intelligente, la V.D. se bornerait à ne plus parler du forfait, donnant à penser à la galerie qu'elle avait pardonné à la voleuse. Quoi d'étonnant si, dix ans plus tard, Nora réagissait encore comme une coupable dès qu'elle sortait son briquet de sa poche.

Ému tout de même de cet exil honteux où je l'avais reléguée, je lui promis :

— T'inquiète pas. Je vais parler à m'man. Je trouve ridicule de t'accuser. Il est visible que tu n'as jamais d'argent dans tes poches. Si tu en avais...

Pourquoi ai-je éprouvé le besoin d'être méchant ? Parce que j'en voulais à Nora de souffrir à cause de moi, j'imagine.

— Si tu en avais, tu pourrais t'arranger mieux que tu le fais.

Apparemment indifférente, ma soeur secoua sa tête aux cheveux longs et raides :

— Non, mais je m'achèterais des livres, des cahiers de musique... Idiot, s'interrompit-elle brusquement, tu vois ce que tu me fais dire ! D'abord, j'ai pas un sou, j'en ai jamais

32

eu. Ensuite, si j'en avais, je l'utiliserais pas à des stupidités. Troisièmement, t'es désagréable. Tu te trouves beau, toi ?

Eh oui, je me trouvais beau. Je l'étais, d'ailleurs, ce qui, rétrospectivement, me rend encore plus honteux de m'être montré aussi arrogant. La chance doit rendre humble. Mais je m'en veux surtout d'avoir considéré du haut de ma belle plastique ce que je croyais être la laideur de ma soeur. Des années après, je revois nettement son profil patricien, ses longs cils masquant des yeux tragiques, le dessin irrégulier de son visage. Mon ami Jean-Denis, qui a le chic des vérités désagréables, prétend que j'ai cherché toute ma vie une femme ressemblant à Nora, et que j'ai cherché toute ma vie à la fuir en même temps. Selon lui, mon premier mariage aurait trouvé sa raison d'être et sa raison d'échouer dans le contraste qu'Élise offrait avec Nora. J'ai peine à le croire, même si cette idée me tarabuste trop pour que je la rejette en bloc. Nora, ma petite Nora, que de crimes j'ai commis en ton nom ou à cause de toi !

L'affaire des disques a fini par être classée « en suspens contre X ». Enfin, je le pense, car Nora ne m'en a plus jamais parlé. Et moi, fidèle à mon habitude, je me suis bien gardé d'aborder un sujet qui m'était pénible. Une paix armée s'est installée entre ma mère et ma soeur, armée surtout du côté de ma mère, car la pauvre Nora était vulnérable de tous les côtés. Ai-je alors remarqué, ou n'est-ce qu'une idée récente, que Nora se méfiait de moi ? Elle m'aimait toujours, mais son opinion sur les hommes, déjà fort lamentable, n'a pas dû se modifier pour le mieux à cette époque.

Il me serait intolérable de penser qu'après lui avoir joué d'aussi méchants tours, je l'aie obligée à quitter la vie parce qu'elle ne pouvait plus tolérer l'image que je lui en avais faite.

Henriette, ma chérie, ma confortable, ma naturelle, viens t'étendre près de moi, que j'oublie à la chaleur de ton sein qu'un piolet inlassable me fouille le coeur, à la recherche du filon de la vérité.

III

L'agitation d'Henriette a quelque chose d'inusité. D'habitude si efficace et si posée, elle va et vient d'une pièce à l'autre, cherche ses affaires, me pose des questions biscornues :

— Peux-tu me dire ce que tu as, ma Bobinette ?

Ma femme n'est pas dupe de mon effort de patience. Elle sait que son agitation m'agite, mais elle saute sur la perche, si mal tendue qu'elle soit :

— Vas-tu venir avec moi chez Sabine ?

Un instant. Il s'agit de penser vite. Ne pas sursauter, ne pas poser de questions idiotes, ne pas perdre la face, quoi ! Mais elle ne me laisse pas le temps d'affermir ma stratégie :

— Tu sais bien qu'il avait été question...

— Henriette, je n'ai jamais entendu dire quoi que ce soit au sujet d'une invitation chez Sabine. Je vois ma soeur le moins possible, et tu ne la vois pas plus que moi. Tu es nerveuse comme un chien de chasse, il y a une raison. Explique-moi, au lieu de faire semblant que je sais.

Le soulagement qui s'étale sur le visage honnête de ma femme manque me faire éclater de rire. Mais ce n'est pas le moment. Chère Henriette, comme tu me ressembles peu : comme tu mens mal !

Elle s'assied, après avoir retiré de ma poche mon paquet de cigarettes. J'observe ses gestes un peu saccadés, s'exerçant à la modération :

— C'est à cause d'Aurélie.

Levant sur moi des yeux suppliants, Henriette m'invite implicitement à l'interroger de façon précise, mais je refuse de l'aider. Le silence se prolonge :

— Oui, Aurélie, la fille de Nora. (Nouveau silence.) Sabine m'a appelée il y a quelques jours. Elle trouve qu'on n'a pas été gentils avec Aurélie. On ne s'en est jamais occupés, on... Bon. En tout cas, elle en a parlé à Monique et Alexis, et on a décidé de se réunir toute la famille, avec Aurélie naturellement, pour...

— Toute la famille !

Ma voix est cassante, je suppose, car Henriette a sursauté. Elle a saisi tout de suite que j'étais blessé.

— Oui, fait-elle en baissant piteusement la tête. Toute la famille. Mais Sabine m'a dit : tu en parleras à Victor si tu le juges bon.

Je ricane :

— Toute la famille, moins Victor, sauf si tu lui donnes un laissez-passer, c'est ça ?

— Tu m'avais dit que le cas d'Aurélie, ça ne te regardait pas. Tu m'avais dit... Oh Victor ! Quand il est question de Nora ou de sa fille, tu ne veux jamais entendre parler de rien. J'aurais dû refuser de me charger de la commission, dire à Sabine de t'en parler elle-même.

J'élude la remarque, me promettant avec une contestable honnêteté de l'étudier plus tard.

— Aurélie a vingt-deux ans, Henriette. C'est une adulte. Je ne vois pas ce qu'on peut décider pour elle.

Pour la première fois depuis longtemps, je vois Henriette devenir tout feu tout flamme :

— C'est une adulte, d'accord. Mais même les adultes ont besoin d'amitié, de famille, d'amis. Qu'est-ce que tu dirais si on laissait Hugo à lui-même, dans quelques années, sans lui accorder l'occasion de fréquenter les autres membres de la famille ?

La famille, la famille ! Tous, nous avons été malheureux dans le giron de la famille, tous, nous nous livrons à des acrobaties pour y être intégrés. La famille n'existe pas, c'est une vue de l'esprit. Dans certains groupes familiaux, il existe une forme d'entente, pas chez nous. Et il est fallacieux de... bon. Tout ça ne sert à rien.

— Et vous en avez parlé à Aurélie ? Tu lui as parlé toi-même ?

— Oui. — Henriette me fixe bravement. — Elle a dit qu'elle serait contente de nous voir, mais qu'elle serait surprise que tu assistes à la réunion.

Ainsi, Nora a réussi à transmettre à sa fille le sens de mes infidélités, la méfiance à mon endroit. Le trait se fiche dans mes chairs et n'en bouge plus.

— Il serait stupide de ma part d'y aller alors que chacun s'attend à mon absence. Vas-y, ma douce, moi je reste ici.

Le visage d'Henriette réussit à exprimer à la fois l'étonnement, la réprobation et une déception si vive que l'idée m'effleure de changer d'idée.

— Ne discutons pas, Bobinette. Tu veux y aller, c'est ton droit, c'est ton choix. Moi, je ne suis pas réellement invité, je l'étais seulement pour que tu puisses y aller. Tu as ma bénédiction.

Ostensiblement, je me mets à la recherche d'un livre et je m'encante dans mon vieux fauteuil berçant. Pendant un instant, ma femme me toise, se demandant visiblement quelle attitude adopter avec moi. Elle opte enfin pour le dédain :

— À ta guise. Si on décide quelque chose sans toi, ne viens pas crier qu'on ne t'a pas consulté.

Henriette partie — en compagnie des garçons, ce qui me heurte encore davantage — je demeure livré à mon roman, livré à mes pensées surtout. Victor le déserteur, l'indifférent, l'égoïste, Victor qui-refuse-de-prendre-parti. Plus que jamais, je me sens le seul civil du régiment.

Je sais que je me suis montré idiot et buté. J'avais ma place autant que les autres à cette réunion de famille, plus peut-être, puisque Aurélie est le rappel du lien spécial qui nous unissait, Nora et moi. Mais à la pensée d'entendre Sabine pérorer avec compétence sur l'avenir de ma nièce, alors qu'elle n'a jamais su organiser sa propre vie, de voir Alexis donner son opinion et peut-être manifester une affection paternelle envers cette fille qu'il ne connaît pas, qu'il ne peut pas connaître, tout cela m'a hérissé.

Et Monique ? Et Henriette ? Non, leur présence ne me blesse pas. Mais alors, pourquoi les deux autres ?

Je hausse les épaules. Est-ce ma faute si je n'ai jamais pu supporter Sabine, ses jeux scéniques, sa maladresse, et Alexis, son... son quoi, au fait ? Qu'est-ce que je lui reproche, à celui-là dont le seul nom me crispe ?

Combien d'années, au juste, me séparent d'Alexis ? il est de peu le cadet de Monique, il doit avoir six ou sept ans de plus que moi. Il ne m'a jamais chipé mes petites autos ou battu au jeu du drapeau ! Mais je ne puis m'empêcher de le trouver inconsistant : sa douceur inlassable de franciscain, son manque d'ambition, son attitude d'indulgence ineffable et d'indéfectible compréhension, son refus de livrer une opinion catégorique sur n'importe quel sujet, sa lenteur. Il est mon vivant contraste : je ne suis ni doux, ni indulgent, mes sarcasmes sont blessants, j'ai une ambition professionnelle démesurée, moi qui ne suis pas passé par l'université, alors qu'Alexis, qui est licencié en lettres (encore un diplôme de franciscain) se contente d'enseigner le français aux petits immigrants pour un salaire convenable. Pour ma part, j'exige davantage : au sein d'une grosse entreprise para-gouvernementale, j'essaie d'implanter ma marque et de me faire une place, sinon un nom. C'est entendu, je n'ai pas toujours réussi. À commencer par mon premier mariage qui a été une sottise. Une petite vipère dont j'ai quand même eu le cran de me séparer, il y a plus de seize ans, à une époque où le divorce n'était pas encore une réalité sociale. Tandis qu'Alexis continue à colmater les brèches d'un ménage pourri, sans jamais se plaindre, répondant avec un doux sourire énigmatique aux questions, insinuantes de Monique, brutales de Sabine, affectueuses d'Henriette.

Je me rappelle l'époque où Alexis est entré à l'université, sous le regard méprisant de ma mère qui n'appréciait pas les « diplômes d'artistes », comme elle disait. Mon père, à qui la chose indifférait totalement, éprouvait même un malin plaisir à voir mon frère s'engager dans une voie étroite. Mais sans doute suis-je malveillant, peut-être mon père, qui aimait Alexis dans la mesure où il pouvait aimer quelqu'un, le laissait-il tout simplement libre de choisir, ce que je n'ai jamais consenti à faire envers cet homme qui ne me doit rien. Ma mère n'avait pu s'empêcher d'y aller de son petit laïus moralisateur :

— Et qu'est-ce que tu vas faire de ton diplôme, si tu le décroches ?

— J'enseignerai.

— Et si tu n'aimes pas ça, enseigner ?

— J'enseignerai quand même, avait répondu Alexis tout uniment. Peut-être que tu n'aimes pas ça, tout compte fait, élever des enfants ?

Avec le recul des années, je me demande, malgré moi, si Alexis n'était pas plus lucide que nous, et si sa muette indulgence ne cachait pas de profondes réflexions. Ce jour-là, il avait réduit ma mère au silence, ce qui n'était pas un mince exploit. Et sans élever la voix, sans distribuer arguments et affirmations à tout le monde.

Je m'étais alors promis, de mon côté, de prendre une option qui rapportait. La chose n'a pas été possible, mon père étant mort à la fin de mon cours classique. Et je me suis marié peu après. Toujours est-il que j'en veux à Alexis, né avant, de n'avoir pas profité de ses avantages d'aîné aux études payées, alors que moi, qui aurais mieux choisi, je dois me débattre.

Par la suite, quand il a maladroitement engrossé cette fille qui n'avait même pas le mérite d'être jolie et intelligente, il l'a épousée sans faire d'histoires. Il avait déjà une vocation de martyr, de raté, de victime, de cocu.

Une voix désagréable s'insinue en moi : alors pourquoi est-ce que je le déteste ? Je dois quand même lui envier quelque chose ? Où est la nécessité de haïr un être trop faible pour me disputer quoi que ce soit ?

Il n'était peut-être pas si démuni, après tout. Mon père le préférait nettement à moi. Il devait estimer qu'Alexis ne lui faisait pas concurrence, car mon père détestait abandonner de l'espace vital à qui que ce fût. Un fils licencié en lettres n'est pas un rival pour un fonctionnaire, tandis qu'un fils ingénieur ou avocat aurait trop manifestement dépassé son père. Voilà pour ce qui concerne mon père. Et puis, Alexis a quand même son papier dans les poches, même s'il ne veut pas s'en servir intelligemment. Ensuite, il est beau. Enfin, beau si on aime le genre angélique, mais je dois convenir qu'avec ses six pieds et des poussières, ses yeux d'archange, sa barbe blonde et ses hanches étroites, il fait plus aristocrate que moi, qui suis trapu, brun et sans manières.

Tout compte fait, il en avait des choses, le frère — mais si peu, un raté, un cocu — des choses : l'affection de mes soeurs, de mes trois soeurs si dissemblables, unanimes sur ce seul point, l'affection des enfants, tous, même les miens qui l'appellent Alex et qui ont en lui une confiance absolue. L'estime d'Henriette qui refuse de m'entendre déblatérer contre mon frère : « Tais-toi, bandit, laisse-lui ses dimensions, il te laisse vivre, lui ! »

Saint Alexis, bienheureux les pauvres d'esprit, car ils ne laisseront rien à leur frère, que le remords, la jalousie et la désolation.

IV

Depuis quelques semaines, on me tient à l'écart. Du moins est-ce mon impression. Pas de nouvelles de Monique, ce qui me surprend vu qu'elle n'est habituellement pas rancunière. Rien non plus du côté de Sabine, qui aurait pourtant dû venir aux nouvelles, afin de flairer le vent mauvais et de le transformer en ouragan. Henriette demeure fidèle à elle-même, mais elle ne m'a reparlé de rien depuis le fameux soir de la réunion de famille. Pourtant, je sens quelque chose, un mystère, l'odeur de la conspiration. Est-ce ma conscience qui fomente ma conversion, ou bien mon imagination fait-elle encore des siennes ?

Alexis est quand même venu faire son tour, un soir, sous un prétexte futile. Ne voulant pas lui faire croire que la manoeuvre d'isolement réussissait à déprimer le réprouvé, je l'ai accueilli avec une chaleur qui l'a certainement étonné. Je ne l'ai pas habitué à de telles démonstrations fraternelles. J'y suis allé de mon offre d'un scotch, sans ajouter mes spirituels commentaires sur le spectre de Bacchus et la terreur de l'alcoolisme. J'ignore ce que venait chercher mon frère, en tout cas, il ne l'a pas trouvé.

Selon Henriette, je suis inutilement soupçonneux et malveillant. Alexis serait venu uniquement par gentillesse, pour s'assurer que je ne souffrais pas trop de l'unanimité familiale, bâtie en dehors de moi, et pour m'appuyer du poids immense de sa solidarité. Mais même Henriette ne se rend pas compte qu'elle fait partie d'un complot : elle est maquisarde malgré elle en quelque sorte. Je connais ma famille : pour paraphraser un cliché qui a été servi et resservi sur les femmes, deux membres de ma famille ne s'entendent bien que sur le dos d'un troisième. Évidemment, je n'aime pas beaucoup être le troisième. Mais je n'ai pas le choix et je m'y ferai très bien, puisqu'il le faut.

— On dirait que ça te chicote encore, cette histoire de réunion de famille ?

— Non.

— Penses-tu qu'on a pris de graves décisions sans ton accord ?

— M'en fous.

Henriette est rarement maladroite, mais aussi, il est rare que mon agressivité se tourne contre elle.

— Il n'était pas question de brasser de grosses affaires. On a simplement donné un peu de chaleur à Aurélie.

Impatienté, j'offre à ma douce moitié ma gueule des mauvais jours :

— Henriette, si tu veux ressasser cette vieille histoire, appelle Sabine ou Monique, mais fiche-moi la paix.

Quand Henriette est blessée, elle a une curieuse façon de s'éloigner. C'est comme si son âme se retirait d'elle, ne laissant devant moi qu'une écorce vide. Je sais maintenant qu'elle m'adressera poliment la parole pour le nécessaire, qu'elle me sourira même, qu'elle ne me fera aucun reproche, surtout pas devant les garçons. Elle m'embrassera matin et soir, avant et après sa journée de travail, et elle vaquera comme de coutume à ses occupations. Mais jusqu'à ce que je lui refasse mon serment d'homme lige, elle me boudera avec suavité, certaine que je ne supporterai pas ce climat de tension.

En attendant que monte en moi le flux du remords conjugal, j'essaie de réimprimer à ma vie les mouvements de la routine sécurisante. Boulot, natation, lecture, télé, dodo. « Ménagez votre coeur, monsieur Victor Dutil, il n'a guère servi, il est fragile-fragile-fragile. » Au lit, je n'ose imposer à Henriette l'expression d'un désir qu'elle accepterait, qu'elle partagerait peut-être, mais sans être vraiment là. Les femmes ont des façons subtiles de montrer que l'égoïsme supposément masculin les asservit sans les convaincre. Mais j'ai beau respecter sa solitude, je sens quand même que je joue le rôle du méchant. D'ailleurs, je l'ai toujours joué. Ma mère, avec sa détestable préférence pour moi, m'a fait haïr de mes frères et soeurs, que je privais d'affection maternelle. Avec Nora, j'ai beau jeu d'être le méchant : elle est morte. Et quand j'évoque son souvenir, c'est toujours mes mauvais moments qui remontent à la surface. Mon père ne m'estimait pas, je crois qu'il me trouvait trop bête, alors qu'Alexis était si fin et si subtil. Et actuellement, aux yeux d'Henriette, je suis mauvais époux, mauvais frère, mauvais oncle.

Sans doute suis-je mauvais père, aussi. Je ne m'en étais pas encore avisé. Que pensent de moi mes deux fils ? J'oubliais, il est vrai, qu'ils se trouvent dans un âge où le jugement est catégorique et cruel. Que pense de moi mon Hugo qui me ressemble de visage et de corps, mais dont les idées me sont étrangères ? Tout à coup, je songe que je ne sais même pas depuis combien de temps il est pubère. À la façon des pères d'autrefois, à la façon de mon père à moi, j'ai caché ma timidité derrière je ne sais quel prétexte professionnel et depuis les dix ans d'Hugo, j'ai été absent assez souvent pour lui ôter le goût de se confier à moi. Sans doute Henriette le sait-elle, mais elle ne me le dira pas, parce qu'elle pense que ça ne m'intéresse pas.

Hugo, mon petit bonhomme, dont la naissance m'a inondé d'une joie surnaturelle, tu es devenu un presque-homme à côté d'un père sourd, aveugle et muet.

Et Marin ? Il a douze ans, maintenant, non, treize. C'est affreux, je ne sais pas son âge exact. Ce détail me plonge dans un profond apitoiement sur moi-même. Minable suis et resterai. Aux temps féodaux, j'aurais sans doute porté en écu ma devise : « Oncques joye ne reçoy ni donne » ou quelque chose dans ce goût-là.

43

Seul avec un vilain rapport professionnel à lire, les garçons partis en ski, Henriette chez la voisine avec qui elle s'entend bien, je fais fondre deux glaçons dans un gin et je le bois comme buvait Nora, vite et mal, pour me soûler. Je ne sais pourquoi, mes pensées se tournent vers Sabine, à qui je garde illogiquement rancune pour mon bouleversement intérieur. Sabine, qui comme nous tous, s'amuse à faire du gâchis avec de la bonne sauce.

Que sais-je de Sabine, alors qu'elle sait à peu près tout de moi ? On la croit expansive, parce qu'elle parle beaucoup, parce qu'elle tarabuste mari et enfants devant tout le monde, parce qu'elle veut toujours rassembler des gens autour d'elle et évoquer des fantômes, mais qu'est-ce que je connais de ses luttes, de ses chagrins, de son passé ?

Le peu que je sais, ce n'est pas d'elle que je l'ai appris. Et encore ne s'agit-il que d'événements, pas de pensées. Ce qu'elle pense, peut-être Henriette en a-t-elle une notion, moi pas.

Elle avait vingt ans, j'en avais donc seize, quand elle s'est fait engrosser par un homme marié. Dans la famille, la procréation est toujours dramatique. Nora avec sa fille illégitime, Alexis qui s'est marié « obligé », Monique qui s'est mariée tard et a cru ne pas pouvoir faire d'enfants. Au fond, je suis le plus heureux en cette matière. Encore, je crois que c'est plutôt Henriette que moi qui a eu aisément des enfants. Dieu sait quels drames j'aurais pu inventer avec la paternité, pour demeurer dans la tradition.

Toujours est-il que je n'avais rien su de la grossesse de Sabine. J'aurais pu être son confident, elle était mon aînée immédiate dans la famille. Non. Elle s'est ouverte de ses ennuis à Monique qui, discrètement, sans rien dire à mes parents, a trouvé le moyen d'envoyer Sabine dans une famille de ses amis de Rimouski, sous je ne sais quel prétexte d'études folkloriques ou autres. Monique avait fait mieux : elle avait réussi à faire comprendre aux parents que Sabine avait besoin de solitude pour préparer son orientation et elle avait même parlé d'une peine d'amour à guérir dans la paix absolue. Tout cela, je l'ai reconstitué par bribes, d'après ce que Monique a bien voulu m'en raconter, des années après, sur un ton naturel, comme si j'avais toujours été au courant.

— Non, personne ne m'avait rien dit. Pourquoi ne m'en as-tu pas parlé ?

— Sabine m'avait demandé le secret. Elle ne voulait pas garder l'enfant, et elle voulait reprendre sa vie au même point qu'avant l'accouchement.

La pauvre gamine a fini par accoucher d'un mort-né. Selon Monique, elle en a conçu un chagrin affreux.

— Mais tu m'as dit qu'elle ne voulait pas le garder ?

Quand Monique veut être méprisante, le ton de sa voix ferait honte à un criminel endurci :

— Qu'est-ce que tu connais des sentiments des femmes devant la maternité, Victor ?

— Pas grand-chose, c'est vrai. Mais je me permets de supposer.

— Tu as tort. Une femme qui est forcée de laisser un enfant a toujours une peine infinie. Chaque enfant est irremplaçable.

— Mais elle ne l'a pas laissé, puisqu'il est mort.

Il paraît que mon incompréhension confine à l'inconscience. Monique a changé de sujet et, malgré mes questions réitérées, elle n'a jamais voulu me redonner de détails.

— Tu en parleras à Sabine, si tu veux en savoir plus.

Ce que j'ai fait. Il y a longtemps de ça, j'ai attrapé ma sœur dans un coin, à l'occasion d'un de ces inoubliables Noëls dramatiques dont mes parents avaient le secret. Pour sacrifier au démon familial, Sabine noyait sa peine dans l'alcool et j'ai pu la faire parler. Elle paraissait sans rancune contre moi :

— Mon pauvre Victor, tu avais quinze ou seize ans. Qu'est-ce que tu aurais pu faire ?

— T'offrir de la sympathie.

Elle m'a considéré avec une curiosité inquiète, comme si elle craignait que je me moque d'elle.

— Je ne savais pas que je pouvais compter sur ta sympathie, m'a-t-elle dit enfin avec franchise. Tu étais plutôt... arrogant à l'époque. Oh, c'était normal pour un garçon de ton âge, a-t-elle ajouté précipitamment pour ne pas me peiner. Mais quand même.

— J'étais arrogant, moi ?

On se connaît décidément mal. Sabine a éclaté de rire :

— Tu nous lançais des phrases latines au visage pour nous faire enrager parce qu'on n'avait jamais fait de cours classique. Tu riais de nos ignorances en littérature, tu parlais de Dostoïevski comme si tu avais couché avec lui, il y avait de quoi te trouver « péteux de broue ».

Ainsi, j'étais un « péteux de broue ». C'est vrai, au fait, que j'ai fait étriver Monique et Sabine avec mes vanités de petit coq, mais jamais je n'aurais pensé qu'elles en souffraient. Nora, qui faisait son cours classique comme moi, par une de ces inexplicables faveurs qui surgissaient dans la famille, me donnait la réplique avec ardeur. Qui aurait pu croire que mes *o fortunatus agricola* et autres *abige muscas* me faisaient passer pour plus qu'un jeune imbécile ? Encore aujourd'hui, je reste sceptique devant tant de rancoeur dépensée en pure perte. Nora, plus astucieuse que moi, devait y mettre un tantinet de méchanceté. Écrasée par la beauté de ses soeurs alors que son âge ingrat constituait un problème sur la justice divine, elle ne devait pas être fâchée de surclasser la parfaite Monique et la vivante Sabine sur un plan inaccessible : l'instruction. Plus tard, quand j'en ai parlé à Nora, elle n'a fait que rire en évoquant cette époque. Sur ce point, j'étais sûrement plus innocent qu'elle et je me surprends maintenant à la blâmer d'avoir refusé de passer pour une pédante et de m'avoir laissé seul à jouer les fils à papa.

46

Et Alexis, lui, il n'a donc jamais été «péteux de broue» ? Il semble que non. Il ne serait sûrement jamais venu à l'idée de saint Alexis d'humilier qui que ce soit avec des connaissances livresques. Pas lui. Jamais.

Bon. Le téléphone, maintenant.

— Oh, c'est toi, Vic ? Ici, Sabine.

J'aurais dû m'en douter. Quand on parle du diable...

— Non, Sabine, tu ne me déranges pas.

Ma voix doit manquer de chaleur. Sabine, pourtant cuirassée contre mes rebuffades, a un retrait que je puis percevoir à l'appareil.

— Henriette est là ? s'informe-t-elle presque timidement.

— Non.

Pourquoi ma hargne se fait-elle jour devant la plus vulnérable ? Comme j'ai apporté mon verre au téléphone, j'en bois une bonne lampée et je tousse un long moment avant de reprendre usage de la parole. C'est alors que je me surprends à lui dire :

— Viens me voir, Sabine, j'aimerais te parler, si tu veux.

Interdit, je contemple mon verre avec stupeur. Maudite boisson, comme je comprends Alexis ! Ma soeur est confuse :

— Mais non, voyons, Vic. Je n'appelais pas pour me faire inviter.

Mais elle est toute contente, je m'en aperçois bien. Elle sera là tantôt. J'engloutis avidement un autre gin, pour ne pas perdre un état de grâce dont j'aurai furieusement besoin.

— Tu sais qu'Aurélie a passé presque tout l'après-midi de l'autre jour à pleurer ?

J'ai eu beau me préparer aux attaques de Sabine, celle-ci me laisse pantois ; je bafouille :

— Non, Henriette ne m'en a pas parlé.

— Henriette est un ange, mais c'est comme ça.

— Et c'est pour me dire ça que...

Je m'interromps. Consciente d'une supériorité que les

47

événements ne lui accordent pas souvent, Sabine se permet un doux sourire indulgent :

— C'est toi qui m'as invitée, Vic.

— Tu ne m'en aurais pas parlé au téléphone ?

— C'est à Henriette que je voulais parler.

— Bon. Très bien.

Je me lève, je fais quelques pas, je regarde par la fenêtre, bref je me livre au petit spectacle que les hommes embarrassés ne peuvent s'empêcher de donner aux femmes, même quand ils savent qu'elles n'en sont pas dupes.

— Et alors, pourquoi me le dis-tu maintenant ?

— Parce que tu m'avais paru réceptif au téléphone.

Son regard sur mon verre ne laisse pas de doute sur les conclusions qu'elle a tirées. Je refuse de m'expliquer :

— Alors Aurélie pleurait ? Et c'est ma faute ?

— En partie.

Je hoche la tête, je ne vais quand même pas me mettre à genoux et sangloter.

— Elle disait que tu avais toujours détesté sa mère et que maintenant, tu la détestais, elle.

— Elle ne pouvait pas me le dire elle-même ?

Encore un plat, où j'ai mis les pieds. Je n'en rate pas un, cet après-midi.

— Elle l'aurait peut-être fait si tu étais venu.

— Alors je détestais Nora ? Tu lui as confirmé le fait, j'imagine ?

L'instant de supériorité de Sabine est en train de s'estomper. Elle perd facilement contenance, devant une mauvaise foi aussi organisée que la mienne.

— Tu sais bien que non, Vic.

Les yeux de Sabine s'emplissent de larmes. Ah non, ah non, ah non, pas de ça, pas aujourd'hui, pas ici, pas elle, ou c'est moi qui hurle :

— Garde ton sang-froid, Sabine, explique-toi. Comment Aurélie pouvait-elle penser que je la détestais ? Pourquoi vous a-t-elle dit ça en pleine réunion de famille ? Et pourquoi est-ce un fait important ? Une petite jeune fille en veut à son vieil oncle, c'est dans l'ordre des lois de la nature. Cette enfant-là n'a pas eu de père, sa révolte se porte sur l'homme qu'elle croit connaître le mieux.

— Tu fais de la psychologie ?

Je me sens rougir. J'ai toujours eu horreur des interprétations pseudo-psychologiques dont Sabine et Alexis me rebattaient les oreilles.

— Je ne fais pas de psychologie, un enfant verrait ça. Elle est fâchée contre moi, je n'y peux rien. Ça lui passera un jour, ou bien ça ne lui passera pas et alors elle épousera un type qui sera très doux, très fin, très blond, très anti-Victor, voilà tout.

Une petite voix susurre en moi : quelqu'un comme Alexis.

— Sais-tu de quoi vit Aurélie ?

— Non.

— Elle est quelque chose comme employée à tout faire dans un bureau de graphistes. Elle étudie pour devenir graphiste elle aussi.

— C'est parfait, c'est un bon métier si elle trouve de l'emploi.

Sabine est énervée, je le vois. Mais je poursuis mon avantage :

— Et qu'y a-t-il là de tragique ?

— Sais-tu combien elle gagne ?

— Écoute, soeurette, si elle a besoin de fric, dis-le tout de suite, je suis prêt à l'aider. Mais je ne crois pas qu'elle ait pleuré devant vous tous parce qu'elle était pauvre ou bien ce n'est pas la fille de Nora.

— Non. Elle ne pleurait pas pour ça. Elle prétend que Nora n'était pas assez respectable pour toi, que tu avais honte d'elle parce qu'elle était célibataire et alcoolique, que tu ne voulais pas la montrer à tes enfants et qu'elle est restée la cousine pauvre parce que tu l'as éloignée.

— Et même si moi je l'avais éloignée, en quoi est-ce que ça vous empêchait de l'accueillir si vous le vouliez tant ?

Sabine se fait humble, elle sait que cette attitude est la plus convaincante chez elle.

— Maman refusait de la voir et tu faisais comme maman. Personne n'osait aller contre ses décisions. On ne pouvait pas l'imposer à la famille sans votre accord à tous les deux. Votre connivence...

Ça y est, elle m'a eu, je crie :

— Connivence, mon cul ! Si Monique, Alexis et toi vous aviez voulu recevoir Nora et Aurélie, rien ne vous aurait empêchés de les inviter chez vous. Vous aviez un toit, je pense, vous n'étiez pas obligés, une fois mariés, de recevoir chez mouman ? Ou bien est-ce que vous alliez tous coucher à la maison ?

— C'est vrai, ce que tu dis, Vic. Mais on était comme ça, des enfants devant le jugement de notre mère.

Elle attend que je dise : Eh bien, moi aussi, j'étais comme ça. Je suis coincé ; cette phrase, je ne la dirai pas. Comme d'habitude, je dévie :

— O.K. Je ne recevais pas Nora. D'accord, j'avais un peu honte d'elle, mais il fallait la voir quand elle était soûle. Mais ne nions pas : je ne la recevais pas, j'allais la voir de temps à autre, c'est tout.

— Sans emmener tes enfants chez elle ?

— Non. C'est vrai. Mais ça, c'est par hasard.

— Tu expliqueras ça à Aurélie.

— Je n'expliquerai rien à Aurélie. Je n'ai pas à lui expliquer pourquoi mes enfants allaient ici et pas là il y a dix ans.

— D'accord, mais tu ne peux pas lui interdire de penser à voix haute.

Cette conversation me démolit. Encore un peu, je me mettrais à pleurer. Surmontant ma colère, je force Sabine à écarter le sujet, faisant au passage d'inoffensives concessions qui, je l'espère, lui en mettent plein la vue. Quand Henriette revient, elle nous trouve attablés à la cuisine devant une tasse de café. J'ai repris mon calme, je suis presque avenant. J'ai pour ma femme une tendresse nouvelle. Mon serment d'homme lige sera pour ce soir, je crois.

Mais la venue de Sabine a évoqué les esprits. Si je veux tuer Nora pour de bon, il faudra que je voie Aurélie.

V

— Dis-moi, Victor, qu'est-ce que tu pensais de grand-maman ?

— De grand-maman ?

— Ben oui, de ta mère, la mère de ma mère.

— Oh ! la V.D. !

J'aurais dû savoir que la question me serait posée. J'aurais dû prévoir que je serais forcé de faire le bilan de mon histoire avec ma mère, à un moment ou l'autre. Si Aurélie ne m'avait pas posé la question, ç'aurait peut-être été Hugo, Henriette ou moi-même.

Il y a trois mois que ma mère est morte et je n'en ai pas encore pris conscience. Je n'ai rien ressenti à sa disparition, rien à son enterrement, rien à son absence. Mon fils aîné m'affirme que j'ai changé, que je suis plus irritable, moins tolérant, moins facile à vivre. Ma mère est morte, donc jusque-là elle était vivante, il faut bien que j'en pense quelque chose puisqu'on me le demande ! Mais même pris à la gorge par la question d'une nièce à qui je dois toute la vérité, je ne parviens pas à imaginer autre chose que des banalités.

— Ma mère... eh bien...

Avant que je poursuive ce savant exposé, Aurélie me coupe :

— Si tu dois me sortir des commentaires sucrés sur qui perd sa mère a tout perdu et ainsi de suite, tu peux te les mettre où je pense !

Surpris par ce ton violent, je lève la tête et un fait me frappe, ce fait qui refuse de me frapper pour mon propre compte : Aurélie a perdu sa mère. Elle l'a perdue à dix-neuf ans, elle qui n'avait déjà pas de père. Elle n'a ni frère, ni soeur, ni même un oncle sympathique à qui se confier. Elle est seule, avec sa jeunesse hérissée de pointes et son pauvre courage intransigeant. Je lui souris, dans un dérisoire effort pour me concilier cette fille intraitable :

— J'ai eu moins de chance que toi, Aurélie. Ma mère n'était pas une femme facile à vivre.

Un regard de biais me prévient que j'ai gaffé :

— Qui te dit que ma mère à moi était facile à vivre ? Parce que tu l'as connue à quatre ans, tu penses savoir ce qu'elle était à quarante ? Pour ce qu'on s'est vus, toi et nous autres, du vivant de Nora, tu ne peux pas établir de comparaisons entre elle et grand-maman. Parle-moi de ta mère à toi, pour la mienne, je sais à quoi m'en tenir.

Je reprends docilement :

— Je ne sais pas si quelqu'un a déjà connu ma mère enfant ou jeune fille, mais j'ai peine à l'imaginer. Je l'ai toujours vue adulte, forcément, et pendant plus de quarante ans, elle est restée strictement la même. Je ne l'ai jamais vue changer de style, d'idée, de caractère, de préjugés, d'opinions. C'était une femme immuable. Elle a bien dû être une enfant et une adolescente, mais c'est difficile à croire, parce que l'enfance et l'adolescence sont des âges mouvants et maman ne bougeait pas.

— Alors pourquoi étais-tu toujours de son avis ?

Elle commence à m'agacer, cette enfant. Je me demande si elle n'a pas cherché à me revoir uniquement dans le but de m'être désagréable. Quand elle m'a appelé, j'étais dans d'excellentes dispositions à son endroit. J'avais déjà formé le projet de la voir et je lui aurais certainement téléphoné moi-même si elle ne l'avait fait d'abord.

— Dis-moi, Aurélie, étais-tu toujours de l'avis de Nora ?

— Pourquoi demandes-tu ça ? Et en quoi ça te regarde ?

Mais elle a beau se rebiffer, elle n'échappera pas à ma logique vengeresse. Il y a trop d'années que j'ai pris l'habitude de clouer le bec à mes soeurs pour perdre brusquement la face devant une gamine qui n'a pour elle que son agressivité.

— Je suppose que tu étais parfois en désaccord avec elle ? Il n'empêche que pour vos amis, pour le reste de la famille, vous étiez : Nora et Aurélie. Une opinion pour deux. Vous formiez une entité aux yeux des gens.

— Tu essaies de m'expliquer que toi et ta mère étiez parfois en désaccord. Il n'empêche que...

— Il n'empêche... ?

— Je me comprends.

— J'aimerais te comprendre aussi.

— Grand-maman t'interdisait de nous voir ?

— Ah, c'est donc ça ? Le chat sort du sac ! Non, maman ne m'interdisait pas de vous voir. Avec tous ses préjugés, je sais qu'elle refusait d'admettre une alcoolique à la maison.

— Cesse donc de parler des préjugés de grand-maman comme si tu ne les partageais pas ! Tu avais honte de ma mère : l'alcoolique et sa bâtarde, c'est ça que tu pensais, non ?

— Tu es stupide, Aurélie, stupide et mélodramatique !

— Je suis stupide parce que je vois tel qu'il est l'oncle Vic et sa respectabilité ? Tu ne voulais pas te salir à notre contact.

À ce point, Aurélie est honteuse de sa propre violence. Quant à moi, je suis secoué. J'ai l'habitude des gens qui se haïssent avec courtoisie, je suis déconcerté par quelqu'un qui verbalise ses rancoeurs. Au surplus, elle m'étonne : ma respectabilité, est-ce donc là le portrait que Nora faisait de moi à sa fille ? M'avait-elle donc perçu comme un homme « respectable » ?

— Aurélie, écoute...

— Je n'écoute rien.

— Si, tu m'écouteras. Tu es bien obligée, dis-je avec un sourire contraint. Je suis chez toi, il t'est difficile de me mettre à la porte.

C'est vrai, au fait, je suis chez Aurélie, ou tout au moins dans ce qui lui sert de chez-elle. Elle occupe une chambre dans la maison d'une famille qui devait avoir des liens avec Nora, je n'ai pas bien compris lesquels. Elle paie pension et semble s'y trouver à l'aise.

— Tu me parlais de ma mère, ou plutôt tu voulais que je t'en parle. Aurélie, pourquoi fais-tu dévier la conversation ?

— J'ai l'impression que c'est toi qui la fais dévier dès que ça ne fait plus ton affaire. Mais enfin, qu'importe ! Parle-moi de ma grand-mère.

— Elle avait pour moi une préférence qui se manifestait de curieuse façon. Je crois qu'elle m'évitait les occasions de me faire engueuler ou prendre en défaut.

— Elle préférait engueuler Nora ?

— Oui, je le pense. Au fond, je crois que ma mère a dû être très malheureuse avec mon père. Il buvait, son humeur était inégale.

— Quand as-tu su qu'il buvait ?

Je hausse les épaules :

— Après sa mort. On ne me disait pas grand-chose, tu sais. Quant à moi, je n'étais pas un enfant particulière-ment lucide. Ma mère, qui était pleine d'une espèce de fierté farouche, s'est toujours arrangée pour que la maladie de mon père ne soit pas connue. Elle ne cherchait pas à se faire plaindre d'être « la femme de l'ivrogne ». Mon père, malgré tout, lui remettait une partie de ses payes, enfin je le crois, c'est ce que les autres m'ont dit, mais le portefeuille devait quand même être un peu aplati, parce qu'on a toujours vécu dans l'inconfort, les autres et moi. Et pourtant, mon père devait gagner un beau salaire.

— C'est pour ça qu'Alexis ne boit pas ?

— Oui, je pense. C'est pour ça aussi qu'on a tous facilement un verre à la main en cas de détresse, sauf Alexis, justement.

Je me mords les lèvres. Est-ce à la fille de Nora que je dois expliquer pareille chose ? Mais c'est curieux : Aurélie, si rétive devant un innocent commentaire, ne se formalise pas d'entendre évoquer l'éthylisme de sa mère.

— Ma mère aussi avait besoin de noyer ses chagrins dans l'alcool. Pauvre Nora !

— Tu l'appelais Nora ?

— Oui, elle avait l'air très jeune, tu sais, du moins jusqu'aux deux ou trois dernières années de sa vie. Jusqu'à ce qu'elle ait trente-six ou trente-sept ans, j'ai pensé qu'un pouvoir magique préservait ma mère du vieillissement. Puis, c'est venu tout à coup, je ne me rappelle plus très bien.

Les coudes aux genoux, le regard lointain, Aurélie fait renaître devant mes yeux éperdus le fantôme de cette fille si vivante qu'était Nora. Le visage de ma nièce retrouve momentanément une limpidité enfantine alors qu'elle recrée pour moi l'inaltérable jeunesse de ma petite soeur.

— Elle était belle. Elle ne le savait pas.

J'acquiesce en silence, puis je me jette à l'eau :

— Tu sais, elle ne le savait pas un peu par ma faute. Je crois que gamin, je l'ai beaucoup taquinée sur sa prétendue laideur. Tous les garçons en font probablement autant avec leur soeur, sans se rendre compte du mal qu'ils peuvent faire. Nora avait une confiance excessive en mes jugements, elle devait penser que mes connaissances en matière de beauté féminine étaient solides. Mais même si elles l'avaient été, je n'aurais sûrement pas fait de compliments à ma soeur.

La honte me fait détourner les yeux. Jamais je n'ai osé parler à quiconque de mes sarcasmes d'adolescent à l'égard de Nora. Je n'en ai même jamais parlé à Henriette. J'attends d'Aurélie une violente réaction. Geste inattendu : elle pose sur ma main le bout de ses doigts :

— Ça, je le sais. Nora m'a dit que tu l'avais souvent fait pleurer en lui faisant croire qu'elle était laide.

— Ça ne te poussait pas à me détester ?

Elle éclate de rire, et le son de ce rire m'assène au coeur un coup douloureux. Nora riait ainsi, de façon brève et explosive.

— Pauvre Vic ! Je me rendais compte que Nora s'en faisait trop pour des mots d'enfant. Je riais un peu d'elle, je la taquinais. Tu sais, sur certains points, elle était un peu bébé pour son âge, comme si elle en était restée à l'époque de son enfance avec toi. Je lui disais : tu es bête de prendre au sérieux les paroles de Victor, je suis sûre que même lui ne s'en souvient pas.

Ô magie de la sincérité juvénile. D'une simple phrase, Aurélie vient de me retirer du coeur un des poids qui m'oppressaient ; le remords d'avoir installé Nora dans la conscience de son peu de séduction. « Je suis sûre que même lui ne s'en souvient pas. » Aurélie exagère : elle m'attribue plus d'innocence que je n'en ai. Décidément, je n'échappe pas au besoin de mélo de ma famille. Mais c'est plus fort que moi, je cherche désespérément la cause exacte du sentiment qui a poussé Nora à avaler une centaine de comprimés, une nuit d'avril, il y aura bientôt trois ans. Je n'ose pas interroger Aurélie, qui doit bien se poser des questions semblables, ni en parler à mes frère et soeurs qui en savent toujours plus que moi sur les affaires familiales. Peut-être au fond ai-je peur d'en savoir d'avantage? Peut-être que je suis un salaud, alors que je crois n'être qu'un imbécile ? Suis-je Sade, Machiavel, Pilate ou Gribouille ? Tout compte fait, j'aimerais mieux Gribouille.

Mes pensées m'ont emporté loin d'Aurélie qui me considère d'un oeil quasi amusé.

— Excuse-moi, Aurélie, je n'y étais pas.

— Je sais, tu étais avec Nora. À quoi exactement pensais-tu ?

— À une épave de goélette.

J'ai dit cela très vite, à mi-voix. De la réponse d'Aurélie dépendra la tranquillité de mon esprit. J'ai beau me gourmander : c'est idiot, on ne se suicide pas parce que le grand frère refusait de pleurer à l'unisson sur une épave démolie. J'ai beau utiliser sur moi cette imparable logique qui terrorise mes soeurs et mes enfants, je ne parviens pas à m'ôter de l'idée que c'est mon absence, mon abandon systématique et répété, qui a fait de ma vivante Nora d'abord une intoxiquée, puis une morte prématurée. Nora, pauvre épave à la fois vénérée et traitée avec dédain, l'artisan de ta destruction s'appelle-t-il Victor ? Je reviens à la surface. Aurélie me regarde avec un ahurissement comique :

— De quoi parles-tu, Vic ?

— D'une épave de goélette qui se trouvait à Villy.

— Oh ! Villy ! Nora m'a beaucoup parlé de Villy. Mais pas d'une goélette. Il n'a jamais été question d'une goélette. Raconte-moi ça, tu veux ?

Aurélie, ma belle, combien j'ai le goût de t'embrasser ! Le silence de Nora à cet égard signifierait-il que l'incident s'était effacé de sa mémoire ? Comme je voudrais le croire ! Je suis comme tout le monde, moi, j'aime bien dormir tranquille. Caïn lui-même, mauvais frère s'il en fut, a obtenu du ciel le droit au repos.

VI

Je n'ai pas mis beaucoup de temps à me sentir honteux de mes débordements sentimentaux à l'endroit de ma nièce. Ce comportement ne me ressemblait guère. C'est pourquoi, depuis cette soirée idiote, j'aime mieux éviter de me trouver face à Aurélie et de risquer un nouveau coup des tables tournantes et des esprits frappeurs. J'ai d'ailleurs pour me venir en aide un prétexte qui ressemble autant que faire ce peut à une raison : je m'occupe un peu plus de mes enfants que j'avais négligés depuis quelques mois et même depuis quelques années.

Samedi, je suis allé voir Hugo jouer au hockey. Je n'y étais pas allé depuis l'époque où il jouait dans la catégorie pee-wee. Il a presque la carrure d'un homme, maintenant. Seule l'étroitesse des épaules révèle l'adolescent, dans deux ans, il sera plus grand et plus costaud que moi. J'éprouve à le regarder cette fierté teintée de mélancolie qu'ont sûrement tous les pères à contempler la radieuse virilité de leur garçon, alors qu'eux-mêmes épaississent et grisonnent.

J'ai eu mes enfants trop tard. Mes habitudes d'homme fait étaient déjà prises. C'est mon premier mariage qui a retardé ma paternité. Nora, pourtant plus jeune que moi, a vu sa fille adulte avant de mourir, alors qu'à quarante-cinq ans bientôt, je suis encore aux prises avec la puberté naissante de Marin.

Hugo fait un bon ailier. Il est peut-être encore un peu lent de réflexes, mais je crois que c'est plutôt dû à la timidité qu'à l'apathie. Il patine avec calme et l'équipe mise sur son endurance plus que sur sa fiche de buts. Marin, qui a consenti à m'accompagner malgré son dédain pour les exploits de son aîné — « Y est encore loin de la Ligue nationale, même si y se pense fin » — guette du coin de l'oeil la réaction des autres assistants et prend un air nonchalant et blasé quand on applaudit un beau lancer du numéro 6. La journée est belle, je me sens heureux ; il y avait des siècles que je ne m'étais trouvé en compagnie de mes deux gars et, faute de savoir leur exprimer ma joie et mon affection, je leur propose la panacée des pères de famille : un Big Mac.

Mon euphorie baisse un peu quand, attablé devant l'objet de mon sacrifice, j'entends mes enfants se quereller pour des moitiés de banquette et d'infinitésimales injustices dans les portions de frites. Mon exaspération doit se voir, car au bout d'un moment, ils cessent d'échanger des insultes, se contentant de se bourrer silencieusement de coups de coude, épiant un éclat possible de ma part. Héroïque, je joue jusqu'au bout le rôle du père Lapatience :

— Vous aimez pas mieux manger pendant que c'est encore chaud, les gars ? Si un de vous veut se battre, je peux l'attendre tout de suite à la sortie, je n'aime pas beaucoup les hamburgers.

Ils éclatent de rire tous les deux, avec une si évidente sincérité que je ne sais si je dois être soulagé ou vexé. J'ai fait dévier leur querelle, c'est entendu, mais il est visible qu'Hugo et Marin ne peuvent rien imaginer de plus cocasse que leur vieux père tombant la veste pour écraser ses phalanges racornies sur leur thorax d'acier. Bof ! autant les faire rire que d'arbitrer leurs différends.

— Dépêchez-vous, les gars, on rentre. Henriette va être inquiète.

Ils sentent que j'ai assez joui de mon Big Mac et finissent docilement d'enfourner leur pitance.

À la maison, je suis plutôt soulagé quand Henriette me transmet un message :

— Aurélie a appelé. Elle a dit qu'il n'y avait rien d'important, mais elle voulait nous dire bonjour avant de partir pour le Nord. Elle a une semaine de vacances et elle va faire du ski de printemps.

Eh bien, ce sera autant de pris. Une semaine avant de faire face à Aurélie. Dans quel guêpier me suis-je fourré quand j'ai bêtement fait tomber devant elle le masque qui m'allait si bien, celui de l'indifférent mal disposé aux confidences ?

Henriette, si intuitive pourtant, ne semble pas saisir mon besoin de m'éloigner de mon encombrante famille. Elle a au contraire l'impression que j'ai enfin fait l'acquisition d'un bel esprit fraternel tout neuf qu'il est urgent d'essayer pour voir s'il fonctionne bien. Ma rencontre avec Aurélie l'a comblée de joie. Henriette n'a que trois frères et soeurs, mais la cohésion de ces gens ferait l'objet d'une belle image d'Épinal. Dispersés aux quatre vents, ils s'écrivent avec conscience et régularité, se voient chaque fois qu'ils le peuvent, ressassent les plaisanteries de famille et les souvenirs d'enfance, visitent leur père dans son foyer pour vieillards. Bref, tout ce monde est beau et gentil à faire rêver. Pour Henriette, une famille ne se conteste pas, elle se constate, s'accepte et se vit telle qu'elle est. Nos complications émotionnelles doivent souvent l'emplir de désarroi.

Sabine, qui sent chez Henriette une compréhension qu'elle ne trouve pas chez moi, déverse dans l'oreille de ma pauvre chérie une foule de commentaires et de récits folkloriques, tous entachés, j'en suis sûr, du talent d'affabulation que mon père avait déjà décelé chez sa fille.

Ah ! cette Sabine ! Soit dit en passant, mon père était mal placé pour critiquer le sens du théâtre de sa progéniture, lui qui ne pouvait éternuer sans étudier la façon dont il sortirait son mouchoir de sa poche. Entre ce Sacha Guitry à la manque, qui jouait toujours pour quelque galerie invisible, et les habiles contorsions de faits exécutées par la V.D., le moins qu'on puisse dire, c'est que je n'ai pas été élevé dans le culte de la vérité. D'ailleurs, tout le monde s'en ressent chez nous. Je mens avec aisance et talent. Monique a hissé le mensonge à la hauteur d'un art. Chez Sabine, ce don n'est plus à décrire. Nora, qui mentait si mal, ne reculait pas devant l'occasion de faire croire par des attitudes ce qu'elle ne pouvait prouver par des mots. Sa langue était droite, mais son comportement fourchu. Seul saint Alexis n'a jamais, à ma connaissance, été accusé par quiconque de manquer de loyauté ou de franchise. A-t-il seulement des défauts, le frère ? Comme je lui serais reconnaissant si c'était le cas ! Mais non : il semble toujours préparer la douceur de sa voix pour le sermon sur la Montagne et son Verbe est le Verbe de la vertu et de la vérité. Je me demande en ce cas pourquoi son ménage va si mal, pourquoi nous ne voyons jamais Françoise chez nous, pourquoi son fils Clément, maintenant âgé de vingt-trois ans à peu près, ne fréquente pas ses cousins et pourquoi il est resté enfant unique.

Peut-être que si je mettais un peu moins de malveillance et un peu plus de curiosité sympathique à étudier mon frère, je saurais tout. Mais je n'aime pas à savoir tout sur les autres. Il m'est déjà assez pénible d'en savoir autant sur moi-même.

VII

Mon étonnement ne s'est pas encore tout à fait estompé : je n'ai encore parlé de rien à Henriette. Chaque chose en son temps. Mais je n'en suis pas encore revenu. De telles émotions, chez quelqu'un qui n'a pas coutume d'en absorber, doivent se digérer dans le silence et la discrétion.

C'était mardi soir, au sortir de mon travail. Comme je quittais l'ascenseur, je me heurte à un Alexis tout souriant, qui m'accueille avec enthousiasme. Étonné, j'ai le recul qui me secoue normalement devant les membres de ma famille et surtout devant mon frère. Mais il n'en a cure :

— Je voudrais t'inviter à souper au restaurant. Si tu ne peux pas, peut-être as-tu une heure pour prendre un verre. J'aimerais qu'on puisse piquer une jasette tous les deux. Ça fait une éternité qu'on ne s'est pas vus tranquillement.

Comment refuser ? Un appel à Henriette pour la prévenir et nous voilà tous les deux attablés dans un restaurant français. Alexis ne fait jamais les choses à moitié. Si on va dîner dans un restaurant, il faut que ce soit dans un bon. C'est son côté snob. Je me serais contenté d'un « Chez Sam café-patates-hot-dogs », mais Alexis n'a rien voulu savoir :

— C'est moi qui invite.

J'attends l'assaut des questions qu'il ne peut manquer de me poser au sujet de ma femme, mes enfants, ma réaction à la mort de la V.D., mais rien ne vient. Ma méfiance couve. Alexis doit être mandaté par quelqu'un, chargé d'un message déplaisant ou prié par l'un ou l'autre de me tirer les vers du nez ou de m'arracher une concession.

L'assaut ne se présente pas du tout comme je l'avais cru. Nous en sommes à l'escalope quand Alexis me demande à brûle-pourpoint :

— Tu sais que je suis une psychanalyse ?

Interloqué, je lève le sourcil, attendant la suite : il n'y en a pas. Je réponds enfin :

— Non.

Mon grand frère se borne à sourire de son air angélique et n'ajoute pas un mot. Je bafouille poliment :

— Tu trouves ça intéressant ?

À ma surprise, saint Alexis rit à gorge déployée :

— Tu ne sais pas trop quoi me dire, hein, Victor ? Tu voudrais bien me demander ce qui m'a pris, quelle folie on me trouve ou encore à quel moment on m'enferme, non ?

Sa gaîté m'empêche d'être gêné de répondre :

— Ben, tu sais, quand quelqu'un fréquente un psychanalyste...

— Je sais. Bref, après deux ans d'entrevues, j'ai pensé...

— Deux ans ! Il y a deux ans que tu fais une psychanalyse ?

— Ça te paraît long ?

— Un peu. Bon. Tu disais ?

— Je disais qu'après deux ans, voilà-t-y pas que je trouve sous le divan...

Sottement, j'interromps de nouveau :

— Parce que c'est du divan ?

— De cuir, vieux ! Très confortable. Il m'est donc venu l'idée de contacter mon frérot qui jusqu'à présent, ne m'a pas dérangé par ses appels répétés.

— Le psychanalyste t'a dit de m'appeler ?

— Non. Je te dis que j'ai trouvé l'idée sous le divan.

Je n'aime pas la taquinerie, surtout venant de quelqu'un que je connais aussi peu qu'Alexis. Je ne sais sur quel pied danser : mon esprit n'a rien de celui de ces Arlequins dont la conversation sautille d'un sujet à l'autre, dans une explosion de bons mots :

— Je ne comprends pas.

Mon frère voit que je suis presque fâché. Il redevient sérieux :

— Je voulais te parler.

— Me parler de quoi ?

— De rien. Te parler tout court. Te rencontrer, si tu préfères, te voir.

Intimidé, je détourne les yeux :

— C'est vrai qu'on ne se voit pas beaucoup...

— Depuis vingt-quatre ans à peu près, tranche Alexis, pour une fois catégorique, depuis mon mariage. Mais c'est curieux, Victor, j'ai toujours eu l'impression que j'aimerais te raconter des choses que je ne raconterais pas à mes soeurs. Est-ce l'idée de l'« homme à homme » ? Je ne sais pas. J'aurais peut-être pu parler aussi à Nora.

Piqué dans mon sentiment exclusif pour ma soeur, j'interroge aigrement :

— Tu connaissais bien Nora ?

— Non, mais je te crois assez bon juge en matière de personnes. Si tu l'estimais — et tu l'estimais, je le sais — c'est qu'elle valait quelque chose. Je t'ai vu te tromper une seule fois dans ce domaine : à ton premier mariage. Mais peut-être que tu te mariais pour quitter la maison. Quand même, il faut dire qu'Élise ne te convenait pas beaucoup.

J'ai sursauté : personne ne se permet de prononcer devant moi le nom de ma première femme. Pourtant, Alexis, lui si délicat, paraît aujourd'hui inaccessible à ces sortes de pudeur. Il bifurque de nouveau :

— Victor, te rappelles-tu bien la mort de maman ? Je veux dire : la revis-tu clairement en esprit ?

— Pourquoi me demandes-tu ça ?

— Parce que je n'y étais pas, tu le sais bien.

C'est vrai. Je ne me rappelais pas ce détail, ou plutôt ce qui est un détail pour moi, mais peut-être pas pour lui. Quand notre mère est morte, Alexis qui, pour quelque obscure raison était en voyage, a été retardé une journée et demie par une tempête de neige et n'est arrivé que pour le service et l'enterrement.

— Je me rappelle bien. Qu'est-ce que tu voudrais savoir ?

— Tout, Victor, tout ! Est-ce qu'elle est morte paisiblement, étiez-vous tous là ?

Il hésite :

— Est-ce qu'elle a manifesté du regret, du vrai regret de mon absence ?

Dans un éblouissement, un élan subit me pousse vers mon frère. Je songe.tout à coup qu'il s'est toujours senti rejeté par sa mère. Celle-ci, avec ses sarcasmes venimeux et sa préférence affichée pour moi, a inspiré à Alexis le sentiment inébranlable de son ignominie. Je revis, dans une révolte qui me secoue le ventre, la mort de mon père, il y a bientôt vingt-cinq ans. Non pas vraiment sa mort elle-même qui a été subite, mais les préparatifs de sa mort. Se sachant cardiaque et à la merci d'une crise imprévue, mon père avait informé Alexis de ses dernières volontés pour le cas où il disparaîtrait brusquement. Mon frère connaissait la teneur du testament, le nom du notaire, il savait mille détails dont personne n'avait jugé utile de m'informer. Et le vieux Théo, avec son goût du théâtre, devait bien y aller d'un accès d'apitoiement sur soi-même et d'un beau mélo sur son propre décès. Il ne devait pas en revenir de la perte que subirait le monde, et il le faisait savoir.

Ne nous attardons pas sur un fait aussi vieux, si vieux que la mémoire risque de le déformer. Je n'aime pas être victime de refrains de folklore : Sabine est là pour ça. Toujours est-il que si je ressens du dépit, cinq lustres après, d'avoir été, si j'ose dire, « évincé » de la mort de mon père, Alexis

68

peut en sentir autant du côté de la V.D. Et pourtant, qu'y a-t-il à lui dire ? Monique avait un message pour lui, cela ne lui suffit-il pas ?

Lentement, le film se déroule dans ma tête rétive. Je cherche à mettre l'interrupteur sur cette projection intérieure, mais le mécanisme est en branle.

D'un geste tendre, Monique rafraîchit avec un linge humide le visage en sueur de la V.D. Sabine pleure sans retenue, à grand bruit, et le ressac de ses hoquets forme une agaçante syncope avec le tic-tac du coucou qui continue d'activer son balancier dans le corridor.

Un bruit de verre cassé heurte les carreaux. Il grésille dehors et, tout à l'heure, nous devrons tous faire démarrer nos voitures sur une chaussée glissante comme une patinoire. La lampe reste allumée dans la chambre, bien qu'il ne soit que trois heures de l'après-midi. On arrive aux journées les plus courtes de l'année : Noël dans quinze jours.

D'en haut, on entend un fracas assourdi de tasses qui se frappent : Hervé, le mari de Monique, doit préparer du café, à moins que ce ne soit Louis-Marie, mon autre beau-frère. Oui, ce doit plutôt être Louis-Marie : Hervé est habile de ses mains et ses gestes sont rapides et silencieux. Louis-Marie casse presque tout ce qu'il touche.

Dans la désagréable pénombre trempée de cette journée de verglas, ma mère se meurt, en présence de tous ses enfants, sauf Alexis. La chambre est froide, trop froide pour une moribonde. Mais ma mère a chaud et encore maintenant, le poids de sa volonté est tel que personne n'ose hausser le thermostat. Ce n'est pas que ma mère ait demandé qu'on maintienne la température aussi bas. Elle n'a jamais rien demandé et continuerait de souffrir dans un silence culpabilisant si personne ne tâchait de deviner ce qu'elle ressent.

Malgré la sollicitude des uns et des autres, je sens une sourde impatience s'emparer de nous tous. Ma mère devrait se trouver à l'hôpital. Les soins qu'on lui dispenserait seraient plus compétents, moins nerveux et moins tendus que les nôtres. Mais se sachant condamnée, la V.D. a exigé de revenir mourir chez elle. Le médecin a expliqué à Monique que, dans les circonstances, le retour à la maison ne risquait que d'avancer de deux ou trois semaines « l'issue fatale » comme on dit dans les milieux médicaux. Il n'a donc rien fait pour contrer un entêtement qui libérait un lit dans un hôpital surpeuplé.

Il est évident que ma mère n'a demandé à personne de venir la soigner à domicile. Non. Mais chacun a senti qu'il y allait de son salut éternel de se trouver là à se morfondre dans l'impuissance et à supputer les minutes de vie qu'il arracherait à sa pauvre mère en lui donnant trop ou pas assez d'eau, en la remuant trop vite et trop mal, en la laissant trop souffrir ou en la bourrant d'un excès de médicaments.

Rendue à cette docilité forcée des nourrissons à cause de son impotence, ma mère se laisse désormais tourner et retourner et accepte avec une hautaine résignation les attentions qu'elle ne peut éviter. Je devine Sabine complètement annihilée par le blâme muet contenu dans le comportement de ma mère. Quant à Monique, elle paraît à l'aise, comme toujours. Mais je commence à la connaître : dans six mois, peut-être me parlera-t-elle avec amertume de notre inertie à tous au chevet de notre mère, alors que nous la laissions seule responsable des soins à l'agonisante. Elle aura raison, sans doute, mais nous n'y pouvons rien : seule Monique ne semble pas réduite à merci par les regards indéfinissables, les attitudes ambiguës et les rares paroles de ma mère. Seule elle a l'air de comprendre qu'en dépit de son intolérable majesté, ma mère n'est que ce qu'elle est : un être humain qui livre son dernier combat et qui le perdra dans quelques heures.

Quant à moi, je suis aussi inutile que possible en une telle conjoncture. Heureusement, Henriette est là pour faire croire aux autres que ma présence est un réconfort pour ma mère. Il est vrai que celle-ci, de temps à autre, tourne vers moi des yeux encore brillants et murmure : « Mon fils. »

Qu'est-ce qui a créé un pareil lapsus dans des souvenirs aussi récents ? Jamais, même au seuil de la mort, ma mère ne m'a appelé « mon fils ». Ces mots sortaient de la bouche de mon père, alors que pensant à ses fins dernières, il confiait à Alexis le détail de ses clauses testamentaires. « Je ne me soucierai plus de ces choses, clamait-il mélodramatiquement. Mon fils me succédera. » « Mon fils y pensera, du moins je l'espère. » Manifestement, « mon fils », c'était Alexis, pas moi.

Pourquoi ai-je éprouvé le besoin de m'appliquer des mots qui ne m'ont jamais été destinés ? Par vanité, sans doute, parce que dans le récit d'une agonie, il faut des mots éternels. Mais pour être honnête envers la postérité, je dois dire que ma mère, avant de mourir, avait peine à bafouiller mon prénom. Même l'appel qui se logeait dans ses yeux restait intraduisible : ma mère n'a jamais su faire comprendre ses détresses.

Sur le visage en sueur, la peau se tend déjà comme un masque, aux pommettes, au menton, aux mâchoires. Les mains, que j'ai rarement vu inactives, bougent peu : est-ce maîtrise de soi ou abandon du corps, je ne sais trop. Le mince anneau doré, qui s'enfonçait entre deux plis des doigts grassouillets, semble maintenant trop large. Louis-Marie ouvre doucement la porte et chuchote à Sabine : « Il y a du café. » Elle hoche la tête et, sans cesser de pleurer, passe le message à Monique.

En discrète belle-fille, Henriette se tient au second plan. Elle est prête à prendre la relève, mes soeurs le savent, mais elle ne s'impose pas. Elle sait que ma mère ne l'a jamais beaucoup aimée : elle n'est somme toute que ma deuxième femme du vivant de la première et notre mariage a été célébré civile-

71

ment, vu mon divorce. Habituée aux principes d'autrefois, Henriette comprend parfaitement les préjugés de ma mère et ne s'en formalise pas.

Pour l'instant, Henriette, du regard, informe Monique qu'elle est disposée à demeurer près de ma mère endormie pendant que notre pauvre aînée se reposera une heure. Monique m'interroge de la même façon muette. Je vais vers elle et glisse mon bras sous le sien pour l'entraîner, laissant Henriette s'asseoir doucement sur la chaise de bois, au chevet de ma mère.

La mort ne surviendra qu'à la nuit tombée, vers sept heures et demie. Recrue de fatigue, Monique somnolait gracieusement, la main sur la joue, appuyée sur la coiffeuse. Malgré son épuisement, c'est elle qui a entendu la première l'appel de ma mère : « Théo ! »

Jamais je n'avais entendu ma mère prononcer de telle façon le prénom de mon père. Elle le lançait comme une amante éperdue, comme elle avait bien dû le crier des décennies auparavant, quand mon père était encore le charmeur à la voix d'or qui la traitait en impératrice.

Je ne me rappelle pas les minutes qui ont suivi. Henriette prétend que je ne cherche pas à me rappeler, parce que la mort est un événement insoutenable pour n'importe qui et qu'un vivant cherche toujours à oublier le vrai visage de la camarde. Toujours est-il que, très peu de temps après, tout était fini et qu'une Sabine enfin calme fermait avec douceur les beaux yeux noirs de la Vieille Dame, tandis qu'accourait le médecin appelé en toute hâte.

Je me tais quelques instants. Ma pensée est si solidement ancrée à mes souvenirs que j'ai complètement échappé au présent. Enfin, je lève les yeux : Alexis pleure, sans chercher à retenir ses larmes. Je suis abasourdi. Cette image me réveille tout d'un coup et je lui demande :

. — Qu'est-ce qu'il y a, vieux ?

Et comme je ne sais que faire de l'ironie :

— Est-ce mon beau récit sentimental qui te met dans un tel état ?

Alexis n'a pas de respect humain, c'est là entre autres qu'il diffère du méchant Victor :

— Oui, répond-il avec simplicité. Ça me bouleverse. Pauvre maman : son agonie a été longue et dure.

Étonné, je repense aux mots que j'ai prononcés. Jamais je n'ai décrit à Alexis les souffrances de la V.D. Mais lui a lu entre les mots. Lui, qui était absent du chevet de ma mère, a tout compris : l'angoisse de l'être qui se sent chavirer, la souffrance physique et morale, l'affreuse solitude, les souvenirs qui reviennent hanter le cerveau défaillant. Et moi, qui étais là, je n'ai rien vu.

Je me revois tenant la main de ma mère. Avec une surprenante vigueur, elle serrait mes doigts et je répondais à cette pression par une pression égale, espérant lui transmettre une impression de solidité. Je croyais tenir sa main, je ne faisais que m'y cramponner. Et je réalise enfin, après des mois et des mois, que maman est morte, que je suis vieux et seul, seul au milieu de gens qui ne me comprennent pas et contre lesquels je dois lutter sans arrêt.

Égaré dans une jungle de sentiments violents et contradictoires, je dois avoir l'air d'un fou, car Alexis pousse vers moi un verre empli de Bordeaux :

— Remets-toi, Victor, j'ai été bête de te demander un tel récit au restaurant.

Gentiment, il oriente ailleurs la conversation, mais il me faut plusieurs minutes pour reprendre pied dans le réel. Et puis, je lui en veux : pourquoi m'a-t-il fait perdre une contenance dont j'ai besoin et qui fait désormais partie de mon personnage ? L'attitude d'Alexis a quelque chose de provocant. Je cherche une riposte à lui assener, la trouve et la lui lance au visage :

— Dis-moi, Alexis, comment se fait-il qu'on ne voit jamais Françoise et Clément ? En as-tu honte ?

Un regard d'épagneul vient sanctionner ma petite vile-nie. Pourtant, c'est d'un ton tranquille que mon frère me répond :

— J'ai été assez bête pour en avoir honte. Plus mainte-nant. Puis j'ai eu peur, mais ça s'en va aussi. Peut-être que tu les reverras avant peu.

— Peur ? Peur de quoi ? De qui ? De nous ?

— Et toi, Victor ? Pourquoi ne voyais-tu presque pas la famille avant la mort de maman ? Et même maintenant, cha-que fois que tu vois l'un ou autre, c'est contraint et forcé. Pourquoi ?

Méchamment, je rétorque :

— Parce que je trouve ma famille sans intérêt. Des peti-tes querelles, des petites jalousies, des petites comparaisons entre les niveaux de vie, des bilans sans cesse recommencés sur ce que les uns et les autres ont reçu en partage. Ça m'ennuie.

— Alors, pourquoi ça ne pourrait pas m'ennuyer moi aussi ? demande doucement saint Alexis qui, décidément, recommence à m'exaspérer.

— Ce n'est pas du tout la même chose, Alexis. Quand je vais dans la famille, j'amène Henriette, Hugo et Marin. Mais toi, on te voit toujours seul.

Baissant la tête, Alexis étudie le contour du pied de son verre avant de dire lentement :

— Victor, quand je me suis marié, j'avais peut-être tort, mais je sentais votre mépris à tous parce que je me mariais avec une fille enceinte. Monique ne m'avait pas caché que je me conduisais comme un imbécile. Papa estimait qu'un uni-versitaire aurait dû savoir lire un calendrier ou « prendre d'autres moyens » comme on disait pudiquement dans sa génération. Ma mère me regardait me marier avec ironie, parce qu'elle voyait bien que je ne savais faire que des mala-dresses. Sabine, Nora, je ne sais pas. Toi, tu n'avais pas de mots assez durs pour flétrir « les futurs cocus » qui posent des mines sur leur propre terrain.

Honteux, je baisse la tête à mon tour.

— Je n'ai pas pris de temps à me rendre compte que mon mariage avait été bâclé sans que Françoise et moi on puisse se connaître assez pour se juger. Avant notre mariage, je n'avais pas d'amour réel pour elle. Puis Clément est arrivé. J'ai voulu établir avec lui un vrai contact de père à fils, je n'ai pas su.

Alexis me débite ses déceptions d'un ton presque neutre, en tout cas sans l'ostentation qu'y mettait mon père, sans ce moralisme qui entachait tous les propos de ma mère. Ça doit être ça, l'accent de la vérité. Après un coup d'oeil sur moi, comme pour s'assurer qu'il ne m'ennuie pas, il reprend :

— Je ne sais pas ce qui a sauvé mes soeurs et toi de la dépression et du suicide...

Il se tait brusquement, le temps de laisser le fantôme de Nora nous effleurer, puis s'en aller après nous avoir étreint le coeur au passage :

— Moi, ce qui m'a réchappé, comme on dit, c'est d'avoir fui la famille, ou du moins d'avoir évité les contacts trop nombreux entre ma famille de naissance et ma famille de mariage. Entre Françoise et moi...

De nouveau, il s'interrompt. Il ne doit pas être habitué à se confier. Saint Alexis, confesseur, doit en avoir entendu bien plus qu'il n'en a dit au cours de son quasi-demi-siècle d'existence.

— On a tenu le coup, elle et moi. Je suppose qu'aux yeux de nombre d'entre vous, j'ai été idiot de rester avec elle. Mais peut-être qu'à son point de vue, c'est elle qui était idiote de demeurer avec moi..

Ça, c'est du Alexis tout craché. Ça lui ressemble tellement comme idée que s'il n'en avait pas parlé, j'aurais été tout surpris.

— J'ai appris en psychanalyse, ou plutôt j'ai compris que si je l'avais épousée, c'est que j'y trouvais mon profit en quelque sorte. Je l'ai cherché. Je l'ai trouvé. Ce qui ne veut pas dire...

Il laisse en suspens les phrases les plus révélatrices, croyant peut-être qu'elles sont superflues :

— En tout cas, pendant toutes ces années, j'ai pensé que l'équilibre d'un homme peut résister à un certain nombre d'assauts, mais pas à un surcroît de moqueries, d'avanies ou de ridicule. C'est pour ça que je ne mettais pas ma femme et mon fils en présence de mes parents. À présent qu'ils sont morts, la chose est possible, mais peut-être est-il trop tard, surtout pour Clément.

— Aurélie a fréquenté la même école que Clément pendant longtemps, lui dis-je pour dire quelque chose.

— Oui.

Un autre que lui succomberait à la tentation de me demander ce que notre nièce pensait de son fils. Pas Alexis. Tant mieux. « Pas beau, timide, mal habillé, l'air pas trop fin, avec des lumières ici et là. » Le jugement sommaire d'Aurélie est de ceux qu'on garde pour soi, si l'on veut conserver son frère dans ses relations.

— Il veut devenir cinéaste.

— Clément ?

— Oui. Ça te surprend ?

— Ma foi...

— Oui, je sais, tu ne le connais pas. Il a repris ses études. Je l'encourage. Ça me ferait plaisir qu'il réussisse dans un domaine aussi exigeant, aussi créateur.

Il vide son verre, un peu gêné de tant parler de soi. Et justement, il me vient à l'idée qu'il ne m'a sans doute invité que pour se faire raconter la mort de ma mère et pas pour se faire tirer les vers du nez. Je revis en une seconde le récit décousu que je lui en ai fait :

— Monique t'avait-elle transmis le message que maman avait laissé pour toi ?

— Oui. Mais tu sais, un message, ça reste ce que c'est : un ou deux mots de la part d'une personne absente. Tandis que ton récit est plus... j'allais dire plus vivant, non, plus évocateur.

Avec brutalité, un vieux souvenir vient me serrer la gorge. « Mon fils. » Le voilà, mon fils, le fils unique et préféré.

— Dis-moi, Alexis, pourquoi notre père ne m'a-t-il jamais parlé de ses dernières volontés, à moi aussi ?

— Tu étais bien jeune.

— Je sais, mais quand je l'entendais parler de « mon fils » comme s'il n'en avait qu'un...

Et tout à coup, sans doute le vin aidant, je lui déverse tout dans l'oreille : mon sentiment d'avoir été évincé du partage des responsabilités entre les survivants, l'impression d'avoir été le fils encore au gynécée, en compagnie des femmes. La comparaison fait sourire Alexis, féru de culture grecque :

— Il me méprisait, je n'étais pour lui qu'un A-moins, Alexis moins quelque chose, moins ce chromosome de l'être unique qui en fait ce qu'il est.

— Et maman ?

— Quoi, maman ?

Ma mauvaise foi est trop évidente, même Alexis ne s'y laisse pas prendre :

— Tu sais bien quoi, maman. Maman, avec sa préférence pour toi, tu ne penses pas qu'elle m'en faisait avaler, du vinaigre, peut-être ? Tu sais, si on fait un petit tour du côté des préférences de nos vieux, on n'a pas fini de se lancer des oeufs pourris.

Lui semble en tout cas en prendre son parti, fils rejeté qui ne réclame comme part d'héritage que le récit de la mort de sa mère. Mais mon appétit à moi est plus boulimique. Alexis est réticent :

— Et puis, tu fais la comparaison uniquement entre toi et moi. Mais à côté de nous, il y avait nos soeurs.

— Et alors ?

— Alors, peut-être qu'elles aussi pensaient avoir droit à des parents. Peut-être que Monique, Sabine et Nora se sont senties aussi évincées que toi du Guignol paternel.

Le Guignol ? Tiens, tiens, on fait dans le cynisme, saint Alexis !

— Alors tu sais, l'injustice était aussi patente et même davantage pour elles que pour toi ou moi. Toi, tu avais maman, moi papa, elles l'honneur d'être nos soeurs.

Il a vraiment des idées comme personne, le frère. J'ai le goût de m'en aller, maintenant. Je regarde ma montre :

— Tu dois être pressé, Victor, fait remarquer mon aîné qui n'a pas lu dans mes pensées.

Il me quitte apparemment satisfait de moi, peut-être satisfait de lui-même, alors que fidèle à mon habitude « victorienne » de ruminer du fiel, je ressasse notre conversation, tâchant d'y trouver des arguments à conviction qui feront la condamnation de saint Alexis.

Et pourtant, j'ai cessé de me sentir à l'aide dans ce rôle d'avocat du diable et quelque chose au fond de moi éclate de joie : j'ai un frère.

VIII

Depuis ma tumultueuse adolescence, je ne me souviens pas d'avoir éprouvé de tels bouleversements intérieurs. Est-ce le démon de midi qui me taquine de ses ongles griffus ? J'ai quarante-trois ans, il ne faut pas que je l'oublie, même si mon comportement ne le laisse pas toujours deviner.

Tout a-t-il réellement commencé avec la mort de la V.D. ? Ou avec celle de Nora ? Ou faut-il remonter encore plus haut, à la mort de ce père que j'ai si peu et si mal connu ?

À mon travail, je suis nerveux, distrait, irritable. Mes copains les plus éprouvés, ceux avec lesquels j'aime aller luncher de temps à autre ou échanger des propos sur la politique, les femmes ou l'argent, ont visiblement envie de m'éviter. L'un d'entre eux, bon Samaritain, me poursuit héroïquement de ses avances. On sent qu'il flaire chez moi une crise quelconque, conjugale ou physique, et qu'il veut m'appuyer de toute son amitié. Cher vieux Marc !

Il y a une semaine, Henriette m'a conseillé de prendre quelques jours de congé, sans solde au besoin. Il m'a bien fallu comprendre que mon humeur, déjà pas si agréable, subissait une dépression pénible pour autrui. J'ai failli me rendre à ses arguments. Seuls l'esprit de contradiction et la peur d'avoir à organiser ma vie pendant cette semaine d'oisiveté m'ont fait reculer. Où aller, en effet, où je ne retrouverai pas Victor Dutil, ses regrets, ses remords, ses souvenirs, sa mentalité victorienne, tout ce qui le rend si fatigant à vivre pour lui-même et pour les autres ?

J'ai donc tenu le coup ou plutôt, pour être vraiment honnête, j'ai fait tenir le coup aux autres. Pour ma part, je n'ai fait que traîner les jours comme à l'accoutumée. Il m'a fallu une réflexion de Marin pour m'aviser que je devenais réellement insupportable. À l'occasion d'un différend infime sur une question d'importance plus infime encore, j'y étais allé d'un de mes coups de gueule quasi quotidiens :

— À quel âge ça sort de l'âge ingrat, les pères de famille ? s'est enquis l'enfant avec une moue agacée.

— Qu'est-ce que signifie ta brillante réflexion, veux-tu me le dire ?

Après un rapide coup d'oeil sur ma physionomie, histoire de s'assurer que ses oreilles ne risquaient pas un mauvais traitement par suite d'une sincérité intempestive, Marin s'est expliqué avec la maladresse de son âge :

— Ben, c'est vrai, vous autres, les parents, vous parlez de l'âge ingrat, du caractère difficile des enfants, de ci pis de ça, mais je te dis que les pères sont pas toujours plus fins que nous autres.

Il en disait certainement le centième de ce qu'il pensait, mais j'étais édifié : mes propres fils m'enduraient faute de pouvoir m'enfermer ou s'enfuir, Henriette... Henriette ne me trouvait pas plus drôle, c'était évident.

Quand je lui en ai parlé, elle m'a avoué avec lassitude :

— C'est vrai que tu es plutôt susceptible, de ce temps-ci. Je sais bien, Victor, que tu es bouleversé.

D'un geste impatient, j'élude cette excuse qui ne fait qu'aggraver mon cas :

— Je suis si désagréable que ça ? Eh bien, dis-le, ne te gêne pas !

Elle balance encore un instant, se demandant sans doute dans quelle mesure elle me blessera si elle décide d'être franche. Puis la fatigue de m'avoir supporté aussi longtemps l'emporte :

— Eh bien oui, Vic, tu es affreusement difficile. Tu ne prends aucune remarque, même la plus infime. Tu n'endures pas les garçons, tu les asticotes pour un oui ou pour un non...

— Ah ! parce que tu trouves qu'Hugo, qui n'était pas rentré à deux heures du matin, à seize ans, un soir de semaine, c'est un rien ? Toi, tu aurais laissé couler ?

Henriette hausse les épaules :

— En plus, tu...

— Tu ne m'as pas répondu, lui fais-je remarquer, furieux. Tu l'aurais laissé faire sans lui en parler, au nom de l'éducation démocratique, oui ou non ? Enfin, réponds-moi !

L'oeil allumé, Henriette commence à grignoter l'appât que je lui agite depuis tant de semaines au bout de mon hameçon empoisonné :

— C'est une question qui ne mérite même pas de réponse, Victor. Tu la poses uniquement pour te sentir attaqué par ce que je vais te dire. Tu es provocant, agaçant, tu mets tout le monde en rogne, tu es plein de propos venimeux, je ne sais pas comment te parler, je ne sais même plus comment exister devant toi.

Lentement, une idée commence à se faire jour en moi :

— Tu en as assez de moi, c'est ce que tu cherches à me dire ?

— Vic, si je te dis non, tu vas m'asticoter pour me prouver que je te mens. Si je te dis oui, tu es capable de prendre ta valise pour t'en aller ce soir.

— Tu peux y compter. Je ne vais pas m'imposer dans ta vie...

— Tu vois ce que je dis. Tu n'acceptes aucune remarque. Tu tournes tout à ton désavantage et au mien. Victor, qu'est-ce que tu as ? Ce n'est quand même pas Alex qui t'a rendu comme ça ?

Je ricane :

— Ah non, tu penses bien ! Saint Alexis ! Comment

pourrait-il me donner le mauvais exemple ? C'est plutôt lui qu'on devrait mettre en garde contre le méchant Victor !

— Je commence à le croire, me rétorque violemment Henriette. Non, tais-toi, depuis des semaines que tu es désagréable avec tout le monde, tu vas m'écouter pendant vingt secondes. Prends congé, tout de suite, pour une semaine au moins, va-t'en dans le Nord, va faire du sport, va n'importe où, mais donne-moi une occasion de me reposer de toi.

Et Henriette qui ne m'a pas habitué aux mesquineries, me lance cette flèche au curare avant de me claquer la porte au nez :

— Je commence à penser que tous les torts n'étaient pas du côté d'Élise quand tu as divorcé.

Alors j'ai capitulé. Parce que malgré mon orgueil, l'idée qu'Henriette consentirait vraiment à vivre sans moi m'a été intolérable. Je n'ai pas voulu prononcer des mots sur lesquels j'aurais été beaucoup trop bête pour passer l'éponge.

Voilà pourquoi je me trouve seul dans une petite chambre confortable d'une auberge du Nord, ahuri de dépaysement, déconcerté d'être privé d'Henriette dont je ressens cruellement l'absence à mon flanc chaque nuit, buté devant l'urgence de fouiller ma conscience qui s'égosille certainement, la pauvre, sous des tonnes de détritus.

Sommes-nous déjà en novembre ? Y a-t-il bientôt un an que nous avons enterré la V.D. ? Ai-je déjà bouclé toute la boucle d'une année sans avoir repris plus d'empire sur moi-même ?

J'ai tout fait pour m'empêcher de penser. D'abord, j'ai procédé à l'achat de romans policiers qui, par un hasard insidieux, étaient bons et méritaient une lecture soutenue, sans interruption. Puis, après deux jours de pluie au cours desquels j'ai presque fini de dévorer ma petite bibliothèque, il s'est mis à faire beau, de cette fragile beauté de l'automne finissant et il m'a bien fallu capter ce sourire du Nord sur mon appareil photo. Je ne suis pas mauvais photographe, sans doute parce que je réussis à transmettre sur de petits bouts de carton les émotions que je ne réussis pas à coller sur le visage de Victor Dutil.

Avant-hier, comme je rentrais d'une longue promenade, ayant épuisé tous mes films, je suis monté à ma chambre dans l'intention de me changer pour le souper. Éreinté de mon après-midi au grand air froid, je me suis étendu sur mon lit pour griller une cigarette. Du coin sombre de ma tanière, mes fantômes ont surgi l'un après l'autre, criant justice et refusant de retourner à leur oubli.

Il y a d'abord eu ma mère, que je revois nettement, le souffle rauque comme elle l'avait l'an dernier, alors qu'elle se débattait dans l'antichambre de la mort. Je me rends compte que, même adulte, je n'ai jamais cherché à la comprendre, parce qu'elle semblait forte et qu'elle me faisait peur. Comme elle a dû se sentir seule, après la mort de mon père, entourée de nos faiblesses filiales et de notre incapacité à la percevoir comme un être humain !

Puis c'est Nora dont le souvenir s'est imposé à moi. Nora enfant, silencieuse, butée ; Nora adolescente, que j'aimais tant sans jamais le lui montrer ; Nora adulte, aux prises avec la solitude, l'alcool et le désespoir.

Ensuite, j'ai évoqué Théo, si bruyant, si présent. Je le revois clairement, fumant des cigares dont l'odeur me donnait la nausée, faisant taire tout le monde pour parler mais ne supportant pas la moindre interruption. Mon père a-t-il jamais su à quel point il me terrifiait ? M'aurait-il aimé, à sa façon, à mon insu ?

Quand l'image d'Henriette s'est imposée à moi, dans le fatras de mes péchés, je n'y ai plus tenu. Un brusque coup de reins m'a remis sur mon séant et j'ai secoué la tête plusieurs fois pour me débarrasser de mes obsessions.

Savait-elle, Henriette, en m'expédiant en vacances forcées, que j'en arriverais à ce point ? Intuitive comme elle l'est, même si elle n'a pas envisagé cette éventualité de façon précise, elle sentait que la réflexion solitaire me mènerait quelque part. Cette fois, il faut que je règle leur cas à mes fantômes. Cette fois, il faut bien que je reconnaisse, comme le disaient les bons pères de mon enfance, que « même le plus gros pécheur entend parfois la voix de sa conscience ».

Henriette, ma douce, ma bien-aimée, mon étoile des mages, je ne veux pas te perdre. L'hostilité que j'ai lue sur ton visage avant mon départ m'a forcé à faire le point de mon infamie. Je t'en supplie, prends-moi tel que je suis et laisse-moi le temps de me refaire à ton gré, à ton goût, à ton désir.

Cette fois, sans me débattre, je laisse entrer mes fantômes et, voyant la porte ouverte, ils se présentent sans bousculade, sachant que chacun aura son tour pour faire entendre sa cause.

Henriette, dernière venue de ce groupe de justiciers, je te revois avec ton sérieux visage de vingt-deux ans. J'en avais vingt-huit, mais tu avais plus de maturité que moi. Avec mon mépris des femmes qui réussit bien à cacher la peur que j'ai d'elles, je ne te trouvais pas très *sexy*. J'avais même fait à ton sujet des commentaires à un ami, de ce genre de commentaires qui sont à peine drôles à quatre heures du matin, après plus soif.

J'étais alors en instance de divorce et je ne vivais pas avec Élise depuis plus de deux ans. T'en souviens-tu, ma chérie-douce ? Je t'ai été présenté par cet imbécile de Ghislain qui voulait me montrer une de ses prétendues conquêtes.

Comme tu as bien su panser mes plaies de cheval ombrageux et devenu rétif, comme tu as bien compris mes réticences, mes reculs et ce qui remplaçait chez moi la pudeur ! Puis comme tu as bien su comprendre ma paternité frustrée et me demander comme un cadeau cet enfant que je refusais de désirer à voix haute.

Curieusement, mes remords ne sont pas trop vifs à ton endroit. Non pas que j'aie été un homme agréable, doux et tendre comme j'aurais tant voulu l'être. Mais avec toi, dès le départ, j'ai été honnête, du moins dans la mesure où je sais l'être. Et je t'ai été farouchement, indéfectiblement fidèle, à un point que même toi tu n'imagines pas.

Henriette, ma petite âme, quand j'aurai fait la paix avec ma horde d'ectoplasmes, je te ferai vivre avec un homme nouveau. Je te ferai connaître la douceur d'être aimée avec sollicitude, toi qui m'as toujours deviné à demi-mot, à demi-pensée. Je ne te connais même pas, parce que j'ai aimé en toi l'amour que tu avais pour moi. Je n'aurai pas assez du reste de ma vie pour le faire.

Théo se présente avant les autres femmes à la porte de mes réminiscences. C'est normal, n'a-t-il pas toujours été le premier, partout et en toutes circonstances ? Premier à parler, premier à être servi, premier à profiter de l'augmentation des revenus, premier installé dans le meilleur fauteuil, premier dans l'amour de ma mère.

Avec lui, le règlement de comptes ne sera pas facile. Il y a bientôt vingt-cinq ans que mon père est mort. L'adolescence, dans laquelle je pataugeais encore à l'époque, est un prisme déformant. Comment m'y retrouver aujourd'hui et ramener à de justes proportions ce père gigantesque, fumant des cigares d'un pied de long et me repoussant d'une main impérieuse, alors que sa voix de tonnerre me réduisait au silence ? Comment terrasser ce terrible Philistin, avec quelle fronde le jeter à bas pour me rendre compte qu'il ne s'agissait que d'un petit homme rondouillard, maniaque, sensible et vaniteux ?

Est-ce une pensée revancharde qui m'a fait sourire à cette évocation ? Pour une fois, je ne le crois pas. Non, je pense que je suis content d'avoir pu décrire mon père autrement que par des épithètes démesurées, le décrire de telle façon qu'il ressemble presque à ses photos. Et justement, en pensant aux photos de mon père, j'en revois une où il tient Nora dans ses bras, alors que, debout à ses côtés, j'essaie crânement de faire semblant d'être le fils de mon père. Il était grand surtout parce que j'étais petit. Aujourd'hui que je suis grand, je pourrais peut-être le faire repasser sous la toise.

La façon dont je suis parvenu à me représenter mon père me remplit d'une joie telle que je puis, provisoirement, faire· reculer mes autres fantômes et ajourner leur audience pour quelques heures. Naïvement, je me sens fier de moi comme si j'avais accompli un haut fait. Je m'octroie une série de récompenses destinées à me donner du courage pour les jours qui vont suivre. J'appelle Henriette, dont la voix me paraît anxieuse :

— Te reposes-tu, Vic ?

Comme il est difficile de transmettre dans un appareil grésillant, placé dans une encoignure sans intimité, l'enthousiasme qui a été le mien il y a quelques instants à peine. Je fais de mon mieux :

— Ton idée était merveilleuse, ma Titounette. Je me repose, je fais de la belle photo. Toi, m'as-tu trouvé un remplaçant ?

— Je n'ai pas encore fait mon choix, me répond-elle en se mettant à l'unisson de ma pauvre gaîté d'interurbain.

Ayant raccroché, je suis un peu déçu. J'espérais pouvoir montrer à Henriette que le vieux Victor était mort, que j'avais réussi à jouer à mon père le coup du Jivaro intégral et que j'avais le goût de recommencer l'histoire de mon mariage.

Je m'accorde alors ma deuxième récompense : un souper fin, longuement dégusté, comme si je dînais en amoureux avec Henriette, souper précédé d'un apéro et agrémenté d'un bon vin.

Enfin, malgré ma promesse de ne plus lire une ligne avant d'avoir réglé mes affaires intimes, je me rends au coin librairie qui se trouve devant le comptoir de la réception, et je me choisis un roman policier dont l'affriolante couverture me laisse sceptique. Tant pis pour moi : la malhonnêteté ne paie pas, j'ai mis plus de quarante ans à m'en apercevoir.

Vers onze heures et demie, je me mets au lit, l'estomac alourdi par trop de bonne nourriture et trop d'alcool. Mon roman n'est pas terminé et j'en poursuis la lecture sans conviction, même si je crois connaître le coupable depuis la page 8. Malgré cet inconfort physique et la déception que m'a causé mon appel tronqué à Henriette, je finis par m'endormir d'un sommeil pesant avant minuit et demi.

Au réveil, un coup d'oeil à la fenêtre m'informe que le répit automnal dont j'ai joui est bel et bien terminé : une gelée blanche recouvre champs, routes et toitures. L'air semble solide et palpable. Le sol doit marteler sous les pas. Dans moins de quinze jours, le ski aura commencé.

Avec un curieux mélange de satisfaction, de nostalgie et de fébrilité, je décide que ma semaine de récupération est terminée et je demande ma note au patron. Dans trois heures, trois heures et demie, je serai chez moi.

IX

La paix dérisoire que j'étais allé chercher dans une auberge du Nord aurait peut-être tenu le coup si la V.D. n'avait pas exprimé, dans ses dernières volontés, le désir qu'un service anniversaire soit chanté, un an après ses obsèques, dans l'église même qui aurait célébré le service funèbre.

Et nous voilà donc de nouveau rassemblés, pauvres vestiges d'un empire englouti, autour d'un souvenir dont nous aimerions pourtant bien nous délester.

« Entre la veuve d'une année et la veuve d'une journée », disait le vieux La Fontaine. Je ne puis m'empêcher de sourire en évoquant ces mots, et peut-être mes frère et soeurs sourient-ils aussi dans leur barbe. Non que nous nous sentions tout joyeux d'être ici, en mémoire de ma mère, mais aujourd'hui, les émotions sont au ralenti, assagies, apprivoisées, et nous pouvons nous voir tels que nous sommes. Ce n'est pas forcément agréable.

Monique, par exemple, me boude depuis la réunion de famille autour d'Aurélie. À l'église, elle m'a salué d'un « bonjour » si sec que j'en suis resté tout interdit :

— Ça ne va pas, soeurette ? lui ai-je demandé, faussement guilleret, en la prenant aux épaules.

Mais ma soeur s'est dégagée avec mauvaise humeur de mon étreinte.

— Va exercer ton charme ailleurs, Victor, moi, je t'ai assez vu.

Et elle me tourne le dos sans autre commentaire.

Voilà autre chose. Qu'est-ce qu'il a encore pu faire, le méchant Victor, pour qu'on le rejette avec autant de rigueur ? Au moment de me tourner du côté de Sabine, je me rappelle à temps qu'elle non plus ne m'a pas donné de nouvelles depuis la fameuse « Aurélie-partie ». Je n'y avais pas pensé parce que je suis plutôt tranquille quand je n'entends pas parler de Sabine. Mais c'est vrai : mes deux soeurs me boudent. Effaré, je tourne les yeux vers ma nièce Aurélie et je m'avise que de ce côté également, le silence le plus total a été observé depuis... depuis plusieurs mois.

Où avais-je donc la tête pour ne m'être aperçu de rien ? Comment n'ai-je pas senti le poids de leur rancune, alors que leur silence devait être hurlant de sous-entendus ?

Marianne et Claudine, les filles de Monique, me saluent d'un air contraint, et consentent même à m'embrasser sous l'oeil de glace de leur mère. À leur âge, elles ne peuvent prétendre endosser tous les griefs personnels de Monique, mais je les sens habitées par la culpabilité et je me dis que, tout compte fait, ma mère a réussi à transmettre à certains de ses enfants l'art de manipuler autrui.

Furtivement, je serre la main d'Henriette qui semble n'avoir rien vu. Mes soeurs trouvent le moyen d'être aimables avec elle et de m'ignorer.

Ces petites politesses se déroulaient sur le parvis de l'église, avant le service. Nous sommes entrés avant que j'aie pu faire part à Henriette de mes réactions. Au cours de la cérémonie, j'ai voulu en toucher un mot à ma femme, mais celle-ci m'a rabroué d'un « chut » comme on le fait à un enfant turbulent. À la fin, je n'y ai plus tenu :

— Henriette, si tu ne me laisses pas parler, je crie devant tout le monde, ici, ce que j'ai à dire.

Je soutiens sans broncher son regard fulgurant. Enfin :

— Qu'est-ce qu'il y a donc de si pressé que ça ne puisse pas attendre la fin du service ?

— Qu'est-ce qu'elles ont toutes contre moi ?

90

— Qui ça, toutes ?

Rien ne me met en boule comme la mauvaise foi, peut-être parce que j'ai moi-même fourbi cette arme un nombre incalculable de fois :

— Tu sais de quoi je parle. Ne me fais pas tout expliquer pour rien en ce moment. Je parle de Monique, Sabine et Aurélie : qu'est-ce qu'elles ont ?

— Parce que tu crois n'avoir rien à te reprocher ?

Ça y est. La griffe du remords, que je connaissais si bien du vivant de ma mère, vient de m'empoigner la gorge. Et le plus complet, c'est que j'ai du remords avant même de savoir pourquoi, juste parce qu'on m'a demandé si j'étais bien sûr d'avoir la conscience tranquille. Ô ma mère, comme tu avais hissé tes remontrances à la hauteur d'un art. Désespérément, je fais front contre l'attaque :

— Je crois parfaitement n'avoir rien à me reprocher. Je suis sûr que j'ai fait des tas de sottises dans ma vie, mais pas récemment, pas envers mes soeurs et ma nièce.

— Tu ne te rappelles pas leur avoir fait défaut au cours de la réunion de famille ?

Ma tête, que j'avais inclinée vers la bouche d'Henriette, se redresse brusquement :

— S'il doit encore être question de cette foutue soirée, elles peuvent me bouder pendant cent ans sans que je me sente coupable.

Je me tais, laissant Henriette un peu dépitée, j'en suis certain, d'avoir mal décoché une flèche qui attendait au carquois depuis si longtemps. Il serait vain de prétendre que tout ça ne m'atteint pas. Si je me suis efforcé durant tant d'années d'atteindre à l'impassibilité, c'est au contraire parce que j'avais l'impression d'être blessé de tous les côtés. Mais ici, quand même, je ne comprends pas tout. D'abord, la rancune de Monique à mon endroit est plutôt inusitée. Il s'est passé quelque chose, à moins que ma soeur n'ait découvert en elle, depuis la mort de ma mère, de vieilles rancunes à assouvir, tout comme moi j'en ai repéré. Peut-être en est-il de même pour Sabine et pour Aurélie. Alexis, lui, paraît en revanche avoir déniché une forme de tranquillité d'esprit. Mais ce que je comprends le moins, c'est que depuis cette fameuse réunion de famille, j'ai parlé à Aurélie. Elle m'en voulait de certaines choses, mais elle avait sûrement passé par-dessus ma criminelle absence. Se serait-elle laissé endoctriner par Monique ? Ou par Sabine ?

Tout à coup, une grande colère m'envahit. En pleine cérémonie, je quitte le banc, bousculant involontairement Henriette qui s'enquiert vainement : « Où vas-tu ? » Je m'avance dans l'allée latérale et je m'arrête à la hauteur du banc où Aurélie est assise, non loin de Claudine. Là, je m'efforce de donner à ma présence une consistance, une densité que ma nièce remarquera, avant d'être forcé d'élever la voix pour attirer son attention.

Mon petit manège a rempli son but. Lentement, Aurélie lève le front, darde sur moi les yeux de Nora et donne à sa tête une inclinaison interrogative. Je tends la main pour l'aider à se relever :

— Viens, Aurélie, viens faire un tour dehors.

— Qu'est-ce qu'il y a, Vic ? demande-t-elle, inquiète. Il y a quelqu'un de malade ? Qu'est-ce qu'il y a ? répète-t-elle devant mon mutisme.

— Rien, rien. Viens, je te dis, j'ai à te parler.

— Ça ne peut pas attendre ?

La question d'Henriette, la question de toutes les femmes :

— Ne peux-tu pas attendre, pauvre cloche d'homme, pour me poser une question, pour acheter une auto, pour faire l'amour avec moi, pour recevoir un peu d'attention ?

La colère doit se lire sur mon visage, car Aurélie, renonçant à m'interroger, se glisse rapidement hors du banc, repoussant ma main, et redescend l'allée devant moi. En passant devant Henriette, j'ai pour ma femme un regard qui doit lui sembler chargé de défi, car elle esquisse un geste d'apaisement.

— Il t'est venu quelque chose à l'idée que tu n'as jamais pu me dire depuis six mois ? me demande Aurélie, sarcastique, une fois que nous sommes dehors.

— Exactement.

Je lui tiens le coude pour l'aider à franchir le banc de neige qui nous sépare de ma voiture. J'ai toujours eu le chic de mal garer mon auto : aujourd'hui, elle est enfouie jusqu'aux moyeux dans la neige durcie, et je devrai y aller d'un bon coup de pelle pour l'en extraire. Au prix d'efforts acrobatiques, je fais entrer Aurélie, je m'assieds au volant et je démarre, histoire de nous donner un peu de chauffage.

— Eh bien, qu'est-ce qu'il y a ?

Je tourne vers ma nièce un visage qui se veut sévère, mais qui doit être ridicule.

— C'est à moi de te demander ce qu'il y a, Aurélie.

— Je ne comprends pas.

Sa voix est boudeuse, c'est la voix de tous les gens qui retardent puérilement le moment de l'explication.

— Bon, Aurélie. O.K. Je te les donne, tes trente secondes pour sauver la face. Pendant ce temps-là, je te repose la question : pourquoi me boudes-tu, de concert avec Monique et Sabine ?

La jeune fille me toise avec défi :

— Tu as tenu à nous montrer que tu n'avais pas besoin de nous autres. On aime peut-être, nous aussi, à te montrer qu'on n'a pas besoin de toi.

Bizarrement, cette phrase me fait plaisir. Si elles se donnent tant de mal, c'est tout de même parce qu'elles reconnaissent mon existence, mon importance. Je pose sur la manche d'Aurélie une main conciliante :

— Ma chouette, je laisse un mot à Henriette sur le pare-brise, et on va manger un barbecue tout en causant. Ça te va ?

— Non, Victor. Je travaille, moi. J'ai pris deux heures de congé pour venir ici.

Suffoqué, je balbutie :

— Tu as pris deux heures de congé pour venir au service anniversaire de... de...

— De ma grand-mère, achève Aurélie avec fermeté.

Pensif, je caresse ma barbe qui commence déjà à repousser : j'ai eu le rasoir un peu superficiel, ce matin.

— T'as l'air surpris, Vic. Mais toi aussi, tu es ici.

Je suis ici, c'est entendu, mais Aurélie ne sait pas à quel point j'y suis malgré moi. Intraitable sur le chapitre des convenances familiales, Henriette m'aurait fait la gueule si j'avais refusé ces retrouvailles saumâtres qui nous donnent une nouvelle occasion de nous détester. Ma femme ayant pris congé, elle qui n'est que la belle-fille, comment aurais-je pu m'en dispenser ?

— En plus, ajoute Aurélie, Marianne et Claudine trouvent ça curieux que tu t'occupes de moi et jamais d'elles.

— Je n'ai pas pour rôle d'être l'oncle-gâteau de chacune de mes nièces. Tu es seule, tu n'as pas de père près de toi.

— Je n'en avais pas il y a dix ans, et tu ne t'occupais pas de moi. Monique est frustrée parce qu'elle a l'impression que tu me préfères à ses filles, après avoir préféré ma mère à elle. Elle a un peu raison.

Je me prends la tête à deux mains : que de complications dans cette foutue famille ! Un nouveau sursaut de colère m'ébranle. Par-dessus Aurélie, je cherche la poignée de la portière. Je l'ouvre :

— J'ai compris, Aurélie. Quand je suis absent, on me boude. Quand je suis présent, c'est mal à propos auprès des mauvaises personnes. Va les rejoindre et dis-leur que je ne me mêlerai plus des histoires de ma famille. Jamais.

Et comme elle hésite à partir aussi abruptement, j'ai comme un sanglot rageur :

— File. Vous m'avez assez vu, moi aussi je vous ai assez vues, toutes mes soeurs, belles-soeurs et nièces.

La portière est immobilisée dans la neige et demeure entrouverte, trop étroitement pour livrer passage à la pauvre Aurélie. Comme je demeure immobile sur ma banquette, elle n'ose pas me demander de sortir pour la laisser passer. D'un violent coup d'épaule, elle repousse la portière plus avant dans la congère, réussit à s'extraire de l'auto et s'en va péniblement, trébuchant dans la neige, tandis que le froid vient calmer ma colère et mon coup de sang. Je sors à mon tour, armé d'une pelle, et pour tromper mon attente et ma hargne, je commence à dégager ma voiture, donnant aux passants le spectacle toujours risible du quadragénaire pantouflard et bien mis, occupé à se fabriquer une crise cardiaque en se livrant à une activité violente.

Il faut bien que je finisse par reprendre mon sang-froid, sous peine de casser ma pipe le jour anniversaire des obsèques de ma mère. Rassis au volant, j'allume une cigarette et, tout haletant, je m'efforce de penser avec cohérence. Faut-il que Monique m'en ait voulu pendant toutes ces années pour exprimer maintenant sa rancune sous des prétextes aussi futiles. Personne ne viendra dire que Marianne et Claudine aient eu la jeunesse pénible qu'Aurélie a connue. Et que Nora ait été ma préférée n'enlevait rien à Monique, de sept ans mon aînée.

À quoi servent ces justifications ? Qui est là pour les entendre ? Le mieux est sans doute de ne me poser que les questions auxquelles je suis capable de répondre sans témoin.

Pourquoi ai-je choisi ce matin pour parler à Aurélie ? J'aurais pu le faire un autre jour sans vexer personne. J'aurais même pu en demander le secret à Aurélie. Pourquoi ce matin ?

Le fait d'apprendre que mes soeurs et ma nièce étaient liguées contre moi m'a donné un choc, c'est certain. Mais à mon âge, je devrais pouvoir surmonter provisoirement de si petits drames sans en demander raison sur-le-champ aux offenseurs, à la façon des coqs latins d'il y a cent ans et plus.

La boule qui obstrue ma gorge depuis le matin s'alourdit : j'ai envie de pleurer comme un enfant. Est-ce le souvenir de ma mère qui me fait mal ? Pourquoi suis-je allé chercher Aurélie pour lui demander des comptes, plutôt que Sabine ou Monique ?

Nora ! Nora ! C'est toi que je cherche au milieu de ces fantoches, c'est ta présence qui me manque cruellement, alors que nous sommes ici pour évoquer quelqu'un d'autre. Nora, c'est aujourd'hui seulement que je prends conscience de ta disparition.

Il y aura bientôt quatre ans, bien longtemps avant la mort de ma mère. Pour la première fois, je me demande ce que ma mère a ressenti à la mort de sa fille. Que lui a fait le suicide de Nora ? A-t-elle seulement su que Nora s'était suicidée ? Certainement. Personne n'aurait osé cacher la vérité à la V.D. quand celle-ci voulait savoir quelque chose.

Qu'est-ce que je ressentirais, moi, si un de mes enfants se suicidait ? De la culpabilité, c'est certain. En quoi lui ai-je manqué ? À quel moment douloureux de sa vie ai-je été absent alors que j'aurais dû être là ?

Et qu'est-ce qui me permet de croire que ma mère n'en a pas éprouvé autant ? « Elle était immuable et toujours sûre d'avoir raison, répond en moi la voix du souvenir. D'après elle, c'est Nora qui agissait mal en se tuant, voilà tout. »

C'est vrai et c'est faux, je le sais maintenant que je suis un « vieux » père de famille. La V.D. ne pouvait admettre, même à ses propres yeux, s'être trompée quelque part. Mais rien ne peut étouffer la voix du regret quand notre enfant, volontairement, décide qu'il en a soupé de la vie et de ses semblables.

Ces réflexions ne me plaisent pas. Il m'est infiniment pénible et désagréable d'imaginer ma mère sous les traits d'une femme indécise, accablée de regrets, incertaine d'avoir choisi la meilleure attitude. Je repense à l'ostracisme absolu dans lequel elle a confiné Nora et Aurélie, surtout après que Nora eut commencé à boire.

En moi, un comptable agressif et pointilleux se présente, quatorze colonnes en main, voulant faire malgré moi le bilan de la vérité et du mensonge. La V.D. a éloigné d'elle Nora et Aurélie, c'est vrai. Mais sous l'oeil bienveillant de Monique, qui n'aimait pas sa soeur, sous les regards mauvais de Sabine, contente de voir enfin quelqu'un d'autre vivre dans l'inadaptation, devant le regard impuissant d'Alexis, dont l'indulgence n'avait aucun crédit auprès de ma mère. Et surtout, avec ma complicité muette. Je n'approuvais pas ma mère, non, mais je ne le lui ai jamais dit. Jamais je n'ai plaidé la cause de Nora et d'Aurélie. Autrement dit — veux-tu t'en aller, maudit comptable — ma mère croyait devoir éloigner un de ses enfants pour conserver les quatre autres. Et ce qui lui a donné raison, c'est moi, moi qui aimais tant Nora et qui ai consenti à son exil : c'était donc que Nora était coupable et capable de tout.

Je ne savais pas, Nora, je te jure que je ne savais pas. Moi aussi, moi surtout, j'avais peur du jugement de ma mère. Jamais je n'aurais pensé que ma parole pût avoir de l'influence sur l'intraitable V.D. Autrement, je veux absolument croire que je ne t'aurais pas trahie une autre fois.

Je me rappelle le jour où Nora m'a confié qu'elle était enceinte. Pour une fois compréhensif, je l'ai serrée dans mes bras en lui promettant toute mon aide. Elle voulait garder son bébé, malgré les efforts contraires de la V.D. et je n'étais pas fâché d'afficher ma dissidence par ma sympathie envers la fille-mère réprouvée.

Élise n'a jamais voulu accepter la présence de Nora chez nous. Des années après, je me souviens que son refus d'héberger ma petite soeur a pesé pour beaucoup dans ma décision de me séparer d'elle. Évidemment, je ne pouvais invoquer cette raison au procès pour divorce. Mais au dedans de moi, je savais que je ne pardonnais pas à Élise son inimitié envers Nora. Élise elle-même le savait, qui m'avouait candidement sa jalousie : « Nora, on dirait que c'est la femme de ta vie. Si elle n'était pas ta sœur, tu te serais marié avec elle. »

Elle se trompait. Je n'aurais jamais épousé une semblable de Nora. J'aime qu'une femme m'admire, et Nora me connaissait trop bien pour m'admirer aveuglément. J'aime la simplicité dans les sentiments, et ma sœur était une femme tourmentée, compliquée, fourmillant d'émotions violentes. Je suis obsédé par la personnalité d'une Nora, c'est exact, mais jamais je n'aurais consenti à vivre avec quelqu'un comme elle. J'aurais eu l'impression de devoir vivre dans un continuel dépassement de moi-même, ce qui est épuisant. De plus, je suis égoïste, et Nora, qui était disposée à vivre seule, n'aurait pas supporté que le compagnon de sa vie soit plus occupé de lui-même que d'elle. Elle était la fille du « tout ou rien », ce qui m'exaspère et me déprime.

Elle a eu son bébé discrètement, dans un petit hôpital où seuls mon père et Monique sont allés la voir. J'ai appris dernièrement qu'Alexis lui avait téléphoné longuement. J'aurais dû m'en douter. Pour ma part, l'hostilité d'Élise m'a tenu, loin, et je n'ai eu de nouvelles de Nora que de loin en loin, quand ma mère me disait d'une voix acide : « Elle se croit encore capable d'élever seule un enfant. Une femme trop jeune, sans métier, sans homme, sans amis. »

Cette fois, tout de même, j'avais réagi. Un peu irrité, j'avais demandé à la V.D. :

— Et pourquoi n'a-t-elle pas d'amis, sinon parce que sa famille la rejette ?

— Ta sœur, m'a répondu onctueusement ma mère, ne s'est pas mise dans la position idéale pour avoir des amis. Comme on fait son lit...

Elle s'était arrêtée devant le terme trop évocateur de la fin du proverbe.

Par la suite, quand j'ai revu Nora après mon divorce, je la trouvais joyeuse, d'une gaîté qui ne me paraissait pas artificielle, malgré les difficultés où elle se débattait. Peut-être, avec sa complète incompétence en matière financière, ne se rendait-elle pas compte qu'elle côtoyait quotidiennement le gouffre ? En tout cas, Aurélie était un bébé adorable, ravissant, que mon père avait pris en affection au désespoir de ma mère. Élise, qui ne pouvait avoir d'enfant, ne faisait heureusement plus partie du paysage.

Nora n'avait pourtant rien de l'angélique petite maman des romans sentimentaux et ses rapports avec Monique et Sabine étaient encore empreints de la vieille agressivité d'autrefois :

— Tas de pimbêches inutiles ! Parasites sociaux, me disait-elle en parlant de ses aînées.

— Pourquoi parasites ? Si c'est le cas, Monique est un bien joli parasite, et Sabine ne fait de mal à personne.

La voix de Nora était chargée de mépris :

— Monique est un personnage intéressant uniquement parce qu'elle est jolie et que son mari fait de l'argent. Quant à Sabine... dans une société un peu coercitive, elle aurait été vite éliminée comme élément indésirable.

Nora lisait n'importe quoi, fouillant dans ma bibliothèque quand elle venait chez moi, assez rarement du reste. Ses moyens ne lui permettant pas d'acheter des livres, elle engouffrait au petit bonheur des romans, essais, traités de toutes sortes qu'elle interprétait au hasard de sa fougue et de son désordre intellectuel. Elle ne voyait pas ses limites, jugeait de tout avec énergie et ne faisait rien pour acquérir une souplesse qui lui aurait ouvert bien des portes.

Malgré l'affection que j'avais pour elle, Nora m'agaçait un peu à cette époque. Plus tard, la maturité aidant, elle est devenue un peu moins catégorique dans ses jugements. Au moins, elle avait appris à se taire face à un interlocuteur irréductible.

À ma grande surprise, Henriette et Nora, quand elles se sont connues, se sont prises d'amitié l'une pour l'autre. Le chagrin d'Henriette, à l'annonce du suicide de Nora, aurait pu laisser croire qu'il s'agissait de deux soeurs et non pas de deux belles-soeurs. Henriette admirait l'humour pointu de Nora, sa vivacité d'esprit, son courage et son indépendance. Nora, de son côté, appréciait la féminité d'Henriette, sa bien-veillance, sa tolérance et son refus de prendre les autres et soi-même au sérieux.

Puis les rapports se sont espacés. Nora, je crois, a eu une longue liaison avec un homme qui l'a laissée, à moins qu'elle ne l'ait laissé. Personne ne m'a renseigné sur ce point. Quand je l'ai revue, ses trente-cinq ans commençaient enfin à épanouir en elle un charme tard venu. J'ignorais qu'elle buvait depuis longtemps déjà, et que le désespoir la minait lentement, sous les yeux impuissants d'une Aurélie de seize ans qui adorait sa mère.

Malgré cet afflux de souvenirs plus récents, c'est toujours notre enfance commune, à Nora et à moi, qui me revient en mémoire quand je pense à elle. Et le visage d'Aurélie, avec sa charmante irrégularité, a fait ressurgir dans mon souvenir les traits d'un petit elfe bizarre qui hantait la plage de Villy, chaque matin d'été, avant le lever du soleil.

La main d'Henriette tremble sur mon épaule. Effaré, je tourne vers elle des yeux qui voient trouble. Mes sanglots sont si violents que mon estomac me fait un mal de chien.

— Pousse-toi, mon chéri, je vais conduire. Et elle ajoute calmement : je ne t'avais jamais vu pleurer depuis la mort de Nora. Il était temps que tu te décides.

Dans les yeux brillants d'Henriette, il n'y a que douceur et compréhension.

X

Décidément, on n'aura pas longtemps ni souvent la paix dans un groupe familial comme le mien. J'ignore comment les choses se passent dans les autres familles, mais dans la mienne, c'est une avalanche de querelles, de catastrophes, d'actes manqués, de malentendus et j'en passe.

C'est Sabine qui donne cette année la réception de Noël à laquelle j'aimerais tant me soustraire. À chaque Noël que ma malchance acharnée me fait vivre, il faut que l'un de nous déploie sa belle nappe de damassé, fourbisse son argenterie, aille se ruiner à la Société des alcools et déterre de derrière les fagots la recette du plum-pudding sauce au rhum.

Henriette, que ces festivités enchantent, ne comprend pas ma mauvaise humeur devant ce faste hypocrite. Je ne suis pas sûr qu'elle croie vraiment à mon refus de fêter en famille. Quant à Hugo et Marin, ils voient dans ces assemblées l'occasion de revoir des cousins. Les trois enfants de Sabine ont à peu près l'âge de mes fils. Mes autres neveux et nièces sont plus âgés, mais leur présence confère à mes deux jeunes chiens l'illusion d'être des mâles adultes. Comment ces cousins peuvent-ils s'entendre aussi bien alors que leurs parents ont si peu de points en commun ? Je donne ma langue au chat.

Après une bonne dizaine d'appels téléphoniques destinés à s'assurer que nous irions à « sa » fête, que nous emmenions les enfants, comme dit ma sœur qui doit les croire âgés de deux et quatre ans, que nous étions bien informés du jour et de l'heure, Sabine s'est mise au travail. Je croyais l'entendre de chez moi remuer verrerie et soupière, bousculer Louis-Marie qui n'en peut mais devant les manifestations quasi hystériques de sa femme. Sabine a dû mobiliser sa Thérèse, dont les quatorze ans réservés s'accommodent assez bien des extravagances maternelles. Les deux garçons, j'imagine, ont dû être affectés à la tâche de creuser dans l'allée du devant une véritable tranchée bien tapée pour les piétons et de dégager le terrain pour les automobilistes. Comme je connais Sabine, elle leur aura fait pelleter une surface digne d'un terrain d'atterrissage et fait étriver tous les siens à seule fin de recevoir des gens aussi bienveillants avec elle que son frère Victor.

Est-ce moi qui distille une telle nervosité les jours de fête familiaux ? C'est possible. Avant notre départ, mes deux gars m'ont fait regretter le bon vieux temps de la gifle facile et du cuir à rasoir. Leurs différends pour des questions d'élégance juvénile, de priorité à la salle de bains, de rasoir électrique « déchargé » par la faute d'un Marin désireux de se donner dès maintenant une patine virile, tout cela m'a foutu en rogne avant de me faire rire quelques heures plus tard.

— C'est pas un rasoir qu'il te faut, c'est un microscope pour voir ta barbe, a hurlé Hugo à l'adresse de son frère, impénitent et plein de mépris.

— Alors si j'ai pas de poils, comment j'ai pu décharger ton rasoir en m'en servant ? Hein ? Hein ? Idiot !

— Je vais t'en donner un en imitation pour Noël, bébé, mais lâche le mien, si tu veux pas avoir mon coup de pied au cul !

— On va voir qui va recevoir le premier...

D'abord souriante devant ces débordements masculins, Henriette s'est faite sévère :

— Ça suffit, les garçons.

Et levant la main devant leurs protestations :

— Je ne veux même pas savoir comment ça a commencé : vous vous donnez tort tous les deux avec votre façon stupide de parler.

— Qu'est-ce que je vais faire maintenant pour me raser avec ça ? criait un Hugo manifestement décidé à faire jurisprudence avec cette histoire de barbe.

— Vic chéri, prête donc ton rasoir à ton fils. Le temps qu'il se rase, il se taira, j'espère.

Le calme d'Henriette a empêché Hugo de bondir à cette remarque. Elle a même réussi à lui faire grimacer un sourire en lui tirant l'oreille : « Ah là là, sale gueule, sale gueule ! »

Et à Marin qui piaffait d'impatience à voir son aîné déjà réhabilité :

— Tu as fini de te raser, toi ?

— Oui, mais...

— Alors va nettoyer le rasoir d'Hugo et le rebrancher pour qu'il se recharge.

— Il me l'avait prêté.

— Vas-y, ai-je interrompu avec un grondement de fauve prêt à mordre.

Puis Sabine appelle de nouveau, offrant avec gentillesse de faire prendre en auto par Louis-Marie n'importe lequel d'entre nous au besoin.

— Ça va bien, Sabine. L'auto est en bon état. On sera là plus tard.

— En tout cas, ne te gêne pas si...

Henriette m'a calmé avec un verre de scotch que nous sirotons au salon pendant que notre amusante progéniture se fait les griffes à l'étage.

— Ça te rend nerveux d'aller chez Sabine, je le sais, mais ce n'est pas une raison pour asticoter les gars.

— Moi, je les asticote ? Ça, c'est la meilleure ! Depuis quand ont-ils besoin de moi pour se battre ?

— Non, mais tu les provoques, tu fais tout pour attiser le feu, tu essaies de savoir qui a commencé, pourquoi, comment.

— Je pensais faire acte de psychologie.

Ma femme m'observe un instant avant d'éclater de rire. Elle se lève et vient m'ébouriffer les cheveux, ce qui va m'obliger à retourner devant le miroir :

— Le pire, c'est qu'il le croit. Vic chéri, je t'adore.

J'ai horreur de cette attitude pseudo-maternelle qui consiste à souligner les maladresses du mari, puis à crier bien haut qu'on l'accepte tel quel, avec ses insuffisances et son incapacité.

Finalement, la soirée n'a pas été si mauvaise. J'ai joué mon rôle habituel d'oncle bourru s'efforçant à la gentillesse. Une réconciliation toute de commande a rapproché de mon visage la joue parfumée de Monique. Quant à Sabine, elle n'a pas perdu une si belle occasion d'ouvrir les écluses en gémissant :

— Mon vieux Vic, tu sais que je t'aime bien. Je ne t'en veux pas. Je suis bien contente que tu sois venu, j'avais assez peur que tu décides d'envoyer Henriette et les enfants et de rester à la maison...

Résigné, je me laisse embrasser, prendre le visage, serrer contre la poitrine de ma soeur. Mes neveux et nièces sont heureusement moins compliqués. La petite Thérèse m'a lancé au visage quelques remarques frondeuses qui, faisant rire la galerie à mes dépens, ont détendu l'atmosphère.

Dans un coin, j'aperçois Alexis qui sert du punch à Françoise. Je n'avais pas rencontré ma belle-soeur depuis si longtemps que je sursaute en la voyant. Elle grisonne sans chercher à le dissimuler, et son visage autrefois aigu s'est empâté, laissant deviner sur ses traits un soupçon de vulgarité qui n'apparaissait pas clairement auparavant. Est-ce sa timidité manifeste qui m'a ému ? Je m'avance vers elle :

— Françoise, espèce de lâcheuse !

La serrant dans mes bras, je vois bien qu'elle est contente d'être enfin reçue dans ce groupe qui sert de famille à son mari. Alexis, très à l'aise, murmure à mon adresse :

— Quand tu auras fini de caresser ma femme, peut-être que tu prendras du punch ?

J'accepte le punch, serrant en même temps la main de mon frère :

— Joyeux Noël, vieux.
— Joyeux Noël, Vic, tu as l'air en forme.
— Clément n'est pas là ?
— Non, il passe des vacances de ski dans le Vermont avec une bande.

Louis-Marie vient nous interrompre, distillant dans cette ambiance Dutil une bonhomie sommaire et sympathique qui me rafraîchit :

— Salut les « beaufs ». Encore à vous soûler à mes dépens ?
— Plains-toi, vieux riche ! Tu vas mettre ça sur ta note de frais.

Alexis a l'air tout heureux de saluer ce beau-frère qui lui ressemble si peu. Pour ma part, bien que j'aie toujours eu de la sympathie pour Louis-Marie, il ne m'est jamais venu à l'idée de lui témoigner une amitié véritable, sans doute parce qu'il accuse à mes yeux un défaut irréparable : il est le mari de Sabine. Qu'ont-ils bien pu se trouver l'un à l'autre, ces deux-là, pour être restés ensemble contre vents et marées ? Serait-ce un ménage résigné du genre Alexis-Françoise ? Je ne le pense pas, Louis-Marie n'a pas l'air de regretter d'être marié à ma soeur. Mais que pense-t-il en réalité ? Je n'en sais rien, pas plus que je ne sais quoi que ce soit d'aucun des membres de ma famille. Saint Alexis est beaucoup plus que moi au courant des sentiments et des humeurs de Louis-Marie qu'il traite avec une affectueuse familiarité.

Je suis mesquin : parce que Sabine m'énerve, je voudrais qu'elle énerve tout le monde, et j'en veux presque à Louis-Marie de ne pas faire mine de la trouver irritante. Au fond, il est mieux loti que moi : les gens le trouvent sympathique, il a l'air d'avoir un bon contact avec ses enfants, ses affaires marchent bien sur le plan financier, il a une belle grande maison confortable, un peu tape-à-l'oeil, comme tout ce qui touche Louis-Marie.

Il est tout rond, tout simple, tout bavard, tout gentil. En le regardant, je me dis que de tels hommes recèlent une force inconnue d'êtres comme moi : ils attirent l'amitié des gens et répandent autour d'eux un climat de bonne humeur que je suis bien incapable de créer, pauvre Victor-à-la-triste-figure. C'est d'ailleurs sûrement cette gaîté inaltérable, cette simplicité peut-être agaçante mais réelle qui ont séduit Sabine, élevée dans les complications chères aux enfants de mes parents. Pour la première fois, je songe que les débordements sentimentaux de ma soeur sont peut-être plus sincères que ma sotte impassibilité.

Soulagée de me voir entrer dans la danse sans trop d'histoire, Henriette m'a délaissé pour entreprendre une conversation du genre potins-chiffons-enfants avec Monique, ses filles, et Sabine. Quand j'ai questionné Henriette sur cette capacité qu'elle a de parler pour ne rien dire dans des réunions de gens, elle m'a dit :

— Vic, tu ne sais pas te détendre, tu ne sais pas le plaisir qu'on peut avoir à échanger des propos qui n'ont pas de résonance profonde, qui ne laissent pas d'empreinte, qui ne prêtent pas à conséquence.

— Tu m'avoueras, Henriette, que les femmes sont bien plus portées que les hommes à échanger des propos sans conséquence, comme tu dis.

— Mmmoui, si tu veux. Quoique si tu enlèves aux hommes les sujets très importants comme le hockey, l'auto, le cul, qu'est-ce qui leur reste ? Mais je veux bien te croire. Vous autres, les hommes, vous parlez sérieusement même de choses sans importance.

Muni de cette information, je suis content de voir ma chérie-douce s'envoler vers une petite heure de détente au cours de laquelle elle n'aura pas à se préoccuper de son vilain mari. Saisissant le bras de Françoise, elle est parvenue sans trop de difficulté à l'intégrer aux potineuses. De façon fort traditionnelle, nous sommes donc séparés : hommes d'un côté, femmes de l'autre. Seule différence qui aurait fait frémir la V.D. : les hommes font tout le service. C'est Guillaume, l'aîné de Sabine, qui fait circuler les hors-d'oeuvre, pendant que Thibaut se charge de ramasser ou de remplir les verres. Louis-Marie verse force coupes de punch et fait passer les assiettes et les ustensiles qui nous seront nécessaires pour le buffet froid :

— Allez-y, bande de gênés. Je ne sais pas ce qu'il y a dedans, mais ça a l'air bon. J'y goûterai si vous tombez pas raide morts quand vous en aurez mangé. Dépêchez-vous, j'ai faim.

En vérité, c'est quand même chez Sabine qu'on a le plus de plaisir à tenir une réunion de famille, à cause de cet inénarrable Louis-Marie qui aplanit les difficultés en les écrasant.

Pendant toute la veillée, je n'ai pas vu Hugo ni Marin. Preuve qu'ils s'amusaient et ne voulaient pas qu'on les ramène. Arrivée sur le tard, Aurélie hésite à se joindre aux adolescents comme aux adultes : elle est tout de suite harponnée par Sabine qui, avec sa maladresse bien intentionnée, a d'abord voulu la diriger vers les jeunes. C'est Monique qui, pleine de tact, intercepte Aurélie au moment où celle-ci, malheureuse, se dirigeait lentement vers le sous-sol :

107

— Aurélie, tu es enfin là. Tu arrives bien, tu vas nous aider à trancher notre différend...

— Va l'embrasser, me souffle Henriette comme nous nous rencontrons devant le buffet.

— Pourquoi ?

— Vous vous êtes mal quittés l'autre jour. Vas-y.

Puis me considérant d'un oeil suppliant, chose rare chez Henriette :

— Fais-le pour moi.

J'y suis allé. J'ai reçu sur mon épaule la tête châtaine d'Aurélie — oh Nora, Nora ! — que j'ai caressée un moment.

— On est deux sales caractères, ma pauvre Aurélie.

— Parle pour toi, me répond-elle en souriant, mais les yeux pleins de larmes. Moi, j'ai bon caractère. Mais toi, tu es insupportable.

— Eh bien, j'ai un sale caractère, c'est entendu. Mais malgré tout — ici, je touche du poing son menton effilé — c'est encore avec toi que je préfère me quereller. Ta douceur me... stimule.

— Salaud de Victor !

— Qui vient de dire cette profonde vérité ? clame Louis-Marie en enlaçant Aurélie. C'est toi, Pitchounette, qui a reconnu le salaud de Victor ? Ton intelligence nous a tous sauvés !

Aurélie, qui ne connaît pas encore bien Louis-Marie, est partagée entre le rire et les larmes. À ce moment, accablé de chaleur, je commence à retirer mon veston :

— Ah non, pas de bataille ici, j'ai payé assez cher pour louer cette verrerie-là !

Nora, si tu avais entendu le rire de ta fille, entourée de notre malhabile mais réelle affection ! Si tu voyais comme elle semble contente, en dépit de sa réticence à se voir acceptée !

Nous sommes tous un peu gris en rentrant chacun chez soi. C'est, à ma connaissance, le premier Noël un peu détendu que j'aie passé dans ma famille. Henriette, qui s'en est aperçue, ne veut pas m'interroger, de peur sans doute que je ne me croie obligé de me renfrogner en lui parlant des uns et des autres.

Nous reconduisons Aurélie chez elle. Au moment où elle quitte la voiture, Hugo, la voix grave, lui dit :

— Reviens nous voir, Aurélie, si tu nous considères pas comme des bébés.

Aurélie, alors, a un geste ravissant. Posant ses deux mains sur les joues d'Hugo, elle l'embrasse doucement sur la bouche en lui disant :

— T'es le plus chouette cousin dont j'ai jamais rêvé. Reste comme ça.

Vivement, Hugo remonte la glace de l'auto. Il est silencieux et ne nous adresse pas la parole de tout le trajet. À la maison, il va se coucher tout de suite, sans nous dire bonsoir.

Fatiguée mais souriante, Henriette se dévêt lentement, entrecoupant ses gestes de bavardages que j'écoute d'une oreille distraite :

— Vic, dit-elle en s'approchant de moi, c'est la première fois que j'ai un peu de plaisir à me rendre à une veillée de famille avec toi et les gars.

Tendrement, mais sans mot dire, je la serre contre moi. La fatigue me vrille les reins, l'alcool brasse dans ma tête une série de cercles noirs, mouvants et sonores, que j'ai hâte d'immobiliser en m'endormant.

Le sommeil m'a pris tout de suite, la main posée sur le sein d'Henriette, son pied nu cherchant la chaleur de mes jambes.

Il doit bien être quatre heures du matin quand le téléphone sonne, nous arrachant, Henriette et moi, à la lourdeur d'un sommeil pétri de digestion. Je mets quelques minutes à émerger des brumes. Henriette a saisi le récepteur du téléphone qui est à côté de notre lit et ses exclamations ne se rendent pas à mon cerveau ; elle a déjà raccroché quand je me réveille enfin :

— Qu'est-ce que c'est ? Une erreur ?

— C'est Sabine, me dit Henriette d'une voix morne. Louis-Marie vient de mourir d'une crise cardiaque. On l'a transporté à l'hôpital, mais c'est fini.

Une fois de plus, nous nous sommes tous retrouvés, les rangs encore éclaircis d'une unité, faisant aujourd'hui bloc autour de Sabine, livide et presque défaillante de chagrin.

Est-ce à cause des séances d'introspection auxquelles je me suis livré ces derniers temps ? Jamais auparavant je n'avais senti ce que peut représenter la mort pour quelqu'un de proche, et ce, même après avoir perdu mes parents et Nora. Il faut que ce soit la mort d'un beau-frère qui me donne conscience de ce qu'est vraiment la disparition d'un être cher.

Sabine s'est abattue en sanglotant sur l'épaule d'Alexis qui lui caressait la tête avec douceur, lui murmurant de petits mots doux que je n'entendais pas. Elle hochait la tête en se tamponnant les yeux et regardait de temps à autre Alexis dont les propos semblaient lui donner la force de tenir debout.

Toujours maternelle, Henriette a accaparé Guillaume et Thibaut, leur demandant le récit du drame. C'est une mort comme il y en a tant : la trop bonne chère, trop abondante, l'excès d'alcool chez un homme dont la tension était déjà élevée. Le malaise durant la nuit, puis l'affaissement et la fin.

Sabine, qui aime tant les déploiements sentimentaux, n'a même pas eu le temps de dire adieu à son homme, ce qui la plonge dans un désespoir touchant :

— Pas même un petit regard pour me signifier qu'il s'en allait : j'aurais compris.

La voix murmurante d'Alexis répond quelque chose qui lui fait de nouveau hocher la tête en pleurant.

Monique a pris sous son aile la petite Thérèse qui pleure sans retenue, le visage bouffi, la gorge pleine de sanglots.

Pour moi, inutile comme toujours dans des circonstances de deuil et d'échanges de sympathie, je m'informe auprès d'Hervé, le mari de Monique, de ce qui a déjà été fait. Silencieux comme nous le sommes toujours l'un en face de l'autre, nous procédons aux démarches nécessaires : téléphones, arrangements funéraires, appels à la parenté.

Je sais qu'Hervé n'est là que de façon circonstancielle. Il ne se trouvait pas à la fête d'hier. Monique et lui sont en instance de séparation, sinon de divorce, et il n'était allé chez lui que pour amener ses filles à un souper qui se tenait dans sa famille à lui. Le deuil brusquement intervenu l'a empêché de repartir et le voilà, parent malgré lui, obligé de procéder à des formalités nécessaires, mais auxquelles il est forcément indifférent.

Avant de repartir à la maison pour recevoir sa sœur et son frère qui doivent arriver aujourd'hui, Henriette s'est assurée que Sabine ne manquait de rien. Je suis resté auprès de mes sœurs, furieusement mal à l'aise, n'osant ni m'absenter ni rester dans le sillage de tout le monde. Atrocement conscient de ma gaucherie, je suis allé refaire ce geste que Louis-Marie et Hervé avaient eu pour nous quand se mourait la Vieille Dame : j'ai fait du café.

XI

L'hiver s'achève avec hésitation. Ces derniers temps, j'ai cédé le droit à la pelle à Hugo et Marin, sur les instances d'Henriette que la mort du beau-frère a rendue follement inquiète à mon sujet.

Les semaines se sont écoulées par-dessus le deuil de Sabine, le nivelant, le ramenant aux proportions d'un incident dans la vie des autres. Pour ma soeur, bien sûr, il en va tout autrement. Comme d'habitude, c'est après le décès d'un proche que j'apprends à le connaître. Je m'étais demandé ce que Sabine avait trouvé à Louis-Marie pour unir sa vie à celle de cet homme simpliste, je l'ai su. Sabine ne m'a épargné aucune confidence :

— Il avait l'air d'un homme joyeux, comme ça, mais au fond, il était toujours en train de se ronger pour quelque chose. C'était un tourmenté dans son travail.

J'aurais dû le savoir. On ne meurt pas comme ça, pour rien, d'avoir fêté Noël en famille, il y a toujours autre chose. Qui sait si mon gros beau-frère ressentait autant de bonne humeur à notre endroit qu'il en affichait ?

Henriette a invité à plusieurs reprises les enfants de Sabine à venir chez nous, du moins les garçons. Pour la pauvre Thérèse, son statut de fille la met en dehors des quatre garçons, les deux miens et ses deux frères, qui ne sont pas encore assez grands pour être sortis de l'époque : les filles avec les filles, les gars avec les gars. Seul, Hugo commence à émerger de cette période, mais son ardeur de jeune poulain aux jambes trop longues le pousse surtout vers des filles plus âgées qui doivent le regarder de haut.

Au cours d'un de ces innombrables appels téléphoniques que nous fait Sabine — « innombrables à tes yeux, Vic, elle a appelé deux fois au cours du mois », me dit Henriette — j'ai su que Marianne, la fille aînée de Monique, devait se marier aux environs de Pâques. J'en ai reçu comme un choc. Non que j'éprouve un sentiment particulier envers Marianne que je ne connais pour ainsi dire pas. Mais il me paraît étrange d'être déjà l'oncle d'une jeune femme mariée. Henriette, qui ne s'est jamais fait d'illusion sur son âge ou sur le mien, m'explique :

— On est arrivés à l'âge où on passe notre temps à voltiger entre les salles de réception de noces et les salons funéraires. Les parents s'en vont, les jeunes se marient.

— Et nous, on rédige notre testament pour demain ou après-demain, ai-je commenté avec amertume.

C'est juste. La faux a déjà éclairci nos rangs, au sein même de notre génération. Nora il y a quatre ans, aujourd'hui Louis-Marie. Et les jeunes loups nous talonnent, les mâchoires claquant sur nos fesses, nous obligeant à courir plus vite, à sortir plus rapidement de cette vie qui leur appartient.

Que Marianne se marie donc : nous ne perdrons pas une aussi belle occasion de nous déguiser en vraies personnes, comme dit Marin, et d'aller nous faire peinturer les joues en coeur par mes soeurs. Il faut aussi que nous y allions de notre cadeau de noces, dont l'absence serait remarquée comme l'absence du nez au milieu d'un visage. C'est du moins ce que prétend ma femme. Je ne suis pas aussi sûr qu'elle de l'importance de notre participation. Mais au chapitre des relations familiales et des conventions à observer, il y a longtemps que j'ai passé la main à Henriette. À elle d'être fautive si j'oublie quelque chose.

J'ai repris un certain équilibre qui m'avait sérieusement manqué depuis la mort de ma mère. J'ai même tellement récupéré de calme intérieur que j'ai tendance à manger plus que de raison, au grand dépit d'Henriette, persuadée qu'« on se creuse sa tombe avec ses dents ».

Hugo, qui a obtenu son permis de conduire pour ses seize ans, me harcèle sans arrêt pour que je lui prête ma bagnole. Or, j'ai à cet égard plus de préjugés qu'un père traditionnel de mon époque à moi, ce qui crée certains conflits. Samedi dernier, il m'a rebattu les oreilles de son désir de prendre l'auto, sans bien vouloir me préciser ce qu'il voulait en faire.

— Écoute, Hugo, je n'aime déjà pas beaucoup ça, prêter l'auto à un gars de ton âge. Si tu ne me dis pas où tu vas avec, tu peux te brosser. Vu ?

Du récit embrouillé qui a suivi, il ressortait qu'Aurélie avait besoin d'un chauffeur et d'une auto parce qu'elle déménage en appartement.

— Bon. Alors Aurélie peut conduire.

— Non. Elle va être en camion.

— En camion ? Quel camion ?

— Elle m'a dit qu'elle aurait un camion.

Je réfléchis. Non pas au prêt de l'auto, qui m'apparaît comme assez normal, mais au fait qu'Aurélie déménage et ne m'a rien demandé.

— Elle t'a demandé de l'aide ?

— Non, c'est moi qui lui en ai offert quand elle m'a dit qu'elle déménageait.

— Tu lui demanderas si elle a besoin de quelqu'un d'autre en soirée. Le jour, je ne peux pas m'absenter de ce temps-ci.

— O.K. Merci, Vic.

Depuis la mort de ma mère, mes garçons m'appellent Vic et je ne sais trop si j'en suis fier ou vexé. Henriette, qui se fait appeler Minouche, n'est pas aussi compliquée : elle sait qu'elle aime ça.

C'est ainsi que j'ai frappé, un soir, à la porte d'un petit appartement du quartier de l'université. À mon étonnement, c'est un long jeune homme à moustache qui est venu me répondre :

— Aurélie Dutil ? ai-je demandé avec la timidité d'un enfant qui entre à la maternelle.

— Oui, c'est ici, m'a répondu chaleureusement le jeune homme en ouvrant toute grande la porte. Aurélie, je pense que c'est Victor. C'est bien ça ?

Accourue, Aurélie s'est jetée à mon cou. Son jean effrangé, son T-shirt tout sale, ses petites couettes raides lui donnaient l'air d'avoir treize ans.

Tout gêné de me trouver face à ce garçon inconnu qui paraît très à son aise, j'essaie de me donner contenance :

— Hugo est revenu à la maison tout crotté. J'espère que tu étais contente de son aide.

— Il nous a rendu un fier service, pas vrai, Sébastien ?

— Oui, répond l'autre en hochant la tête. Il est costaud et plein d'initiative.

De ce petit échange, je n'ai retenu qu'un mot : il *nous* a rendu service.

— Vous... je me reprends : tu t'es donné beaucoup de mal, toi aussi, pour ce déménagement ?

— Fallait bien. C'est quand même également le mien.

Je fronce les sourcils. Ma réaction doit s'inscrire sur mon visage en lettres gigantesques, car Aurélie vole à mon secours :

116

— Oui, Vic, c'est notre déménagement à tous les deux. Sébastien et moi, on s'installe ici, du moins pour la prochaine année.

Une vieille habitude de l'impassibilité me verrouille les mâchoires devant le jeune couple. Bénie soit la V.D. qui, avec son art consommé de la corrida et du corps à corps, m'a appris à feinter, esquiver et donner le change.

— C'est pas tout ça, dis-je froidement. Il y a des tas de choses à faire, je suppose. Si je veux être rentré avant minuit, Aurélie, je vais m'y mettre.

Habituellement sensible à mes changements de ton, Aurélie ne remarque pas mon acrimonie. Elle distribue ses instructions, tandis que Sébastien et moi coltinons meubles et caisses d'un endroit à l'autre. Juchée sur un haut tabouret, Aurélie nettoie ses armoires avant d'y placer verres et tasses. Elle est toute joyeuse et babille sans arrêt.

— Tu sais, Vic, que c'est la première fois que j'habite un chez-moi que j'ai choisi. Je me sens tout excitée !

Avec indulgence, Sébastien la laisse exprimer son enthousiasme. Il paraît plus âgé qu'elle, de six ou sept ans au moins, peut-être davantage. Il a la souplesse de gestes d'un homme qui touche la trentaine et qui a fini par échapper aux gaucheries juvéniles. Sans fausse pudeur mais sans ostentation, il embrasse au vol les mèches poussiéreuses d'Aurélie, la fait asseoir sur son tabouret, lui glisse un verre de bière entre les doigts :

— Respire un peu, petite folle. L'appartement ne va pas s'envoler. Bois ça, tu me fais honte.

Les yeux d'Aurélie brillent tandis qu'elle choque son verre contre celui de son compagnon.

— Tu es sûr que tu n'en veux pas, Vic ? Tu dois pourtant crever de soif.

Non, je n'ai pas soif. Je n'ai même pas le goût d'avoir soif et de partager le verre de l'amitié avec les jeunes gens. Je me fais l'impression d'être le père noble assis entre les amoureux, tâchant de protéger la vertu de sa fille contre les assauts du beau guerrier.

Aveuglée par la joie et la fatigue, Aurélie ne me tient pas rigueur de mon visage de bois. Pour Sébastien, je suis sûr qu'il a tout remarqué, qu'il s'en fout, qu'il en rit même, peut-être.

Ayant travaillé avec conscience et fureur, je finis par prendre congé. Mon empressement à partir n'échappe pas aux jeunes gens qui n'insistent pas pour me retenir. Sans doute n'est-ce pas seulement ma sale gueule qui les empêche de me garder plus longtemps. Ils doivent avoir hâte de se mettre au lit, après cette journée d'efforts. S'octroieront-ils, avant le sommeil, la douceur d'un bain chaud qu'ils prendront ensemble, jambes enlacées, avant de se presser l'un contre l'autre dans le lit nouvellement monté et orné de draps frais ?

Qu'est-ce que j'ai ? Pourquoi suis-je d'aussi mauvaise humeur, alors que je ramène ma vieille bagnole chez moi, dans le dédale des rues endormies ?

Qu'est-ce qu'il m'a fait, cet homme qui m'a manifesté de la sympathie tout au cours de la soirée ? Il citait Aurélie — elle m'a tant parlé du vieux Vic — faisait étalage de ses connaissances sur ma parenté avec Nora. On ne pouvait être plus aimable. Dieu sait de quoi j'ai eu l'air à ses yeux : d'un vieux grognon ignorant et bourré de préjugés, sans l'ombre d'un doute.

— Qu'est-ce que tu fais comme métier ?
— J'enseigne à l'université.

Nous voilà propres. Après saint Alexis, saint Sébastien. Que c'est beau, que c'est beau, tous ces hommes qui se dévouent à transmettre le savoir aux

118

générations montantes, sans se soucier de faire de l'argent ou d'amasser des succès de prestige.

Ma parole, je deviens grinçant et sarcastique. Doux, Victor Dutil, doux ! On va te prendre pour Marin et te demander des nouvelles de ta puberté.

Étendu contre le flanc d'Henriette endormie, je m'interroge encore sur mon accès de rage. Car il faut bien le dire, je réagis comme un...

— Jaloux ! Ce n'est pas possible !

Bon. Débats-toi encore un coup, Victor, trouve toutes sortes de raisons brillantes à ton attitude : Aurélie aurait pu me prévenir, j'ai été déconcerté de me trouver en face d'un homme alors que je la croyais seule, je ne sais rien sur lui, je me sens un peu comme le père d'Aurélie et je n'aime pas à la savoir aux mains de n'importe qui. Hugo ne m'a parlé de rien — je le retiens, celui-là ! Au bout du compte, je me retrouve avec cette certitude d'être...

— Maudit !

J'ai jailli du lit, faisant sursauter Henriette qui s'est enquise, tout ensommeillée :

— Ça ne va pas, Vic ?

— Si, si, ma belle, dors, j'ai faim, je vais faire un tour à la cuisine.

Je n'ai pas plus faim qu'envie de dormir, mais il faut que je bouge, que je m'agite, et ce n'est pas dans mon lit que je puis le faire. Enfilant ma robe de chambre, je fais irruption dans la cuisine qui est restée allumée.

Qui a oublié d'éteindre avant d'aller se coucher ? Tout grondant, je me heurte à Hugo qui fume tout seul, attablé devant une tasse de café, le visage perdu, les yeux cernés.

— Tu ne dors pas, mon vieux ?

Pas de réponse à une question aussi stupide.

— As-tu fait du café assez pour deux ?

— Non. C'est de l'instantané.

Le ton n'a rien d'invitant. Pourtant, bien que je ne me sente pas non plus d'humeur à échanger des propos aimables, je me crois obligé de faire contre mauvaise fortune bon coeur. Je fais bouillir l'eau pour le café et je quête une cigarette à Hugo qui me l'octroie sans me regarder.

— T'as l'air de mauvais poil, Hugo. Aurélie n'a pas apprécié ton aide ?

Subitement, il redresse la tête, puis la laisse retomber sur sa poitrine avec un haussement d'épaules. Le nom d'Aurélie constitue une piste, c'est sûr. Mais une piste vers où ? Et moi qui n'ai justement pas envie d'être gentil cette nuit ! On peut dire que les jeunes choisissent bien leur moment pour...

Nom d'une pipe ! Pas lui aussi ! Pas pour la même ! C'est follement ridicule ! C'est stupide, mais c'est criant d'évidence. Je me rappelle Noël, le retour en auto avec Aurélie, le baiser sur la bouche donné par la jolie cousine au passé mystérieux.

Alors, mettant de côté mon sentiment encore indéfinissable, je m'accoude, ma tasse à la main, devant Hugo récalcitrant et je lui murmure :

— C'est vrai que c'est une belle femme séduisante.

Pas un mot ; pas un geste pour me montrer que j'ai frappé juste. Et pourtant, j'ai frappé juste, j'en suis certain, il aurait protesté autrement. J'ajoute :

— Ça m'a fait un choc de la voir avec quelqu'un. Tu le savais, toi ?

Il lève la tête, me lance un regard qui se veut probablement glacé, qui est éperdu :

— Non, je le savais pas. Si j'avais su...

— Tu aurais peut-être amené une fille pour ne pas être la troisième roue de la bicyclette, non ?

— Peut-être, dit mon fils, heureux que je ménage ainsi sa susceptibilité. Mais peut-être que non. Non. Je connais pas de fille assez vieille pour être à l'aise devant Aurélie et son bonhomme. Moi-même, j'étais plutôt...

— Plutôt dérouté.

— C'est ça. D'ailleurs, ça m'aurait servi à quoi d'amener une fille ? Ça ne m'aurait pas empêché...

Il refoule ses larmes, pauvre gamin aux prises avec sa première défaite de jeune mâle en rut. Je me glisse debout derrière lui et lui pose la main sur l'épaule, pour ne pas l'intimider en le regardant de face :

— De la trouver de ton goût, non ? C'est vrai que vous avez des points communs.

— Vic...

La voix d'Hugo est suppliante.

— Vic, laisse-moi tout seul, veux-tu ? T'es gentil, mais laisse-moi.

Je lui presse rapidement l'épaule et m'enfuis, laissant sur la table ma tasse à demi pleine. Je ferme doucement la porte derrière moi et j'escalade les marches, pour ne pas entendre pleurer Hugo.

Henriette est tout éveillée quand je la retrouve au lit :

— Il t'a parlé ?

Abasourdi, je la regarde. Elle sait donc toujours tout ?

— Tu étais au courant ?

— Rien qu'à le voir arriver, ce soir, en refusant de me parler de l'appartement et d'Aurélie, j'ai compris, tu penses. Alors, il t'a parlé ?

— Il n'est pas en état de parler. Mais il m'a permis de deviner.

Elle fait mine de quitter le lit. Je la retiens :

— Il y a des circonstances où un garçon aime que sa mère se tienne à l'écart.

— Je voudrais juste lui montrer que je comprends.

— Si tu veux être gentille, chérie-douce, montre-lui au contraire que tu n'as rien compris. Il veut garder sa dignité devant une femme, tu piges ?

Elle acquiesce sans mot dire.

— Dans une année ou deux, il t'en parlera, peut-être, je ne sais pas.

— Notre petit garçon, Vic ! J'ai tant de misère à l'imaginer avoir de la peine à cause d'une fille, de sa cousine surtout, qui a vingt-deux ou vingt-trois ans et qui se fiche de lui.

— Elle ne se fiche pas de lui !

— C'est tout comme. Elle aurait pu le prévenir qu'elle était en ménage avec quelqu'un.

— Pourquoi veux-tu qu'Aurélie ait jugé nécessaire d'informer Hugo de ses relations masculines, ma pauvre Henriette ?

Nous discutons à voix basse encore un moment, puis nous nous taisons, de peur qu'Hugo ne nous entende comploter à son sujet. Dans l'ombre, je rumine tout seul le bouleversement de mon fils et le mien propre. Ma colère n'est pas de la même nature que la sienne. Je ne suis pas à proprement parler amoureux de ma nièce, non. Je ne crois pas non plus que je la désire sexuellement, bien qu'elle soit jolie fille et fort attirante. Mais le sentiment possessif et exclusif que j'entretenais envers Nora a surgi de ses cendres et s'adresse désormais à Aurélie. Cet homme qui la caresse est de trop à mes yeux, de même que mes amis qui regardaient Nora étaient à éloigner de la maison. Aurélie, c'est comme Nora, c'est quelqu'un qui existe en fonction de Victor, et malheur à elle si ses yeux s'égarent d'un autre côté.

Devant mes yeux, une image se dresse : Aurélie assise sur son tabouret, toute menue, toute sale, embrassant avec ferveur un bel homme aux cheveux longs et aux épaules larges. Nom de Dieu, pourquoi cette image me fait-elle aussi mal ? Je hais ce garçon d'un sentiment viscéral, sans savoir exactement pourquoi. Je me sens plus désemparé que le pauvre Hugo. Je ne veux pas qu'on me prenne Aurélie, retrouvée après une aussi longue absence. Elle est à moi, comme personne ne l'a jamais été. Je refuse de la partager et l'évocation de son compagnon lève dans ma tête une vision sanglante et cruelle dont je suis honteux.

Paisible, Henriette dort à mon côté, sa cuisse chaude posée en travers de la mienne. Je n'ose la caresser, car j'ai peur de l'éveiller et je ne veux pas lui parler de mes sentiments échevelés.

Une question effrayante s'insinue en moi : serais-je la proie du démon de midi ? Suis-je déjà ce vieux beau qui s'efforce de se persuader qu'il est encore capable de frémir et de séduire de toutes jeunes femmes ? Moi qui ai tant méprisé ce qu'on appelait à mon époque des *sugar daddies*, vais-je me lancer dans des ronds de jambe anachroniques pour les charmes de donzelles qui pourraient être mes filles ? Non, ce n'est pas ça, j'en suis sincèrement persuadé.

D'un sursaut, j'ai saisi dans mes bras Henriette que j'ai arrachée au sommeil et je l'embrasse furieusement, avec passion, me collant à elle, cherchant à me retrouver intact et attirant dans les bras de ma compagne à moi. Avant de répondre à mon étreinte, elle me chuchote :

— T'en fais pas, mon Vic, les sentiments excessifs, ça finit toujours par se calmer.

Elle parlait pour Hugo, mais ses paroles sont allées rejoindre au-dedans de moi une blessure secrète que je ne dévoilerai pas de sitôt à ma femme.

Mon vieux Victor, depuis cinq ans, tu as entrepris une rude crise d'adolescence. À quel âge vas-tu devenir un grand garçon ?

XII

Ces deux ou trois dernières semaines, je me suis retrouvé aux prises avec des problèmes qui me concernent plus personnellement, oserais-je dire. Je n'ai à peu près pas eu de nouvelles d'Alexis, de Monique ou de Sabine. Je n'ai pas revu Aurélie, non plus que mes autres neveux et nièces. Par contre, si jamais dans ma vie j'ai pu me taxer d'éloignement en ce qui concerne mes enfants, il a fallu que je me reprenne en main, et solidement.

Profitant sans doute du relâchement qui s'exerçait dans l'autorité parentale et dans l'intérêt porté à ses études, Marin m'a apporté un bulletin qui pourrait servir de document « avant » le laïus paternel. J'ai hâte qu'il m'apporte celui d'après.

Sans prendre exagérément au sérieux les déboires académiques d'un gamin de treize ans, il reste que Marin, jusqu'à présent, a toujours été un premier de classe. Ses notes étaient bonnes dans tous les domaines, à un point tel qu'Henriette prévoyait pour lui des difficultés d'orientation. Au fond, elle était fière que son rejeton soit un « bon à tout » et elle ne crachait pas sur des difficultés de ce genre. De mon côté, tant que ça allait bien...

J'ai jeté un coup d'oeil sur ses autres bulletins. Il y a une baisse régulière, mais rien qui se rapproche du plongeon périlleux qu'il est en train de faire actuellement.

Appelés à rencontrer son titulaire, Henriette et moi nous sommes retrouvés, comme d'autres parents avant nous, gênés et suants dans nos manteaux d'hiver, à attendre dans

125

l'anxiété de fâcheuses révélations sur la conduite et le caractère de notre cadet. Henriette me serrait le bras : « Détends-toi, Vic chéri, on dirait que tu vas entendre ta sentence de mort. »

C'est quand même moi qui avais raison d'être inquiet. On ne m'a pas raconté de crimes, c'est vrai, mais j'en ai quand même appris de saumâtres. Marin a été quatre fois réprimandé pour avoir fumé à l'école, faveur qui n'est accordée qu'à partir du secondaire III. Il a fumé aussi dans les autobus scolaires, ce qui lui a valu d'être refusé comme passager par le chauffeur. J'ignorais ce détail et je me demande encore comment il a fait pour se transporter jusqu'à l'école, sans argent et sans billets d'écolier. Il s'est absenté, de façon régulière et non motivée, de tous les cours de mathématiques donnés depuis huit semaines, ce qui lui assure un échec dans cette matière pour la fin de l'année. Du pot dans les poches, les cheveux trop longs au goût de la direction, il a vraiment tout fait pour se donner l'allure « délinquant juvénile », chose qui m'agace bien plus qu'elle ne m'inquiète.

De son côté, Henriette a frémi en apprenant que Marin dissimulait de l'herbe dans ses poches de jean. Pressé de questions, il a fini par déclarer qu'il ignorait ce que c'était. Malgré mon scepticisme, je le crois assez idiot pour ça, mais Henriette l'imagine déjà, menotté entre deux *Mounties,* faisant route vers un pénitencier fédéral.

Petite épisode qui nous a valu quinze jours d'escarmouches et de guérilla. Marin n'a jamais été un enfant particulièrement docile, mais sa détermination à se donner des allures de dur a déconcerté sa douce maman, à peine sortie de l'époque où elle lui visitait l'arrière des oreilles pour en vérifier la propreté.

Pour une fois, j'ai eu la fierté d'être celui qui servait d'appui à l'autre en matière d'éducation. Complètement désorientée, Henriette pleurait à chaudes larmes en revenant

de l'école et considérait comme une attaque personnelle chacun des agissements de son bébé.

— Combien de mensonges il nous a faits, crois-tu, depuis
qu'il a été refusé dans les autobus scolaires ?

— Un certain nombre, lui ai-je répondu avec philosophie.

Attitude qui ne correspondait pas exactement à ma conviction.

— Comment comptes-tu obtenir qu'il te dise la vérité
aujourd'hui ?

— Il ne va pas me la dire. C'est moi qui la lui dirai. Il ne
pourra pas me démentir.

Ainsi fut fait, à ma propre surprise, d'ailleurs. Confronté
avec ce que je savais, Marin, contrairement à mes prévisions,
n'a pas essayé de monter tout un scénario. Il n'est pas allé jusqu'à s'effondrer en sanglotant et en nous demandant pardon,
mais son agressivité maladroite en disait long sur son
désarroi.

J'ai la chance d'avoir l'esprit assez bien cloisonné, souvenir de mes études, alors que je chassais de mon esprit l'atmosphère familiale pour comprendre quelque chose à la trigo-
nométrie. Chez Henriette, en revanche, tous les sentiments
s'interpénètrent, habituellement avec un heureux équilibre,
cette fois-ci aux dépens de sa tranquillité. Jamais je ne l'avais
vue aussi déçue, aussi consciente d'un échec. J'en suis tout
surpris.

— Enfin, chérie-douce, tu ne vas pas te mettre à prendre
au tragique les comportements d'un petit crétin de treize ans
qui veut nous agresser ?

— Si, justement, je prends ça au sérieux. Je pensais qu'il
me confiait ses ennuis, je m'aperçois qu'il me cache tout
depuis des mois.

Encore plus étonné, je me fais préciser sa pensée :

— Henriette, ma belle, croyais-tu vraiment que ton
fiston te confiait ses ennuis ?

— C'est idiot, hein ? rétorque-t-elle, furieuse.

— C'est un peu naïf, en tout cas. Quand on a eu une gentille mère comme toi, on éprouve le besoin de la tuer pour devenir un homme.

— Cesse de te moquer de moi, si tu ne peux pas comprendre.

— Je ne me moque pas de toi, ma Bobinette. Je te dis ce qui est.

— Hugo, alors ? Pourquoi était-il plus facile ? Et encore maintenant ?

Un instant, j'évoque Hugo, son chagrin d'amour, son désarroi devant un monde d'adultes au seuil duquel il hésite encore. Je repense à sa crise d'acné d'il y a deux ans, à son refus de faire du tennis avec un groupe mixte l'été dernier, à sa timidité cachée sous une écorce de vigueur physique et de gentillesse bourrue.

— Chez Hugo, ça ne se présentait pas de la même façon. Ne pleure pas, Henriette, je te jure que c'est passager.

— Avec ça, son année est manquée.

— S'il le faut, il la reprendra. C'est pas tragique.

Mais au fond, j'étais un brin humilié de voir mon fils patauger dans le groupe « à rythme ralenti » comme le disent pieusement les autorités. Il a fallu que je me cramponne à mon rôle de mari solide pour dissoudre en moi ce sentiment de vexation.

Et puis, la crise s'est atténuée. Enfin, cette partie-là de cette crise-là. Marin a repris ses cours de maths, à charge pour moi ou pour sa mère de devoir signer un papier à chaque fois qu'il doit s'absenter. Autrement, il est considéré comme absent sans motif.

Au bout de quelques jours de ce régime de discussions, j'ai eu envie de déserter. Un après-midi que je me sentais un peu au-dessus de mes affaires, j'ai fait un peu comme dans mon temps lointain de collège. J'ai quitté mon travail à deux heures et demie et je suis allé au cinéma. Je suis bien embêté pour raconter ce qui s'y donnait car, à ma courte honte, je dois avouer que j'ai dormi comme un vieux dans mon siège et que j'ai raté les « bouts cochons » que promettaient les photos de l'entrée. Ça m'apprendra. En sortant de là, j'étais de mauvaise humeur, comme lorsqu'on a dormi au mauvais moment et dans un mauvais endroit. J'éprouvais un recul insurmontable à la pensée de revoir à table la mine sournoise et têtue de Marin et la physionomie hautaine et fermée d'Hugo, sous l'oeil exaspéré d'une Henriette aux abois.

M'enfermant dans une cabine téléphonique, j'appelle Alexis qui, je l'espère, sera déjà de retour chez lui. Au moment où je lui propose de venir souper avec moi au restaurant, je m'avise que mon frère ne m'a jamais appelé quand les choses allaient mal avec sa femme et son fils. Pour qui me prendra-t-il, saint Alexis, à me voir réclamer la compagnie du grand frère dès que les choses tournent mal ?

— Tu tombes bien, vieux, s'exclame une voix joyeuse. Françoise va à un cours qui va se terminer assez tard. Clément est encore parti pour la fin de semaine. Je suis tout seul et je m'ennuie. Viens manger chez moi.

— Je voulais t'entraîner au restaurant, dis-je, ennuyé d'avoir à me défendre contre ce que je ressens comme un envahissement.

— Vic, je ne suis pas allé à mon cours cet après-midi, j'ai un commencement de grippe, je suis en robe de chambre, viens donc !

Je me fais prier, intimidé de me trouver face à un Alexis malade qui surmontera son malaise pour me venir en aide. Mais mon frère insiste à nouveau : on jurerait, à l'entendre, que ma présence le guérira de tous maux, qu'il ne lui manquait, pour se remettre, que le témoignage de mon affection, que son ennui allait croissant jusqu'à mon appel et tutti quanti.

— Viens-t'en, j'appelle le Chinois.
— Le Chinois ?

— Oui, tu ne penses pas que je vais te recevoir à la soupe maison. Je ne me sens pas de force aujourd'hui.

De fait, Alexis est un peu plus blême qu'à l'accoutumée, bien que la pâleur maladive convienne à merveille à son allure de Christ sur le point d'être crucifié. Il me reçoit avec une chaleur qui me surprend.

— Que dit Henriette de ta désertion ?

— Henriette, bon Dieu ! Elle va me tuer. Je me jurais de l'avertir quand te j'ai appelé. Je manquais de dix cents, mais maintenant... oyoyoye !

Glacée, Henriette me déclare que non, vraiment, elle n'est pas du tout contrariée de recevoir mon appel alors que la table était déjà mise et le soufflé sur le point de sortir du fourneau. Qu'au surplus, elle est parfaitement dupe de ma fuite quand les choses vont mal avec les garçons. Confus, mais un peu vexé, je lui rétorque sèchement :

— Si tu veux te sauver aussi, Henriette, rien ne t'empêche. Les garçons n'ont plus l'âge d'avoir besoin d'une mère à leur service à tous les repas.

— Ce n'est pas pour eux autres que j'avais fait le soufflé, c'était pour toi. Je m'étais ruée dessus en arrivant de travailler.

Cette fois, elle m'a cloué le bec. Je modifie mon attitude :

— Henriette, tu as raison d'être fâchée, je suis impardonnable. Je ne voulais pas rentrer à la maison. Si j'arrive et que tu es absente, je me sentirai un peu moins coupable. O.K. ?

Comme elle ne répond pas, je lui répète avec l'accent que les enfants prenaient autrefois pour lui arracher une permission :

— O.K. ? Hein ? O.K. ? Dis oui. O.K. ?

Encore à demi fâchée, elle rit :

— On en reparlera, Vic. Embrasse Alex de ma part.

Le souper chinois est bon, Alexis paraît détendu. Depuis mon adolescence, jamais je ne l'avais vu en pyjama, la barbe hirsute, en homme qui se repose à la maison. Ça me fait un drôle d'effet, comme un enfant qui s'aperçoit que la maîtresse d'école va faire pipi, elle aussi. Gêné de me trouver dans un intérieur que je connais si peu, je m'inquiète :

— Françoise doit rentrer tard, tu m'as dit ? Elle va être surprise de me trouver ici.

— Je suis sûr que tu es capable de lui dire bonjour comme un grand garçon sans mettre tes doigts dans ton nez, me répond Alexis entre deux bouchées.

— Il ne s'agit pas de ça, mais je suis un peu désorienté ici. Je ne viens pas souvent, tu sais.

Je regarde autour de moi, instinctivement, cherchant un détail familier auquel je pourrais accrocher mes souvenirs. Alexis a saisi le sens de mon inspection :

— C'est surtout dans le boudoir et dans la chambre de Clément que tu retrouverais des choses de chez nos parents. Je suis parti le premier de la maison, alors que la famille avait encore besoin de toutes ses choses, c'est pour ça que nos vieilleries viennent surtout de chez Françoise.

Je suis tout étonné de trouver dans cet appartement mille traces de bon goût. Est-ce Alexis qui a imprimé son sceau dans le mobilier, la décoration, les tentures ? Ou bien Françoise a-t-elle un raffinement que je ne lui connaissais pas ?

Je suis malheureux d'être attrapé en flagrant délit d'étudier les pièces comme si je voulais les acheter. Mais Alexis paraît trouver mon attitude toute naturelle.

— Tu sais, Vic, que c'est la première fois que tu m'appelles pour le plaisir de me rencontrer ? Je suis tout content.

Il ne fait rien pour me mettre à l'aise, le saint frère. Me voilà surpris en plein acte de tendresse fraternelle et ce qui me tient lieu de pudeur en est un peu choqué. Je tente une esquive :

— Depuis un an ou deux, le nombre de choses que je fais pour la première fois est incalculable. J'ai pris des vacances tout seul, j'ai rencontré le prof de Marin, j'ai même pleuré...

— Félicitations, mon vieux, c'est vraiment une seconde naissance. La Renaissance victorienne, fallait le faire !

Il éclate de rire, sans se laisser arrêter par ma face de bois. Je n'ai jamais beaucoup aimé les jeux de mots sur ce vilain prénom que m'a infligé ma mère et qui faisait à peu de frais les délices d'une Nora vengeresse.

Bref, le souper chinois chez mon frère a été ce que je voulais me donner : une halte, un changement d'idées dans une vie momentanément désagréable à vivre. L'explication avec Henriette, au retour, en a été facilitée par la détente que j'avais retirée de ma rencontre avec mon frère. Et par la suite, j'ai même l'impression que mes rapports avec Marin étaient allégés, comme débarrassés du poids des autres ennuis. Car le pauvre Marin, en plus d'essuyer mon humeur concernant ses échecs scolaires, recevait en même temps le contrecoup de mes déceptions dans les autres domaines.

Malgré tout, la période actuelle est nettement déplaisante. Il y a cette crise de Marin qui ne se vit pas dans la discrétion, le chagrin d'Hugo qui nécessite du tact et de la délicatesse, d'autant plus qu'Aurélie nous est proche et que les contacts avec elle sont fréquents. Il y a le deuil de Sabine qu'on ne peut oublier. La pauvre Sabine, déjà portée à dramatiser la moindre contrariété, en prend pour son grade maintenant que la situation est vraiment dramatique. Par un détour de sa mentalité rétrograde, Louis-Marie avait cru nécessaire de rédiger un testament qui faisait d'Alexis le cotuteur de ses enfants s'il mourait durant leur minorité. Henriette, en apprenant cette mesure, en a été toute scandalisée.

— Jamais je n'aurais pensé que Louis-Marie avait si peu de considération pour Sabine. Il paraissait l'aimer tellement !

Sur des questions comme celle-là, Henriette a un peu une mentalité en noir et blanc.

— Je suis sûr que pour Louis-Marie, ça allait de soi d'épargner à sa femme les responsabilités de l'administration testamentaire et le reste.

— Tu ne crois pas à ça, Vic ? Pas toi ?

Avant que j'aie eu le temps de répondre, voilà mon fils cadet qui se lance dans la discussion :

— Il a bien fait, Louis-Marie. Les femmes sont irresponsables dans les affaires d'argent. Tout ce qu'elles savent faire avec l'argent de leur mari, c'est de s'acheter des manteaux de fourrure, des bijoux, des niaiseries. Pendant que le pauvre type travaille jour et nuit pour les faire vivre, les femmes travaillent jour et nuit à dépenser.

Je dois me mordre l'intérieur des joues pour ne pas rire à haute voix, mais Henriette, si indulgente de coutume pour ses fils, prend tout de suite la mouche :

— Voyez-vous ça ! Marin Dutil nous fait l'honneur d'une conférence, basée sur sa grande expérience des femmes et de l'économie familiale.

— Avec toi, je pourrais attendre longtemps que tu admettes que j'ai de l'expérience, réplique mon fils courroucé.

— Oh non, oh non ! T'en as déjà bien assez à mon goût. Mais pour la question de l'administration d'un testament, peut-être que ton expérience est quand même un peu courte.

Elle a tort, Henriette. Elle ne devrait pas se lancer dans la politique du sarcasme, si chère au méchant Victor. Comme un chien taquiné de trop près, Marin montre les dents :

— Parce que ton expérience à toi est longue ? Tu connais ça, l'administration d'une succession ? T'as perdu beaucoup de maris en ayant des enfants mineurs ?

Henriette hausse les épaules et gagne le salon, sa tasse de café à la main. Privé de son drame, Marin poursuit pour lui seul :

— Réponds pas, je vaux pas la peine que tu me parles !

Décidément, son adolescence commence bien, à celui-là ! Je sens qu'on va rigoler souvent en famille.

Pour ajouter au malaise ambiant, Aurélie a voulu emprunter notre aspirateur pour son nouvel appartement.

— Tu comprends, Henriette, il faudra que j'attende un mois ou deux avant d'en acheter un. On s'est ruinés en petites choses. Ça coûte cher de s'installer.

Inconsciente des remous qu'elle suscite autour d'elle, Aurélie est arrivée hier soir au bras de Sébastien. J'avais averti Hugo qu'elle devait venir, persuadé qu'il se tapirait dans sa chambre plutôt que d'avoir à lui faire face et à rencontrer son rival. Mais il semble qu'Hugo trouve une joie particulière à contempler le visage de sa défaite. Il est allé lui-même répondre à Aurélie et, d'un geste large de grand seigneur, a invité le jeune couple à entrer. Quand je suis arrivé au salon, il avait déjà octroyé une bière à chacun des visiteurs. Un peu mal à l'aise puisqu'ils n'étaient venus que pour un instant, les jeunes gens n'ont pas osé refuser la faveur d'une conversation de dix minutes à Hugo qui leur avait rendu service.

J'ai profité de ce que l'attention se portait sur mon fils pour détailler plus à loisir le compagnon que s'est donné Aurélie. Il y a en lui une sorte de grâce féline qui n'est pas sans rappeler celle d'Alexis, mais en plus délié, comme si Alexis s'était dépouillé de sa timidité.

Vêtu d'un vieux jean et d'une chemise ouverte sur la poitrine, Sébastien se déplace avec une fausse nonchalance qui dissimule une énergie énorme. Pour le moment, son élégance n'a rien de raffiné, et pourtant je suis vexé de le voir croiser ses longues jambes ou étirer ses bras musclés. Je suis bien forcé de m'apercevoir que la tenue négligée qu'il a adoptée me conviendrait le plus mal possible. Sur lui, la chemise tachée et le jean effrangé ont l'air d'un deuxième épiderme. Sur moi, ils auraient l'air des oripeaux d'un épouvantail.

Quand je lui offre une cigarette, il refuse d'un simple geste qu'Aurélie souligne en expliquant :

— Sébastien a cessé de fumer il y a un mois.

Saint Sébastien, j'en étais sûr. Faussement sympathique, je m'informe :

— C'est pas trop dur ?

— Si, quand même, fait-il dans un sourire, et il reprend la conversation comme si l'interruption n'avait aucune importance.

En voilà un autre qui a le chic de me ramener à des proportions microscopiques. Il me semble que si jamais j'avais le cran de renoncer au tabac, je battrais tambour à tous les échos de France et de Navarre et je savourerais les applaudissements comme un nectar. Mais Sébastien est d'une autre étoffe. Il a délibérément écarté mon témoignage d'admiration, comme s'il n'avait pas besoin d'un appui aussi artificiel. Il n'a pas eu ce frémissement de narines qu'on observe souvent chez les nouveaux abstinents. Aurélie, qui allumait devant lui une cigarette après une autre, ne paraissait pas s'aviser qu'elle le faisait sans doute souffrir. Décidément, il me faut comprendre ce qu'elle trouve à ce curieux bonhomme, à la fois si ouvert et si réservé, si détendu dans ses allures et si maître de soi. Il a l'air souple comme un roseau, mais je le soupçonne d'être l'homme de fer. Aurélie devra acquérir de la densité si elle ne veut pas être littéralement avalée par la personnalité de ce garçon, car il pourrait bien n'avoir besoin de personne ni de rien, sauf de l'admiration qu'il lit dans les yeux des autres. Il est possible que je me trompe, mais la malveillance et la jalousie ont souvent l'oeil aigu. J'imagine mal ma douce Henriette à la méfiance paysanne se laisser avoir au charme ambigu de ce jeune léopard.

Louchant du côté de mon aîné, je me rends compte que ma surveillance jalouse n'est que dilettantisme à côté du regard d'Hugo. Pour l'instant, il joue les grands adolescents décontractés, s'asseyant par terre, fumant sans discontinuer pour provoquer le non-fumeur, buvant au goulot de sa bouteille de bière. Mais je le sens désemparé, blessé et meurtri dans son orgueil. Quand il se lève pour aller à la cuisine, la négligence affectée avec laquelle il traîne les pieds ressemble à de la fatigue. Soudain, j'ai hâte que le jeune couple s'en aille et je vais placer près de la porte d'entrée l'aspirateur-prétexte « pour que vous ne l'oubliiez pas en partant ». Je ne sais s'ils sont dupes, mais ils se lèvent d'un seul mouvement. Tandis qu'Aurélie m'embrasse, la main de Sébastien, posée sur la hanche de ma nièce, semble tirer à elle tout le feu du regard d'Hugo. Celui-ci, la cigarette à la bouche, des verres plein les mains, a trouvé le moyen d'échapper au baiser d'Aurélie et à la poignée de main de Sébastien.

— Salut, Hugo. Il faudra qu'on se voie autrement qu'entre deux portes ou devant une pile de caisses.

Muet, Hugo cligne des yeux et trouve le moyen de grimacer un sourire à Aurélie. Après leur départ, sa crainte de m'entendre prononcer des mots indésirables est telle qu'il me propose n'importe quoi :

— Une autre bière, Vic ? Il y a un bon film tout à l'heure à la télé. Un Leone. Veux-tu le voir avec moi ?

— C'est ça, mon vieux, soûlons-nous en nous avachissant devant la boîte à sottises.

Et prenant Hugo aux épaules, je me dirige avec lui vers deux heures d'oubli.

XIII

Grâce à l'adolescence tempétueuse de Marin, aux démêlés sentimentaux d'Hugo et à l'emménagement d'Aurélie, j'avais réussi à réaliser un tour de force dont la clé m'échappe depuis la mort de ma mère : vivre dans le présent. La disparition de la V.D. m'a en quelque sorte obligé à toutes sortes de bilans intimes, désagréables mais sans doute nécessaires, qui faisaient du temps présent une sorte de brouillard dans lequel se démenaient les autres sous mes yeux indifférents.

Il m'a fallu aller chercher Nora qui dansait encore sur les cailloux de Villy, tuer ma mère qui n'était pas assez morte pour mon équilibre, aller lancer un défi à mon père éteint il y a un quart de siècle, que sais-je encore ? Puis découvrir qu'Alexis Dutil ne portait pas par hasard le même nom de famille que moi et m'apercevoir que j'avais des enfants. Peu à peu, les réalités de la vie, attirantes, rebutantes mais denses et pleines de mouvement, ont rattrapé au bord du néant l'homme absent que j'étais devenu. Bon, ai-je enfin pensé, mes morts vont pouvoir enterrer leurs morts sans le secours de ma pelle, je vais pouvoir aimer et détester mes vivants sans les raccrocher à la poignée d'un cercueil.

Ce renouveau ne tenait pas compte d'un autre mort, tout récent celui-là et qui, à mes yeux, n'avait pas de comptes à me demander : Louis-Marie.

Pauvre Sabine : le fait d'être veuve ne l'a pas rendue plus attrayante à mes yeux. Tout en éprouvant envers elle et son malheur une sympathie réelle et pleine de bonne volonté, je ne puis m'empêcher de trouver qu'elle est encore plus énervante dans la détresse que dans un quotidien heureux. Elle a adopté le style veuve-calme-et-digne qui lui convient fort peu, car son goût du théâtre lui interdit de passer inaperçue et la pousse à des excès de gestes et de paroles qui contredisent son allure compassée. Ses enfants, qui sont aussi, heureusement, les enfants de Louis-Marie, parviennent avec plus de naturel à porter le deuil d'un père simpliste, mais présent et sympathique. D'un père, en tout cas, qui grâce à sa personnalité ordinaire, laissait à sa progéniture tout loisir de dépasser sans conflit la génération précédente.

J'étais bien prêt, malgré mes reculs, à supporter sans broncher les manifestations émotives de Sabine, mais il s'avère maintenant que l'enfer est pavé de bonnes volontés. J'en ai appris quelque chose.

Une fois de plus, Henriette avait invité chez nous les enfants de Sabine, sous un prétexte ou un autre. En vertu du principe de ségrégation, Thérèse était fréquemment oubliée dans cet assaut de gentillesses. Mais voilà-t-il pas qu'Henriette se rappelle que Thérèse est ma filleule.

— Il faudrait que tu fasses quelque chose pour elle, mon Vic.

— Et que veux-tu que je fasse ? Je ne crois pas au remplacement du père disparu et à toutes ces choses. La petite a perdu son père, eh bien il est perdu. Que veux-tu que je fasse de Thérèse ?

— Lui témoigner un peu d'affection, de tendresse, d'attention.

J'ai respiré un bon coup, comme chaque fois qu'Henriette veut m'entraîner dans des devoirs familiaux que je rejette. Si jamais nous divorcions, elle et moi, mon principal grief envers elle serait à coup sûr son acharnement à faire de moi un fils, un oncle, un frère, un parrain, un beau-frère, alors que je n'aspire qu'à être Victor.

— Bobinette, je n'éprouve pas d'affection particulière envers Thérèse.

— C'est peut-être le temps de t'y mettre. Il y a quinze ans qu'elle est ta filleule.

— Quand même il y aurait quatre-vingts ans, ça ne me donnerait pas de liens avec elle. Je suis son parrain malgré moi, parce que c'était mon tour de l'être quand ç'a été le tour de Sabine d'avoir un bébé, voilà tout.

— Donc, c'est ton tour aujourd'hui d'être un peu attentionné envers ta filleule orpheline. Pense que nous n'avons pas de fille, Vic chéri.

— Eh non, on n'en a pas. Mais tu es en train de m'enlever tout regret.

— Vic !

Je scandalise Henriette, je le sais bien. Et le pire, c'est que mes propos, pour piquants qu'ils soient, sont quand même sincères. Je n'aime pas à fréquenter la famille uniquement parce qu'elle est la famille, je l'ai assez seriné pour être taxé de radotage. Et à présent, cette filleule qui me tombe du ciel avec son père mort et sa mère qui par hasard est aussi ma soeur...

— Invite-la ici aussi si tu veux, ma Bobinette, mais ne t'attends pas à ce que je lui prenne la main pour l'entraîner au cinéma ou ailleurs.

Henriette a haussé les épaules. Finalement, elle s'est rangée à ma suggestion et a fini par inviter Thérèse pour qui je la soupçonne d'avoir une petite préférence. Comme elle y faisait discrètement allusion, elle a ressenti comme une déception le fait de n'avoir pas eu de fille et Thérèse arrive à point nommé pour combler quelque creux dans le coeur de ma femme.

Thérèse n'est pas Sabine, je m'en suis aperçu tout de suite. Elle n'a rien fait pour attirer une attention que je ne lui accordais pas de plein gré et, sans ostentation, elle s'est tournée du côté de sa tante, m'abandonnant à ma valse-hésitation.

Comme je devrais commencer à le savoir, c'est par le biais de la jalousie que la petite m'a séduit. Mes gars faisaient assaut de gentillesses envers cette cousine timide et douce avec laquelle ils pouvaient se permettre d'être tendres, pas comme avec des garçons. Une ou deux fois, j'ai vu Thérèse quitter en pleurant le boudoir où elle regardait la télé en compagnie des autres. Mais elle ne pleurait pas parce qu'on l'avait blessée, au contraire. Elle pouvait enfin donner libre cours à son chagrin sans heurter une mère prompte à prendre les devants pour s'apitoyer sur soi-même. C'est d'ailleurs ce sentiment qui m'a poussé à aimer Thérèse. J'ai dans l'idée que Sabine, avec ses extravagances verbales et son goût du drame, a empêché ses enfants d'exprimer leur deuil. Pauvre Sabine, accablée de chagrin, veuve trop tôt, chargée de trois adolescents aux études. Mon agacement envers ma soeur ne faisait que croître, tandis qu'augmentait mon attachement à mes neveux et surtout à ma nièce.

Le drame a éclaté dimanche matin — ô souvenir des tristes dimanches de ma jeunesse, alors que Théo trouvait un prétexte toujours nouveau pour fabriquer une tragédie au retour de la messe ! Sabine a sonné chez nous pour reprendre Thérèse et la ramener à la maison. Le trio des cousins devait passer avec nous les quatre jours de congé scolaire, mais Sabine, qui devait s'ennuyer sans son auditoire captif, a décidé de reprendre au moins possession de sa fille, plus douce et moins capable de se défendre.

— Laisse-la finir son congé ici si tu n'as pas besoin d'elle, a supplié Henriette qui lisait la déception sur le visage de l'enfant.

— Il faut que j'aille l'habiller pour le printemps. Elle a rien que des choses trop petites et de couleurs vives à se mettre.

Gaffeur, j'interviens :

— Sabine, on est encore rien qu'en mars. Les vêtements de printemps, ça ne peut pas attendre un peu ?

— Mon cher, a rétorqué Sabine en me toisant avec un mépris écrasant, en avril il n'y a plus rien dans les magasins.

— Attends au moins la semaine prochaine, insiste Henriette. La petite a l'air contente d'être avec tous ses cousins.

— Je n'en doute pas, fait ma soeur la bouche pincée. Pour une fois qu'elle peut avoir une légion de garçons autour d'elle !

Je souris pour bien montrer que je prends à la légère une affirmation aussi cocasse :

— Et moi aussi, je fais partie de la légion, tu sais. Tout content d'avoir une petite poulette aussi mignonne près de moi.

Il paraît que mon humour n'est pas drôle. J'en suis bien certain. Il paraît aussi que je fais tout pour exercer une influence déloyale sur « les enfants des autres », a clamé une Sabine qui commence décidément à perdre le contrôle d'elle-même.

Prudemment, comme une poule flairant l'épervier, Henriette a rassemblé les cinq poussins sous son aile pour faire de l'ordre dans le boudoir et les chambres, tandis que ma soeur, déchaînée, m'invective de plus en plus fort. Mon offre d'un café ne fait qu'empirer les choses :

— Tu essaies de me faire taire, j'en veux pas de ton café !

Esquissant un geste d'impuissance, je veux m'enquérir de la cause de ce drame imprévu. J'ai tout su avant même que de poser des questions :

— Les malheurs des autres te laissent de glace. Tu ne ressens rien devant les peines d'autrui ! Tu as toujours été un monstre d'égoïsme ! Et maintenant, tu veux mettre le grappin sur mes enfants pour agrandir ta zone d'influence, je te dis non ! Je les laisserais à n'importe qui, mais pas à toi. Et d'ailleurs, ce n'est pas seulement Thérèse que je suis venue chercher, mais Guillaume et Thibaut aussi, t'as compris ?

141

Elle se lève pour joindre le geste à la parole, je l'arrête d'un mouvement léger, très léger, car tout geste un peu ferme suscitera chez Sabine une réaction virulente :

— Tu les reprendras tout à l'heure, quand tu voudras. Ce sont tes enfants, tu le sais bien, Sabine. Mais prends quand même du café avec moi pour me montrer que tu ne m'en veux pas pour vrai.

Une grimace de mépris vient déformer le joli visage empâté de ma soeur :

— Pourquoi je voudrais te montrer que je ne t'en veux pas, alors que je t'en veux à mort ? Tu ne m'as jamais aimée, tu es là à afficher tes préférences pour la fille de Nora que tu n'avais pas vue pendant des années, tu fréquentes Alexis avec qui je m'entendais bien. Maintenant, les rares fois qu'il vient me voir, il me parle de toi, il me dit comme il est content de te connaître mieux et tout le reste. Mais attends qu'il te connaisse encore mieux, tu me diras s'il a encore le goût de te voir !

Sabine paraît avoir oublié que ses enfants sont dans la maison et qu'elle veut les ramener chez elle. Elle ne pense plus qu'à une chose : me faire mal, de toutes ses forces, de toute sa frustration, de tout son chagrin. Je suis éberlué. Candidement, je croyais que Sabine m'énervait à son insu, que mes réactions ne l'empêchaient pas de m'aimer bien, de me trouver gentil et agréable. Ma vanité et ma complaisance ne connaissent vraiment pas de bornes. Un peu essoufflée, mais toujours théâtrale, elle reprend :

— Mes enfants sont ici, c'est vrai, mais je sais bien que c'est une initiative d'Henriette, pas de toi !

Elle vient de marquer un point, il n'y a pas d'erreur. Mais Henriette, revenue silencieusement à la cuisine, trouve là une occasion d'intervenir avec douceur :

— C'est vrai, Sabine, que l'initiative vient de moi. C'est pour ça que ça me peine que tu veuilles me reprendre Thérèse. J'ai eu l'impression que tu me croyais incapable de la consoler un peu de ses peines. Je sais bien que je ne suis pas sa mère, mais je lui donne toute l'affection que je donnerais à ma propre fille, si j'en avais une.

Habile Henriette, est-ce au contact des Dutil manipulateurs et maîtres chanteurs que tu as appris l'art de faire danser les marionnettes ? En quelques phrases, Henriette a retourné la situation et s'est présentée comme la débitrice de Sabine, comme la femme tout heureuse d'avoir enfin une fille à aimer et des camarades pour ses garçons. Sabine en est démontée :

— Je ne veux pas que tu prennes ça comme ça, Henriette. Pour toi, mais rien que pour toi, je veux bien que les enfants reviennent seulement lundi soir à la maison. Mais ça ne change rien à mes sentiments pour ton mari !

« Ton mari », c'est moi, inutile de le souligner. Forte de son privilège obtenu, Henriette s'enfuit, sans doute pour rapporter aux jeunes la bonne nouvelle récoltée par sa diplomatie. J'en profite pour réitérer l'offre déjà faite :

— Tu peux prendre une tasse de café et une rôtie sans que ça modifie tes griefs, Sabine. Tu ne crois pas ?

Impériable, Sabine consent à tremper le bout de ses lèvres dans le liquide brûlant. Puis elle sort de son sac une sorte de cigarillo qu'elle allume d'un briquet voyant, à mon ahurissement :

— Qu'est-ce qu'il y a ? demande-t-elle, agressive, avec le ton de Marin. T'as jamais vu une femme fumer le cigarillo ?

— Sabine, lui dis-je en essayant d'être apitoyé plutôt qu'agacé par ses tentatives d'élégance tabagique, je ne savais pas que tu m'en voulais tant que ça.

Brusquement, sans transition, elle se met à pleurer, si fort que je crois d'abord entendre un éclat de rire. Il me faut voir de mes yeux les ruisseaux de larmes inonder ses joues pour m'apercevoir que le talent dramatique de ma sœur est sans limites. Elle est sincère dans son chagrin, c'est sûr, mais inconsciemment elle en remet, parce que les sentiments ordinaires, quotidiens, lui paraissent trop fades.

— Pas une fois tu ne m'as appelée depuis la mort de Louis-Marie, hoquette-t-elle tout en continuant à fumer. Henriette m'a bien donné de ses nouvelles et m'a demandé des miennes, mais Victor, lui, il est bien trop occupé pour essayer de savoir comment se porte sa soeur veuve.

Le terme de « soeur veuve » semble lui convenir assez, car elle s'arrête une seconde pour réentendre l'écho de ses propres paroles. Elle les répétera en cours de conversation, ou je ne connais pas Sabine.

Grands dieux, comme je suis malveillant ! Ne puis-je laisser à ma soeur toute liberté de pleurer à sa façon, dans son style, sans lui chercher des puces ? Comme j'ai bien pris l'habitude de l'intolérance et du sarcasme !

— Qu'est-ce que tu sais, au fond, de la perte que j'ai subie ? Qu'est-ce que tu connaissais de Louis-Marie ? Je suppose que, comme tout le monde, tu pensais que c'était un brave type pas trop compliqué, qui n'était bon qu'à faire des farces plus ou moins plates les soirs de Noël !

J'ai toutes les peines du monde à réprimer un mouvement de surprise. Le désarroi fait de ma soeur une femme lucide et cruelle, qui perce à jour les préjugés des autres, sans se dissimuler les réalités déplaisantes. Je fais front, estimant que je n'ai pas le choix :

— C'est vrai, Sabine, c'est exactement ce que j'ai pensé. Louis-Marie, je ne le connaissais pas. Je le voyais comme un homme tout simple, et même, j'étais assez content qu'un d'entre nous ait épousé un conjoint aussi facile à vivre et qui ne prenait pas la vie au sérieux.

— Il traînait un ulcère d'estomac depuis quatre ans, explique Sabine d'une voix soudain cassée. Ça guérissait, puis ça recommençait. Tu sais, dans le métier de la vente, c'est une lutte constante contre les échecs, contre la concurrence des camarades, des autres compagnies, les exigences de la direction. Louis-Marie prenait ça très au sérieux. En plus, le niveau de vie avait de l'importance pour lui. Il voyait ça comme la consécration de sa compétence. Il avait été élevé dans un petit quatre-pièces du quartier de l'Immaculée. Il voulait se prouver qu'il était capable d'avoir une belle maison, une belle auto, de bonnes écoles pour les enfants, lui le p'tit gars de l'est.

Je suis honteux. Louis-Marie, en réalité, était le vivant symbole de la tragédie de la vie moderne. Et moi, le brillant Victor, je n'ai rien vu. J'ai accusé ma soeur de se prendre au sérieux, de faire des drames avec tout. Et pendant que moi, l'homme mesuré et maître de moi, je me débattais avec des gens morts depuis des années, elle tentait maladroitement, mais avec énergie, de garder vivant un homme inquiet, aux ambitions enfantines, exigeantes, au destin inéluctable et déterminé.

Levant les yeux vers moi comme pour s'assurer que je l'écoute, Sabine poursuit :

— Maman me reprochait souvent le gros travail de Louis-Marie. Elle pensait que c'était moi qui le poussais à produire autant, à être toujours en dehors de la maison. Elle m'expliquait qu'une femme devait pouvoir se passer de luxe et de confort pour garder son mari en vie. Mais je te jure, Victor...

Elle pleure, de nouveau. Plus que mon indifférence, c'est sans doute cela, cette accusation de la V.D., qui taraude Sabine dans son deuil. Je tente un geste de conciliation :

— Maman était souvent excessive dans ses jugements. Et elle était si catégorique qu'on avait l'impression qu'elle détenait la vérité absolue.

— Ça, tu peux le dire ! s'écrie ma soeur, le visage enfoui dans son mouchoir.

— Demande aux autres si les jugements de ma mère étaient plus tendres avec eux. Moi, que tu as toujours considéré comme le préféré, j'étais quand même à ses yeux le méchant divorcé, dont les enfants ont reçu un état civil plutôt que d'être baptisés.

Sabine tressaille : c'est un langage qu'elle comprend, avec ses préjugés.

— C'est vrai, au fait. Maman ne devait pas bien prendre ça.

Tout heureux de la voir sortir de sa hargne, je l'approuve avec énergie :

— Elle prenait ça le plus mal possible. Mais je n'étais pas le plus mal loti. Comme tu me le rappelais, j'étais quand même son préféré.

— Tu l'admets, maintenant ? murmure ma soeur, étonnée.

— Je l'ai toujours su, lui dis-je avec une mauvaise foi crispante. Mais il y a des moments pour en parler et d'autres pour le taire. Alexis, lui, quand il s'est marié, il a essuyé les sarcasmes de ma mère qui l'accusait de céder au chantage à la grossesse d'une « jeune évaporée » comme elle disait pudiquement, ce qui, pour elle, voulait dire « une petite putain ».

— Pauvre Françoise, sourit Sabine. Elle est tout ce qu'on voudra, sauf ça.

— Et Monique, qui ne manque pas d'avantages physiques — je vois frémir Sabine pour qui cette remarque doit être un dard — pourquoi s'est-elle mariée aussi tard sinon parce que les commentaires de maman lui avaient ôté toute confiance en elle ? Maman ne pensait pas mal faire, mais elle disait à Monique des choses comme : il faut savoir se faire pardonner une réussite et un beau salaire : un homme n'aime pas toujours ça. La pauvre Monique, qu'on croit si imperméable aux commentaires des autres, elle ne savait plus sur quel pied danser. Je n'ai pas besoin de te parler de Nora : tu sais aussi bien que moi comment les avis de notre mère lui ont été néfastes. Alors, veux-tu, Sabine, tu as passé l'âge de dix-sept ans, laisse dormir les opinions de notre mère morte et fais ton chemin.

Maintenant que je sens ma soeur prête à accepter mes consolations, je suis forcé de conclure qu'elle m'énerve plus que jamais. Qu'est-ce qu'elle m'a donc fait, la pauvre femme, pour n'être admise dans mes affections que quand elle m'attaque et jamais quand elle m'accepte ? Elle a tout de même un sursaut de révolte :

— Mais toi, Vic, tu es vivant. Je n'ai pas de nouvelles de toi, tu te conduis comme si tu me détestais. Sans espérer que tu vivrais ma peine à ma place, je pouvais peut-être compter sur ton amitié.

Comment expliquer à Sabine que je ne supporte pas les débordements émotifs des autres depuis que j'ai eu un père ? Comment lui dire que je l'aimerais peut-être si elle mettait une sourdine à chacun de ses gestes, à chacune de ses paroles ? J'esquisse des phrases d'une maladresse évidente, puis je renonce :

— Mets ça sur le compte de mon vilain caractère, Sabine. Je ne suis pas un sentimental, mais comme tu le vois, je suis tout content d'avoir tes enfants sous mon toit. Prends ça comme un témoignage d'affection et essaie de m'accepter avec mes insuffisances, si tu le peux.

Mon propos est suffisamment harmonieux sur le plan scénique pour plaire à Sabine. Elle partira donc sans ses enfants, nous laissant, Henriette et moi, un peu haletants d'avoir eu à comprimer ses assauts. De toute la journée, nous ne faisons allusion à rien. Thérèse, Guillaume et Thibaut n'aimeraient certainement pas penser que leur mère est ridicule ou odieuse à nos yeux. J'envoie Hugo et Guillaume chercher des sous-marins pour tout le monde au petit restaurant du coin et je serre en silence la main d'Henriette.

Le soir venu, alors que je fais semblant de lire pour réfléchir en paix, je repense aux reproches de Sabine. « Indifférence, égoïsme, possessivité. » Tout ce qui me caractérise, malgré mes efforts pour n'être connu de personne, est un secret de Polichinelle aux yeux d'autrui. Sabine, qui n'est pourtant pas la clairvoyance incarnée, m'a reconnu pour ce que j'étais : un homme refusant de se compromettre sur le plan affectif, un velléitaire incapable de s'opposer à sa mère pour affirmer ses attachements, un égoïste assis sur son confort et ses habitudes, un capitaliste du coeur cherchant à posséder les gens plutôt qu'à les comprendre.

Une révolte s'empare de moi à l'évocation de ces épithètes. Et elle, la soeur, est-elle si agréable à endurer qu'elle puisse s'autoriser à faire mon procès ? La prochaine fois, je lui dirai tout. Tout ce que j'ai sur le coeur et particulièrement sur les nerfs quand je me retrouve en sa présence. Tout ce qui fait que Sabine n'est pas Monique, ni Nora.

Puis j'y renonce. À quoi bon ? On n'a jamais réussi à changer ma mère, mon père, Nora. On n'a jamais pu me changer, moi, avec mes charmantes caractéristiques. Pourquoi Sabine se modifierait-elle ?

Je suis plus secoué que je ne le croyais. Mes souvenirs affluent comme ils le faisaient à la mort de ma mère. Je commence à croire que les morts, avant d'emporter avec eux leur cortège de souvenirs, les font défiler sous nos yeux pour notre édification. Et je revois Sabine adolescente, pleine de maladresse et de bon vouloir, cassant les plus beaux vases quand elle faisait du ménage, brûlant des gâteaux qu'elle avait mis des heures à confectionner, se bâtissant péniblement des robes compliquées mais trop petites, Sabine qui tombait toujours amoureuse du garçon qui allait déménager vers une autre province, qui se trompait toujours de mode quand elle décidait d'être à l'avant-garde du vêtement, Sabine, bien plus jolie que Nora, mais si engoncée dans ses toilettes qu'elle paraissait difforme. Que t'avait-on fait, pauvre soeurette, pour te dépouiller ainsi de ta confiance en toi et en tes talents ?

De nouveau, un mort revient m'enseigner quelque chose. Cette fois, c'est Louis-Marie qui essaie de m'apprendre à déchiffrer Sabine et peut-être même, qui sait, à l'accueillir avec tendresse.

Je vais rejoindre les jeunes qui, à la cuisine, ont fait main basse sur un gâteau maison et le réduisent à néant, accompagné de force liqueur douce. Je m'octroie une petite part de gâteau et, mine de rien, j'écoute Guillaume raconter tout simplement une anecdote dont son père avait fait les frais. Les autres rient, ce qui me confirme que Louis-Marie a transmis à ses enfants une grande richesse : la gaîté. Moi, le pantin victorien, réussirai-je à provoquer le rire chez mes enfants, quand ils me raconteront aux autres après ma mort ? Plus ému que je n'en ai l'air, je lève mon verre d'orangeade :

— Salut, Louis-Marie. À la bonne tienne !

Les yeux de Thibaut s'emplissent de larmes. Mais fièrement, il lève à son tour son verre de quelque chose :

— O.K. Vic. À notre vieux !

Les autres verres se choquent à l'unisson. Je me retire avec la discrétion qui s'impose et je vais rejoindre ma femme qui cherche vainement l'émission promise par l'horaire T.V. :

— Alors, s'enquiert-elle sans se retourner, comment vont les jeunes ?

— Ils boivent du coke en parlant de Louis-Marie.

Elle se retourne vers moi et commente simplement :

— Ils vont se remettre mieux que Sabine. Ils sont plus équilibrés. Pauvre vieille !

— Oui, pauvre vieille. Je vais me coucher, ma Bobinette.

— Tout de suite ?

— Oui.

— Je te rejoindrai plus tard.

Je l'embrasse dans le cou. Quand je serai mort, Henriette cherchera sans doute à retrouver son émission préférée à la télévision, servant aux enfants du gâteau et des liqueurs douces et leur parlant de petits riens. C'est bien. La vie a droit à toute l'attention des vivants.

XIV

Est-ce que vraiment les égoïstes ont plus d'ennuis que les autres gens parce que la vie les prend par leur point faible ? Ou bien sont-ils plus que les autres portés à gémir sur leur mauvaise chance ? Depuis quelque temps, j'ai tendance à trouver que les tuiles se détachent avec facilité des toits sous lesquels je marche. Mes sentiers sont parsemés de peaux de bananes et les chevaux que je commandite engloutissent mes enjeux.

La mort de la V.D. paraît avoir pressé le détonateur d'une série de cataclysmes qui s'abstenaient d'éclater, sans doute par respect pour les volontés de ma mère. Depuis qu'elle n'est plus là pour plier les événements à sa fantaisie, les gens trépassent, ou font de mauvaises affaires, ou se laissent aller à la dépression, ou se séparent.

Je me prends à me demander si toutes ces tuiles n'étaient pas sur le point de tomber et si leur équilibre n'était pas artificiellement maintenu par la peur. Une fois le chat parti, les souris n'ont plus le courage de danser : elles se sont contenues trop longtemps.

L'attention que les circonstances m'ont obligé à prêter à mes nièces, soeurs, neveux, frère, m'a détourné du tas de linge sale qui attendait mon bon vouloir, dans ma propre maison. À peine les enfants de Sabine avaient-ils réintégré le foyer maternel qu'un appel d'Alexis m'informait que Marin avait fait une fugue.

Combien de temps avait-il séché ses cours avant de manifester plus ouvertement son hostilité à la maison ? Je me refuse à aller chercher ce renseignement à l'école. En tout cas, il a appelé Alexis de la gare d'autobus en lui déclarant que si son oncle ne venait pas le chercher seul, il partait pour le Mexique où on ne le retrouverait jamais. J'imagine d'ici mon frère lui répondant avec douceur : « Attends avant de partir. J'arrive. »

Alexis m'a conté qu'il avait dû plaider longuement pour obtenir de Marin l'autorisation de nous rassurer. Buté, l'enfant voulait nous laisser dans l'incertitude : « Ça leur apprendra. »

C'est Henriette qui a reçu l'appel téléphonique. Ses exclamations m'ayant attiré près de l'appareil, j'ai tout de suite compris qu'il se passait quelque chose. Elle m'a tendu le récepteur :

— Ne viens pas le chercher, Vic, pas maintenant. Je te rappellerai.

La voix d'Alexis était neutre, soit pour me donner à penser qu'il n'y avait pas lieu de m'inquiéter, soit parce que Marin était près de lui.

Mon fils a passé la semaine chez Alexis. Décidément, dans ma famille, les neveux passent la moitié de leur vie chez les oncles et tantes où ils sont beaucoup mieux que chez eux. Un petit échange de progénitures ne nous ferait peut-être pas de mal.

Marin ne semblant pas décidé à rentrer, je suis allé hier soir chez Alexis. Mon frère m'avait laissé la place et s'était opportunément déniché une activité au dehors. J'ai trouvé un adolescent provocant et fermé, pas du tout le petit gars en larmes que j'avais vaguement et naïvement espéré rencontrer. Avec ma gaucherie coutumière, j'ai voulu établir le contact :

— Tu as quelque chose à me dire, Marin ?

Il secoue la tête en me toisant d'un air méprisant.

— Pourtant, si tu as quitté la maison, c'est que tu avais quelque chose à nous reprocher.

— C'est pas de votre faute si vous êtes plates.

L'insolence est voulue, lancée d'un ton égal comme s'il avait constaté un changement de température. Il me reste une petite réserve de patience, je m'en inonde généreusement :

— Non, c'est pas notre faute, c'est pour ça que tu ne dois pas nous en faire reproche. Mais tu pourrais avoir le courage de nous aviser des raisons de ton départ.

— Qu'est-ce que tu aurais fait si je t'en avais parlé ?

— J'aurais essayé de te retenir.

— Tu vois !

— Qu'est-ce que je vois, Marin ? Que je t'aime, c'est entendu. J'aurais essayé de te retenir parce que je tiens, encore pour quelques années, à te garder avec nous.

Un soupir excédé m'annonce que je peux toujours causer.

— Pourquoi ?

— Pourquoi quoi ?

— Pourquoi tiens-tu à me garder ? T'as tellement... il cherche une façon insultante d'exprimer son opinion. T'as tellement d'amour pour moi que tu peux pas t'empêcher de me tyranniser ?

Pensif, je l'observe. Rien chez lui ne permet d'entrevoir le beau garçon qu'il sera sans doute dans cinq ou six ans. Il est boutonneux, trop lourd, ses cheveux sont mal soignés, ses gestes sont malhabiles et il n'a pas son pareil pour briser quelque chose. J'essaie le plus sincèrement possible de me rappeler comment je me sentais dans l'inconfort de ma robe prétexte : je n'y parviens pas. Il est bourré de timidité, de complexes, hargneux comme un chien malade. Je n'ai pas d'élan vers lui, et c'est ça qui le fait souffrir. Serrant les lèvres sur des répliques faciles, je m'assieds et je cherche le point de contact avec cet être antipathique qui est mon fils.

— Marin, je m'aperçois que tu ne crois pas à mon affection.

— Hmph... ricane-t-il.

— Bon. Tu as probablement raison. Une affection, ça doit se manifester par des signes extérieurs. Et ces signes extérieurs, je n'ai pas le goût de te les donner parce que tu fais tout ce que tu peux pour t'en priver. C'est ton droit. Mais si tu veux échapper à l'influence de ton père, il ne faut pas trop te plaindre d'avoir réussi à l'éloigner.

— Parce que c'est de ma faute, naturellement ?

— Un peu.

— J'en étais certain.

Il me faut surmonter ses petites interruptions acerbes si je veux y aller de mon discours paternel. En moi, Théo raille sans merci : tu te crois meilleur père que moi, patauge, fiston, patauge !

Je n'ai pas le choix, je patauge :

— Tu sais que j'aime la propreté et une certaine dose de correction, sinon d'élégance. Tu prends ton bain une fois par mois quand on t'y plonge de force.

— J'ai le droit de me laver quand je veux !

— Tu sais qu'Henriette a horreur de la dissimulation et du mensonge. Tu fais toutes sortes de petites manoeuvres dans les autobus, la cigarette, le pot, tes études.

— Quand ça ? Quand ça ? As-tu une preuve que j'ai menti ? T'aimes mieux penser que je mens ? Pis toi, t'es toujours franc avec moi, hein ?

— En plus, tu sais...

— T'aimes mieux pas répondre, persifle mon chérubin.

— Tu sais que je tiens à te voir réussir dans tes études. Tu arrives bon dernier en classe...

— Qui t'a dit que j'étais dernier ?

— Et plutôt que de m'en parler...

— Réponds pas à mes questions, ça arrange tout !

Arrivé à ce point, je m'interromps et je regarde Marin, en silence, espérant un signe de bonne volonté qu'il n'est visiblement pas décidé à me donner. Encore dix minutes, me dis-je, et je lui casse la gueule ou, mieux encore, je le laisse partir pour le Mexique. Tout le monde sera content. J'empoigne de nouveau ma houlette pour tâcher de ramener ma brebis galeuse :

— Plutôt que de parler de tes difficultés, tu t'enfonces tout seul. On n'est pas tout seul, il me semble, quand on a des parents.

— On est quand même mieux seul que mal accompagné !

Ça, il a dû le prendre récemment dans un livre, et chercher une occasion de me lancer sa citation au visage. Un sursaut de colère me secoue. Je m'approche de mon rejeton, affalé dans un fauteuil, les jambes pendantes sur l'accoudoir, une cigarette tachant ses doigts de nicotine. Et j'explose :

— Parce que Marin Dutil, lui, peut se permettre de juger les autres ? Marin Dutil, lui, est parfait ! Ses réalisations dans la vie sont telles que les autres personnes sont des minables à côté de lui ! Il a des parents qui l'aiment, mais ce n'est pas assez bon pour lui, ces parents-là sont bornés. Ils ne comprennent rien à la cruelle nécessité de fumer du pot, de mentir et de rater ses examens. Ils sont trop bêtes pour s'apercevoir que Marin est heureux comme ça. Ils croient dans leur amour aveugle que leur fils est désemparé. Ils essaient de l'aider, mais ils devraient comprendre que leur rôle est de recevoir des insolences avec un sourire angélique. La façon d'aider un gars comme Marin, c'est de lui donner de l'argent pour aller au Mexique ! Eh bien, mon gars, si c'est ça que tu veux, tu vas l'avoir. Tout de suite. Si l'affection d'Henriette et la mienne ne te plaisent pas, c'est tout ce qu'on a à t'offrir. Tais-toi, tu parleras quand j'aurai fini ! Dis-moi combien il te faut et fous le camp, si tu penses être plus heureux ailleurs. Mais ne te lamente pas sur ton père. Ta chance, tu l'as, v'là du fric, je te signerai un papier puisque t'es mineur. Mais je te préviens : si tu pars, ne demande plus rien ni à moi ni à Henriette. Si tu restes, tu réussis dans tes classes, tu lâches le pot, tu arrêtes tes mensonges. Pour le reste, j'attendrai que ça vienne de toi : la propreté, la politesse, l'amabilité, je ne te demanderai pas tout à la fois.

Essoufflé, je m'arrête. Mon fils est sidéré : jamais il ne m'a vu perdre le contrôle de moi-même, en dehors de coups de gueule assez brefs et sans conséquence. Il a les yeux hors de la tête, et peut-être bien qu'il a peur, je suis trop fâché pour m'en apercevoir.

— Tu es prévenu : des bonnes notes, de la franchise, plus de pot. Si mes conditions ne te plaisent pas, tu sais où est la porte. Pour ma part, j'ai à ta disposition un père qui t'aime de toute son insuffisance et de toute sa force. Viens le trouver si t'en as envie. Autrement, fous-lui la paix, il a le droit de vivre aussi, ce gars-là. Maintenant, si tu rentres à la maison avec moi, je te donne une minute pour rassembler tes affaires. Moi, je m'en vais. Je t'attends dans l'entrée.

Dans la voiture, Marin a ouvert tout grand la vitre et regarde dehors. Il fait froid, je suis transi. Il fait déjà nuit : j'espère qu'Hugo sera absent de la maison, j'ai assez d'un fils pour ce soir. Je n'ose pas dire à Marin qu'une belle bronchite me guette, il a tellement envie de me faire payer sa faiblesse !

J'ai le coeur qui bat à grands coups. Qu'ai-je fait, nom d'un chien, j'ai tout raté ! Il ne me pardonnera jamais de l'avoir forcé à demeurer malgré lui sous le toit paternel et d'être contraint à des conditions qu'il refuse au fond de lui. Malgré tout, j'ai en moi un sentiment de soulagement : il n'est pas parti, il a choisi la maison, bien que malgré soi. Henriette m'aurait tué, autrement. Mais peut-être sa décision est-elle provisoire.

Quatorze ans. La première empoignade avec le père, les premières sottises, la première fille parfois. Et cette crédulité d'enfant qu'on habille d'un cynisme bien joué, ce désarroi déguisé en cruauté, ai-je été ce petit imbécile en chrysalide ? La V.D. et Théo deviennent tout à coup plus humains et plus vulnérables à mes yeux. Pourquoi bombar-

156

der un pays qu'on veut dominer, alors qu'on peut le faire envahir par les adolescents !

Marin est allé s'enfermer dans sa chambre en entrant, négligeant ostensiblement de saluer sa mère. Celle-ci m'a interrogé des yeux, je l'ai rassurée d'un battement de paupières. Mais quoi lui dire quand elle voudra en savoir davantage ? Que j'ai réussi à ramener Marin à la maison ? Noël, Noël ! Mais pour combien de temps et à quel prix ?

— Tu ne me dis rien, Vic ?

— Ma chérie-douce, j'ai bien peur que tu aies épousé un crétin verni.

— Du moment qu'il est verni, ironise Henriette.

Mais je me trompais dans mes prédictions. Marin est demeuré à la maison. Il n'a pas tenté de nouvelle fugue et ses notes ont sérieusement remonté la pente. Il lui est même arrivé de prendre une douche sans que personne l'y oblige.

Je n'ose croire à tant de docilité. Il va éclater au moment le moins prévisible, c'est sûr. Et tandis que j'épie cet instant, Henriette me raille :

— Pauvre Vic, tu ne t'aperçois pas que c'est tout ce qu'il voulait, un père qui montrerait de l'autorité ! Il est rassuré, maintenant, il sait que tu es là.

Je suis incrédule. Si on m'avait servi ce raisonnement à quinze ans, j'aurais certainement assassiné quelqu'un. Ça ne doit pas avoir tellement changé.

Un peu gêné d'avoir à reparler de mes petits problèmes paternels, j'ai rappelé Alexis pour le remercier de sa récente intervention dans la « marinade » de mon fils. Alexis, comme toujours, est parfait :

— Voyons, Victor, tu n'as pas de compte à me rendre. Tu as récupéré Marin, je suis bien content. Mais je suis sûr que tu en aurais fait autant si l'inverse s'était produit.

Voilà une affirmation aussi difficile à prouver qu'à réfuter. À mon sens, dans une histoire analogue, Clément ne serait pas venu me demander asile.

Enfin, tant que cet état de choses se maintient, la vie est endurable à la maison. Marin a même consenti à se vêtir de façon convenable pour la noce de sa cousine Marianne, à laquelle nous sommes invités.

Je ne puis m'empêcher de ressentir un malaise persistant face à Alexis depuis la fugue avortée de Marin. Mon saint frère m'a paru moins chaleureux, ces derniers temps, quand je l'ai appelé. Mes appels téléphoniques se heurtent à une courtoisie jamais démentie, mais empreinte d'une espèce de réticence, de froideur, comme si Alexis voulait m'éloigner de lui. Pour l'instant, je n'en saurai pas plus. Si Alexis a décidé de se taire, un sérum de vérité ne lui fera pas ouvrir la bouche.

C'est au mariage de la fille de Monique que le chat est sorti du sac. Rien de tel qu'une grosse noce populeuse pour apprendre tous les potins désirés et savoir par recoupements ce que les autres pensent de nous.

— Tu comprends, m'a chuchoté Monique, plus élégante que jamais, j'ai hésité à inviter Clément. En plus d'être quasi étranger à la famille, il y a tous les ragots qui se répandent sur lui.

Son regard m'épie : elle espère que je ne sais rien. Ainsi, elle pourra être la première à m'assener la nouvelle, l'assaisonnant de sa vinaigrette personnelle. Dans ces cas-là, je deviens lourd, lent à comprendre, plus victorien que nature :

— Oh, tu sais, des ragots, y en a toujours.

Et la prenant aux épaules, j'entreprends de lui faire compliment sur sa toilette. Mais finaude, Monique ne se laisse pas prendre à mon petit manège. Elle boit les compliments et revient à son mouton :

— Je sais bien que les temps ont changé et que l'homosexualité est permise entre adultes consentants, mais quand on s'affiche...

— Fumes-tu encore, Monique ?

Mon jeu doit être agaçant. Mais autant j'aurais aimé qu'Alexis me fasse des confidences, autant je répugne à entendre les nouvelles dans le dos d'un frère qui, depuis quelques mois, a été pour moi un ami réel. Dans un tourbillon, remontent à la surface toutes les petites lâchetés que j'ai commises dans ma vie, vis-à-vis de Nora, d'Aurélie, de Sabine. Je me jette à l'eau :

— Ma belle Monique, je ne suis au courant de rien. Je ne veux rien savoir non plus si Clément lui-même ne m'en parle pas.

Et la regardant droit dans les yeux:

— Je suis sûr que tu m'approuves. Tu devais me penser au courant, pour m'en parler.

Cette dernière phrase est uniquement destinée à permettre à ma sœur de sauver la face. Avec virtuosité, elle la happe tout de suite :

— Mon pauvre Victor, c'est évident ! Avoir pensé que tu n'avais entendu parler de rien, jamais, tu le sais...

Le premier prétexte venu me sert à m'éloigner. Accaparée par son rôle de mère de la mariée, Monique n'avait pas plus de deux minutes à consacrer à la malveillance familiale. J'en profite pour aller retrouver Alexis qui me voit venir de loin. Il paraît très détendu, peut-être à cause du verre qu'il tient à la main. Sa réticence des derniers temps s'est évaporée, il est plus affectueux que jamais :

— Mon vieux Vic, j'ai bien peur d'avoir été un peu sec avec toi dernièrement.

Avec une franchise qui ne m'est pas habituelle, je fonce :

— Je comprends, Alex, si tu avais des tracas. Monique vient de me faire de perfides allusions.

Il sourit, d'un air un peu triste :

— Oui. Monique m'a téléphoné il y a quelques semaines pour me demander si Clément aimerait « quand même » assister à la noce de sa cousine. J'ai dû passer pour un imbécile. C'est elle qui m'a informé que Clément s'était mis en appartement avec un jeune réalisateur dont la réputation de don Juan homosexuel n'est plus à faire.

159

Que dire ? Je me tais, sirotant mon champagne. Après un silence, Alexis reprend :

— Tu dois bien penser que les moeurs sexuelles de mon fils adulte ne me regardent pas le moins du monde. C'est vrai et même si je l'avais su, je ne m'en serais pas mêlé. Mais d'apprendre ça de ma soeur comme un ragot un peu cochon, ça m'a foutu un choc. Je savais naturellement que Clément s'était installé dans un petit appartement de l'ouest, mais le reste ne me regardait pas. Je me pensais bien perspicace d'avoir flairé la présence d'une fille.

Cette fois, Alexis observe un long silence. J'essaie de lui manifester ma sympathie :

— Si tu es comme moi, tu dois malgré tout accepter assez mal que ton fils ait des relations homosexuelles. Moi, du moins, je le prendrais mal.

Il m'adresse une grimace désolée :

— Exactement, Vic. C'est idiot, je le sais, de voir les homosexuels comme des gens pas comme les autres, mais je pense que la vie est dure pour eux. D'ailleurs, au fond des tripes, je n'aime pas ça du tout. C'est plus fort que moi, je n'accepte pas ça. Je suis sans doute un vieux démodé, mais...

Je lui pose une main sur l'épaule. Je crois ressentir exactement ce qu'il veut dire. Si Hugo ou Marin...

— Après une conversation assez embarrassante avec Clément, j'ai fini par obtenir de lui qu'il n'amène pas son... son ami ici. Vic, j'avais l'impression de parler à un étranger. Il m'a répondu avec un accent que je ne lui connaissais pas. Il m'a parlé comme on parle à un demeuré mental. Je me sentais dans la peau d'un père noble d'autrefois, gémissant sur la virginité perdue de sa fille.

— Il est ici ?
— Qui, Clément ? Oui, il est ici.
Alexis cherche des yeux ce fils déconcertant :
— Là-bas, tiens.

Je vois un long garçon élégant et costaud dont l'allure évoque celle des héros de westerns spaghetti. Rien ne subsiste plus de l'adolescent gauche et dégingandé que je connaissais. Alexis étudie mon regard comme s'il suivait le déroulement d'un scénario connu:

— Surprenant, non ?

— Si.

— C'est dans le milieu du cinéma qu'il a acquis son aisance. En premier lieu, j'en étais tout fier. Je me disais : le fils d'Alexis Dutil ne sera pas forcément un doux crétin.

Il hausse les épaules, comme pour écarter de lui un cours de pensées maintes fois suivi.

— Voilà pourquoi j'étais un peu froid quand on s'est parlé après la petite fugue de ton fils. À propos, comment va-t-il, le marin d'eau douce ?

Alexis vient de reprendre son légendaire empire sur lui-même. De son désarroi, il ne me dira plus rien. Au passage, il me donne une leçon : les frasques de Marin ne sont que des « frasquettes », pas de quoi fouetter un chaton de quinze jours.

— Mieux, je pense. J'en suis moi-même tout surpris. Enfin, dans ses classes il va beaucoup mieux. Et c'est quand même son métier. Quand le métier va, bien des choses vont. Pour le reste, j'essaie de ne pas être trop exigeant.

— Je l'aime beaucoup, commente mon frère. Il a si mauvais caractère, il est de si mauvaise foi dans ses ennuis qu'il en est attendrissant.

Je grogne :

— Tant mieux si quelqu'un le trouve attendrissant. Moi, je le trouve plutôt à battre. Mais je suppose que c'est dans l'ordre.

Pour consoler le père désemparé qui se cache en Alexis, j'ajoute :

— On cherche sa voie à vingt-deux, vingt-cinq ans, Alex. Si on était jugé seulement sur ses agissements de cet âge-là, on aurait l'air bête parfois. En cinq ans, il y a des choses qui changent.

— Oui, acquiesce mon frère qui n'en croit pas un mot.

Nous nous mêlons de nouveau à la foule des invités. Il est temps. De loin, Monique me fusille des yeux, me soupçonnant d'être allé chercher aux sources confirmation de ses petits secrets. Henriette me voit déjà stigmatisé par la famille à cause de mon goût malencontreux pour les apartés. Mes gars sont invisibles, ce qui est toujours bon signe dans des occasions comme celle-là.

De retour à la maison, j'en suis revenu à la question qui me hantait récemment : les égoïstes ont-ils plus d'ennuis que les autres ? Ou ai-je des ennuis précisément quand je sors de mon égoïsme ? C'est à vous dégoûter de l'amour du prochain.

Je suis fatigué, fatigué. Comme c'est dur d'être constamment responsable de ses actes et de ceux d'autres personnes. Je dormirais cent ans.

XV

Petite halte dans le sentier rocailleux qui constitue mon existence depuis quelque temps : nous sommes allés passer la semaine dans le chalet que Monique mettait à notre disposition, à Henriette et à moi. Refusant d'emmener nos enfants, nous les avons laissés à Alexis dont la maison leur servira de pied-à-terre durant cette période.

Tout d'abord, je n'acceptais pas cette idée. Les offres venant de ma famille comportent trop souvent des pièges pour que je sois confiant, si tant est que je puisse être confiant de nature. Sur les insistances d'Henriette, je me suis laissé fléchir, à condition que nous payions Monique en bonnes espèces. Ma soeur n'a déjà que trop tendance à croire qu'elle est la réprouvée à cause de son récent divorce et elle se complaît quelque peu dans ce rôle de mouton noir sacrifié.

Un petit coin agréable, pas loin de Saint-Donat. Un peu trop peuplé pour mon goût en pleine saison, mais au mois de mai, nous serons à peu près seuls.

Je passe le plus clair de mon temps à dormir, au grand désespoir d'Henriette qui aimerait peut-être un peu de compagnie. Le malheur, c'est que de ce temps-ci, quand je suis éveillé, je suis de mauvais poil. J'ai des maux d'estomac que je ne veux pas mentionner parce qu'Henriette me parlerait toubib et ulcère. Même mon scotch prend une saveur d'acier et quand j'en avale une gorgée, je me fais l'impression d'être l'apprenti avaleur de sabres.

Je n'ai rien vu du dégel commençant, de la poussée timide de ce merveilleux printemps du Nord qui fait mes délices. Je n'ai pas pris de photos, et je n'ai pas emmené Henriette au restaurant une seule fois. Si encore j'avais pris plaisir à me reposer, le bilan serait à peu près positif. Mais j'avais du remords d'être aussi absent et je me sentais coupable d'un délit de fuite devant mes responsabilités et mes problèmes intimes.

Après m'avoir harcelé quelques fois pour que je me décide à me faire examiner par un médecin, Henriette a déclaré forfait. À mon accoutumée, j'ai réglé le problème en ne le réglant pas et j'ai échappé aux migraines en me fourrant la tête dans le sable.

Au retour, nous avons été invités à souper chez Jean-Denis que je n'avais pas vu depuis... tiens, depuis plus de deux ans. La V.D. était encore en vie. Henriette, qui aime beaucoup Jean-Denis et qui s'entend bien avec Viviane, n'a été que trop heureuse d'accepter.

— Qu'est-ce qui t'arrive, Vic ? s'est informé Jean-Denis, à peine avais-je passé le seuil.

— Pourquoi ? Je ne suis plus assez beau pour toi ?

— Ah non, ah non ! Je te trouve cerné, les yeux creux. Tu as maigri, on dirait que tu t'exerces à faire un bel « esquelette ».

L'oeil en coin, un sourire narquois à la bouche, Henriette me regarde me débattre sans me tendre la plus petite perche. J'ai pu détourner la conversation, mais le destin m'attendait au tournant, avec l'apéro que j'ai dû déposer discrètement sur une table à café parce qu'il me causait d'intolérables brûlures :

— Un autre verre ? m'a offert Viviane. Oh ! tu n'as pas fini le tien. Deviendrais-tu abstinent, Victor ? Tu buvais plus vite que ça, avant.

— Je me suis lancé sur la voie de la vertu, femme.

— C'est très bien, homme. Dans ce cas, pourquoi l'as-tu accepté ? Pour me faire gaspiller du bon Seagram's ? Beaucoup trop bon pour donner à un dégoûté comme toi.

164

Un peu impatienté par ces petites questions pleines de sollicitude, j'ai tenté un dernier effort pour éloigner de moi ce calice : j'ai avalé le whisky d'un trait. Une lampée d'acide sulfurique m'aurait fait autant de bien. J'ai dû devenir blême, car Jean-Denis a saisi la première occasion pour m'entraîner à part :

— Viens donc voir, Vic, ce que j'ai fait de mon sous-sol. Tout fait ça moi-même. Viens m'admirer un peu.

Presque aveuglé de souffrance, je l'ai suivi. Au passage, dans la cuisine, je me suis versé un verre d'eau qui a dilué quelque peu le trait de feu que j'avais englouti.

Jean-Denis a commencé par m'expliquer les radoubs qu'il avait faits dans sa maison, une sorte de cageot début-de-siècle dont il est en train de faire un bijou. J'écoute à peine : l'alcool m'emprisonne la tête, sa brûlure me tenaille le ventre. J'en suis à me demander combien de temps un résistant peut tenir le coup dans ce genre de torture quand le silence se fait près de moi. Je m'avise que j'ai fermé les yeux et que je m'appuie lourdement du coude sur l'établi, comme pour me retenir de tomber.

— Cette fois, Vic, tu vas me dire ce qui ne va pas. Il n'y a pas de maladie assez honteuse pour que tu ne puisses pas l'avouer à papa Jean-Denis.

Piteux, je réponds à mon ami :

— Je ne sais pas, Jean-Denis, je n'ai pas vu de médecin.

La tête inclinée, les yeux plissés par la curiosité, Jean-Denis s'informe :

— L'assurance-maladie ne fonctionne pas dans ton quartier ?

— Ben, c'est pas ça. Idiot ! Je te dis que je n'ai pas vu de médecin, c'est tout.

— C'est suffisant pour faire de toi un crétin dans l'état où tu es.

— C'est ça, engueule-moi !

Je suis outré. Mon sens de l'humour a fondu, le sens de la politesse aussi. Il ne reste qu'un vieil imbécile tout seul avec sa colique et qui ne veut pas qu'un médecin...

— ... te dise que tu as un cancer ?

La fin de la question m'a fait sursauter. Je réagis violemment :

— Je n'aurais pas plus ou moins un cancer parce qu'un morticole m'en aurait parlé.

— Je suis heureux de te l'entendre dire. Non, écoute, Vic, ton ventre est à toi, je pense. Je m'informais parce que je pensais que tu savais la nature de ton mal ou que tu voulais la savoir. Dans le cas contraire, excuse-moi de m'être mêlé de tes affaires. Après tout, c'est toi qui meurs, personne d'autre.

Je le regarde de travers, ne pouvant, à travers le brouillard de ma crampe, déterminer s'il plaisante ou non. En s'effaçant pour me laisser remonter l'escalier du sous-sol, Jean-Denis me serre le coude, comme pour atténuer la dureté de ses paroles. Mes spasmes se sont un peu apaisés après être passé à table, honteux de m'être donné en spectacle, n'osant pas regarder du côté d'Henriette que je devine folle d'inquiétude.

— Bon, ça va, t'as gagné, Bobinette, je l'appellerai lundi.

Nous sommes dans la voiture quand je hisse mon drapeau blanc. Henriette conduit et me laisse libre de pérorer tout en me comprimant l'estomac à deux bras. J'ai abandonné toute illusion sur la discrétion de mes malaises.

— Depuis combien de temps avais-tu mal comme ça ?

— Oh, Bobinette, à quoi bon !

Elle hausse tristement les épaules, défaitiste à son tour :

— Comme tu voudras.

Puis tout de suite amère :

— Je m'en voudrais de t'arracher un secret aussi précieux.

Ma tête oscille de droite à gauche sur l'appui de la banquette, une houle mauvaise me soulève les entrailles. Je ne veux pas qu'elle me questionne, qu'elle me soigne ou qu'elle me conseille. Je veux me tapir comme une bête, roulé en boule autour de mon mal, et m'étirer parfois pour hurler aux étoiles. Dans un effort terrible, j'allonge le bras et lui pose une main sur le genou :

— Je suis odieux, ma chérie-douce.

Et avec un autre effort, mental celui-là, j'ajoute :

— Mais si tu savais comme ça fait mal !

Elle me lance un rapide regard, froid et incisif. Mais je commence à la connaître ; Henriette ne fait cette tête que quand elle est anxieuse. Lundi, à la première heure, si je n'ai pas appelé le médecin, je sais qu'elle le fera, quitte à subir mes commentaires acides et ma reconnaissance de dragon.

Et voilà. C'est bien ce que je pensais et redoutais : j'ai un ulcère à l'estomac, conséquence de mon incapacité à digérer ma propre vie.

Je me suis retrouvé tout nu dans la salle d'examen d'un médecin-comme-on-n'en-fait-plus de mon quartier, que j'avais vu pour la première fois alors qu'il ouvrait son cabinet il y a vingt ans. Mon dossier figure déjà dans ses archives et les pages en sont peu nombreuses et quelque peu jaunies. Il me pose la question à laquelle je n'ai pas voulu répondre pour le bénéfice d'Henriette :

— Depuis combien de temps ?

— C'est venu peu à peu. D'abord, des douleurs, surtout avant les repas, puis l'alcool qui devenait de moins en moins bon, puis...

Il hoche la tête, comme si je ne disais rien qui lui apprenne quelque chose.

— Des tracas dans le travail ?

— Non. Du petit neuf à cinq, sauf exceptions. Un boulot que j'aime assez, mais qui ne m'empêche pas de dormir.

— La famille, alors.

Je ricane faiblement :

— Et toi, docteur ? T'en as pas, de tracas avec ta famille ?

Il émet un rire bref et déplaisant :

— Certainement. Veux-tu que je me déshabille ?

— O.K. Ça va. Oui, des tracas avec la famille, comme tout le monde, je suppose. Rien de bien différent de...

Il m'interrompt d'un geste impatient :

— Les statistiques comparatives ne m'intéressent pas.

Il palpe sans arrêt mon abdomen douloureux et mon estomac en bouillie :

— Et là ? Et ici ? Mon vieux, tu as peut-être les ennuis de tout le monde, mais je suis certain que tu as un ulcère comme personne. Tu passeras à la radio.

De nouveau, il rit brièvement :

— Un beau cas, d'ailleurs. Je me demande si je ne vais pas t'amener à la faculté pour te faire voir aux étudiants. Ça va, tu peux te rhabiller.

Un régime de nouveau-né à l'intestin fragile, pas d'alcool évidemment, des médicaments. Pas de contrariétés dans la mesure où un ahuri de ma sorte peut les éviter.

— Et peut-être la retraite tout de suite avec une pension confortable ? Et peut-être aussi un beau petit voyage pas cher autour du monde ?

Mon ton est agressif, mais mon bonhomme ne se laisse pas impressionner :

— Je suis médecin, je ne suis ni un psychiatre, ni le père Noël. Je ne sais pas si tu peux régler tes problèmes, mais je peux dire que ça — il pointe un index compétent vers mon estomac — ça n'est pas la bonne façon de les régler. Et tu m'enverras ta femme si ton humeur lui flanque une dépression. Je lui prescrirai du valium.

À mon grand dépit, je retrouve une Henriette tout heureuse d'apprendre que ce n'est « qu'un ulcère ». Déjà, dans son esprit, elle m'a préparé force blanquettes et laitages sans sel qui ne laisseront pas de traces dans mes viscères récalcitrants.

Je me suis mis à prendre mon régime au sérieux, plus que je ne m'en serais cru capable. Il faut dire que je cherche à éviter ce mal de chien que j'ai souffert ces derniers temps et que je suis prêt à me priver de bien des petits plaisirs pour ne pas retourner à la chambre des tortures.

— Vic chéri, qu'est-ce qui te tracasse en particulier ? Je sais bien qu'il y a eu toutes sortes de choses, depuis deux ans. La mort de ta mère, de Louis-Marie, l'arrivée d'Aurélie dans notre vie, bien d'autres choses. Mais qu'est-ce qui t'a mis dans cet état-là ? Tu dois bien le savoir au fond.

Devant mes yeux se dessine la silhouette encore floue de Marin. À la simple évocation de mon cadet, je sens mon estomac se soulever : il y est certainement pour quelque chose.

— C'est peut-être Marin.

Henriette ne commente pas mon diagnostic. Mais je crois que d'une façon ou d'une autre, à sa manière feutrée, elle s'est arrangée pour convaincre mon jeune démon de ne pas me lancer un nombre excessif de bâtons dans les jambes, de filer un peu plus doux, bref de ménager le vieux durant son agonie.

La sensation d'être malade m'humilie profondément. Je pense à Louis-Marie, qui a longtemps souffert du même mal que moi, s'il faut en croire Sabine. Pourquoi me suis-je toujours cru au-dessus des maladies du genre de celles que Louis-Marie avait ? J'aurais moins renâclé à l'idée d'une mononucléose ou de quelque autre maladie « montrable » à des gens. Mais l'ulcère, que j'ai toujours associé dans mon esprit à des sursauts de la conscience chez les hommes d'affaires véreux, ça me déplaît souverainement.

En dépit de cette humiliation, mon caractère s'améliore, je pense. Les garçons sont moins portés à quitter la table dès qu'ils ont fini de manger. Il leur arrive, surtout à Hugo, de s'attarder un moment après le repas, preuve que je suis redevenu un père « endurable », au moins dans le petit quotidien.

Jean-Denis m'a appelé pour s'informer de mon état de santé. Il était si manifestement anxieux que je n'ai pas pu l'envoyer promener. Lui aussi, il attribue à mes inquiétudes l'arrivée de mon ulcère et il est tout disposé à me servir de confident si besoin en est. Mais j'ai toujours été un animal rétif à cette sorte d'approche. Déjà, avec Alexis que je connaissais depuis toujours, j'ai dû surmonter nombre de reculs et d'antipathies forgées pour établir une communication. J'aurais volontiers parlé à Alexis, mais j'ai l'impression d'arriver en surnombre au milieu de ses tracas. De plus, dans mes rapports avec lui, c'est toujours moi le débiteur. Jamais mon frère ne me demande de comprendre ses états d'âme ou de corps, jamais il ne fait appel à mon empathie, peut-être parce qu'il m'en croit totalement dépourvu. Et c'est, je crois, une autre cause non pas de mon ulcère, mais de sa manifestation aiguë. Alexis m'a manqué, dernièrement. Je me suis retrouvé seul avec moi-même, ne pouvant m'ouvrir à Henriette de chagrins qu'elle partageait forcément. Dans ce cas, pourquoi pas Jean-Denis, ce vieux copain qui savait tout de moi il y a trente ans et qui a pour moi tant d'amitié ?

J'ai passé encore deux nuits à m'interroger là-dessus. Plus rien n'est simple pour moi désormais. Je me pose pendant des jours des problèmes sur les questions les plus anodines, je me fais une montagne des difficultés les plus infimes et les plus quotidiennes. Mon ulcère est en bonne voie de guérison, mais au fond de mon vrai moi, celui qui est au-delà du ventre, un maelström de sentiments et de chagrins bouillonne et fume constamment. C'est dans ce chaudron de sorcière que je vais m'alimenter à intervalles réguliers, ce qui ne facilite guère mon repos.

Finalement, Jean-Denis est venu faire un tour en plein après-midi, un jour de semaine. Je suis en congé de maladie.

Henriette et les garçons étaient partis, au travail et à l'école. Tout naturellement, comme quelqu'un qui n'a pas été aux nouvelles depuis longtemps, il m'a demandé des détails sur la mort de ma mère, sur celle de Louis-Marie, sur Aurélie dont le cas l'a vivement intéressé :

— La petite Nora. Je me souviens d'elle comme si c'était hier. Tu l'aimais beaucoup, Vic.

J'acquiesce d'un air boudeur. Je n'aime pas beaucoup que quelqu'un touche au souvenir de Nora. Mais Jean-Denis paraît imperméable à mes susceptibilités :

— Il y avait de l'étoffe dans cette fille-là. Je me suis toujours demandé pourquoi elle ne s'était pas lancée en arts. Elle jouait très bien du piano et il me semble qu'elle peignait aussi.

Surpris, je rétorque :

— En amateur, seulement, ne l'oublie pas.

— En amateur parce qu'elle n'avait jamais eu l'occasion de le faire en professionnelle. Mais elle aurait pu. C'est dommage. Elle ne se serait peut-être pas suicidée si elle avait pu se réaliser. Aurélie est sans doute sa meilleure oeuvre d'art. Quand elle l'a eu terminée, elle n'avait plus de raison de vivre.

Voilà une étrange façon d'étudier a posteriori le comportement de Nora. Je sais que ma soeur avait un tempérament d'artiste et qu'elle aurait aimé se livrer à des activités comme la musique et la peinture, mais jamais je n'ai pensé que ces tendances allaient au-delà du joli talent à la petite semaine. Une fois pour toutes, il était entendu dans ma famille qu'on ne faisait pas carrière dans ces tristes métiers.

— C'est dommage qu'elle n'ait pas trouvé en elle la force de résister à ta mère. Oh, ta mère, quelle femme terrible c'était ! Mais une intelligence extraordinaire et une fierté d'aristocrate déchue.

Et voici que je me mets à évoquer le fantôme encore trop consistant de la V.D., fouillant jusque dans mes lointains souvenirs d'enfance et de jeunesse. Je brosse à Jean-Denis un tableau en deux tons sur ma mère, mon frère et mes soeurs.

— Et ton père ? Il existait cet homme-là, et pas rien qu'un peu. Je me souviens de lui comme d'un homme qui parlait fort, qui aimait qu'on l'écoute, très beau et très séduisant. Je me trompe ?

— Non, dis-je sèchement. C'était bien ça.

— L'aimais-tu ?

— Non.

— Ah !

Le mutisme de Jean-Denis se prolonge, ce qui m'énerve et me pousse à poursuivre, réaction qu'il guettait et recherchait, je parie.

— Je ne vois pas pourquoi je l'aurais aimé. D'abord il n'était pas aimable, ensuite il ne m'aimait pas.

— Tu es sûr ?

— Jean-Denis, si tu veux que je te foute à la porte, continue à jouer ce petit jeu-là avec moi. Je t'en prie, dis-moi autre chose que « oh, ah, tiens tiens » ou autres commentaires de confident professionnel.

Puis je me détends un peu. Après tout, si j'étais content que Jean-Denis passe me voir, c'est justement pour lui déverser dans l'oreille le trop-plein de ma chaudronnée empoisonnée. À présent qu'il se déclare prêt à recevoir mes confidences, je l'asticote et je lui fais grief de sa perspicacité. Je détourne la conversation :

— Toi et Viviane, c'est indiscret de te demander si ça marche toujours ?

— Ça marche toujours, avec des hauts et des bas, comme tout un chacun, mais ça marche. Pour nous, le plus pénible a été de nous accoutumer à une vie sans enfants.

Très étonné, je lui objecte :

— Mais je croyais que vous n'en vouliez pas ?

— On n'en voulait pas les premières années parce qu'on était étudiants, c'était assez normal. Par la suite, on n'en a plus reparlé parce que nos espoirs étaient toujours déçus, si bien que les gens ont bien pu conserver l'idée qu'on n'en voulait pas. Quand on a eu passé tous les tests possibles de fécondité et qu'on a su qu'on n'en aurait pas, il était trop tard pour l'adoption, on était trop vieux. On avait mis trop de temps à se brancher sur la stérilité.

— Tu y tenais beaucoup ?

— Oui, beaucoup. Le plus dur, vois-tu, c'est de trouver un autre sens à sa vie. Auparavant, Viviane et moi, on vivait un peu en attendant, avant l'enfant. Maintenant, je sais que nous devons vivre « au lieu de » et non pas « avant de ». Ça modifie l'optique des choses, d'une manière que tu n'imagines pas.

Pour moi, qui m'arrache les tripes comme un pélican attardé en pensant à ma progéniture, j'ai plutôt le goût de lancer à Jean-Denis des vérités élémentaires sur l'avantage qu'il y a à demeurer sans enfant. Mais sans doute vaut-il mieux que je me taise. Une fois de plus, je me rends compte que les autres ont aussi des ennuis, qu'ils les portent beaucoup mieux que je ne le fais, que je ne sais pas affronter ma vie et mes responsabilités sans tomber malade ou être de mauvaise humeur. Devant ce Jean-Denis qui me raconte ses déceptions avec calme et sans se plaindre, je me sens infériorisé. Je le lui dis :

— Le pire est passé, m'explique-t-il simplement.

Il sourit d'un air complice :

— Tu es plus franc que moi, tu parles de tes accès d'irritabilité, de ton ulcère et tout. Mais ne va pas croire que pour les autres, c'est tout simple. Vic, tu es un naïf, j'en ai peur.

— Moi, naïf ? Je suis un égoïste blasé.

— Non, Victor, tu es un naïf parce que tu vois les autres à travers tes lunettes déformantes. Tu les vois comme tu voudrais être et tu te sens tout malheureux de n'être pas comme ça parce que tu te regardes avec d'autres lunettes. Nous aussi, on a eu des crises. Viviane a pensé à divorcer. Elle me gardait rancune parce qu'il semble que je sois la principale cause de notre stérilité. Elle ne me le disait pas, mais je sais bien qu'elle m'en voulait. Moi aussi, je lui en voulais parce que les hommes n'aiment pas beaucoup penser qu'ils sont inféconds. Enfin, tout le tremblement que tu imagines. On a été sur le bord de la séparation, avant de nous rendre compte qu'on s'était mariés parce qu'on s'aimait et non pas uniquement parce qu'on aimait les enfants qu'on aurait pu engendrer. Et voilà. Viviane est retournée aux études pour préparer un doctorat. J'ai commencé à écrire des bouquins dans ma spécialité de psychologie industrielle. On voyage davantage.

Jean-Denis parti, je monte à ma chambre pour me coucher. Depuis ma visite au médecin, je fais une sieste de deux heures dans l'après-midi et je sens qu'aujourd'hui, elle m'a manqué. Ressassant les propos de mon ami, je cherche le sommeil pendant quelques minutes. Je pense aux lunettes déformantes, différentes selon que je m'observe ou que j'observe les autres. Je pense à la déception de Viviane et de Jean-Denis, à leur volonté de sauver les meubles et de vivre pour autre chose. Je songe à tous les contacts que je n'ai pas réussi à établir au cours de ma vie, faute d'avoir vu les gens tels qu'ils étaient et de les avoir laissés me voir tel que j'étais. Et aujourd'hui, je suis trop vieux pour changer mon caractère. J'ai des maladies de vieux, des problèmes de génération avec mes enfants, je suis presque au rancart déjà, et j'en suis encore à tenter de régler mes anciens conflits avec Théo et la V.D. Entré dans l'âge mûr, je fais encore semblant d'être une grande personne, mais je ne sais même pas si je tiens bien mon rôle. Je dois avoir l'air d'un grand dadais déguisé en monsieur.

— As-tu passé un bel après-midi avec Jean-Denis ? me demande Henriette en rentrant.

— Très bon, lui dis-je dans un sourire. Je suis content de l'avoir revu.

— J'avais sorti de quoi te faire un chocolat chaud, me fait remarquer Marin avec reproche, t'as rien pris. Qu'est-ce que t'as bu ?

— Rien, fils. Je suis désolé. Je pensais que tout m'était interdit, je n'avais pas pensé au chocolat. La prochaine fois, préviens-moi, je serai content de boire quelque chose.

Mais j'en suis encore tout ébahi. Marin a-t-il eu ce geste de lui-même ou sa gentillesse lui a-t-elle été dictée par la vigilante Henriette, dans le but d'adoucir mes aigreurs à l'endroit de mon fils bien-aimé ? Mes regards inquisiteurs du côté d'Henriette ne me renseignent pas. Et si je l'interroge, elle ne me dira rien.

Quand la méfiance s'installe entre un père et son fils, les actes les plus naturels en deviennent imprégnés sans espoir de nettoyage. Marin, mon ancien petit garçon ! Où commence le chemin qui allait de ton royaume au mien ? Les repères ont été effacés et j'ai perdu la trace de tes pas d'enfant. Comme je m'ennuie de toi !

XVI

C'est par Hugo que j'ai appris l'invitation à souper que nous lançaient Aurélie et Sébastien. Pleins de délicatesse, les jeunes gens n'avaient pas voulu écarter « les enfants » de leur invitation, mais à mon grand soulagement, Hugo a décrété que sa place n'était pas dans cette « patinoire à ronds de jambe ». Marin s'est borné à hausser les épaules d'un air excédé quand son frère lui a parlé de ce repas.

— On est invités juste par politesse, tu le sais bien, stupide !

— Toi peut-être, mais pas moi. Je les ai déménagés, quand même, objecte Hugo, déterminé à ne pas lâcher sans coup férir un pouce de terrain.

Henriette a donc rappelé Aurélie pour lui annoncer que nous acceptions. Ma nièce lui a annoncé par la même occasion qu'elle aurait peut-être en soirée mon neveu Clément et son ami Charles. Malgré les préjugés d'Henriette et, je dois l'avouer, les miens, je suis quand même curieux de connaître ce bonhomme, de voir « de quoi ça a l'air », un couple d'homosexuels. Je ne l'avouerais à personne, parce que ça fait plutôt arriéré, mais le fait est que j'ignore tout de ce genre de relations et que j'aimerais pouvoir en parler avec calme et en connaissance de cause à Alexis, qui a bien besoin d'être rassuré.

Aurélie me semble fatiguée, ce soir. Joyeuse, exubérante même, mais lasse. Quant à son compagnon, il est plus félin que jamais et il glisse sans bruit sur le parquet de bois pour nous apporter nos apéritifs : Vichy pour moi, Cinzano pour

Henriette. Tout compte fait, je m'accommode assez bien du régime sec et je puis même me vanter de n'avoir pas fait payer ma privation à tout le monde, si privation il y a.

En dépit de ma résignation si récemment acquise, j'ai eu toutes les peines du monde à ne pas me jeter comme un enfant dans les petits oignons qui me faisaient de l'oeil au milieu des hors-d'oeuvre. Et je me suis contraint à parler avec lenteur et naturel, en suçotant une biscotte sans sel au fromage à la crème. À qui dois-je cette délicatesse ? Je ne serais pas surpris que ce soit à Sébastien. Aurélie me semble moins accessible que lui à ces petites attentions.

Au cours du repas, alors que je porte un toast à mes hôtes : à vous deux, Aurélie, ayant levé les yeux sur son ami, rectifie doucement :

— À nous trois, si tu veux bien, Vic.

Il a fallu à peine une seconde à Henriette pour se mettre au diapason. Bondissant de sa chaise, elle est allée entourer de ses bras une Aurélie rougissante, mais visiblement pleine d'orgueil.

Après une minute d'hésitation, j'en fais autant. Tout d'abord, bêtement rétrograde, je n'ai pas compris qu'il fallait féliciter Aurélie. J'en étais resté au temps de Nora, où une fille enceinte l'était toujours malgré elle et réclamait plutôt des condoléances. Et puis, je trouve cette mise en chantier un peu rapide, un peu prématurée. Ils viennent de se mettre en ménage, ces deux-là. Je dois me tenir à quatre pour ne pas jouer les pères nobles, rôle qui ne me revient pas, que j'exècre et qu'Aurélie ne me pardonnerait pas de jouer.

— Est-ce que c'est indiscret de vous demander si... vous allez vous marier ?

Tant pis, autant aller jusqu'au bout de ma sincérité :

— Peut-être que ça ne se demande pas, mais la plupart des gens que je connais et qui ont des enfants sont mariés.

Sébastien éclate alors d'un rire si spontané qu'il s'étrangle et que je dois me lever pour lui taper dans le dos. Je ne comprends d'ailleurs pas la cause d'une hilarité aussi formidable et il me faut les explications d'Aurélie pour m'affranchir :

— Tu as dit ça avec tant de gentillesse, Vic, comme si tu avais peur de gaffer en nous parlant de mariage.

— Mais j'avais bel et bien peur de gaffer, dis-je, avec la conscience d'être tout à fait ridicule.

Sébastien s'essuie les yeux. Il rit encore, par secousses, et je contemple sa gaîté, étonné de le voir capable de rire aussi follement qu'un enfant. En somme, c'est un garçon comme les autres qu'elle a choisi, Aurélie, pas un Zorro, un d'Artagnan ou je ne sais quel guérillero. La première fois que je l'ai vu, l'aisance de ce type et, il faut bien l'avouer, sa séduction naturelle m'ont infériorisé comme je l'ai rarement été devant un autre homme.

— Tu as bien fait de me présenter à cet oncle-là, Aurélie, déclare-t-il en retrouvant sa voix. On le verra souvent, le petit sera un rigolo. Pour répondre à ta question, Vic, on va se marier, en effet, parce que je crois que c'est la façon la plus simple d'intégrer nos enfants à la société. Et comme tu le dis — il a un nouvel accès de rire — la plupart des parents qu'on connaît sont également mariés. On ferait tache au milieu d'eux.

C'est parmi une explosion de rires que Clément et Charles se présentent. Leur arrivée a douché net mon humeur joyeuse. Peut-on encore parler paternité devant eux, dois-je faire seulement allusion à l'état d'Aurélie, suis-je au diapason de ce couple incongru, moi qui, déjà, avec mes préjugés, ai tant fait rire Aurélie et Sébastien ? Éperdu, je lance à Henriette un muet appel au secours. Ma femme semble calme et pleine d'assurance, mais que cache ce masque de courtoisie mondaine ?

Une inspiration m'est venue comme Clément s'approchait pour me serrer la main. Je me rappelle à temps être allé récemment offrir mes condoléances à Françoise qui venait de perdre son père et je n'ai pas vu Clément au salon funéraire. J'en profite pour lui offrir ma sympathie :

— Je ne sais pas si tu étais proche de ton grand-père, Clément, mais si c'est le cas, je suis désolé.

— Je l'aimais beaucoup, c'est vrai. Ça m'a fait beaucoup de peine, répond Clément, tout heureux de me voir aussi gentil.

Manifestement, Henriette m'est reconnaissante de lui avoir trouvé cette entrée en matière. Elle adresse également quelques mots à Clément et je serre la main de son ami, ayant noté machinalement que, comme Alexis m'en a déjà fait part, mon neveu parle avec un accent qu'il n'avait pas jusqu'à présent. J'essaie avec la meilleure volonté du monde de n'en être pas agacé, mais mes orteils se recroquevillent quand même au bout de mes chaussures à l'audition de certaines finales un peu trop pointues à mon gré. Goguenard, Sébastien m'étudie du coin de l'oeil. Rien ne lui échappe du conflit intérieur dans lequel je me débats plutôt pitoyablement. Je suis partagé entre plusieurs sentiments contradictoires : loyauté envers Alexis, désir sincère d'être gentil avec mon neveu, désir aussi de ne pas passer pour une vieille barbe et, si possible, de n'en être pas une, peur d'être ridicule.

Finalement, mon futur neveu — c'est vrai qu'il sera mon neveu, cet animal — vient me prendre aux épaules pour me demander mon avis sur quelque point de ma compétence professionnelle. Je crois qu'il le fait par pure gentillesse, parce qu'il a perçu mon hésitation devant le couple que formaient Charles et Clément. Mais la sympathie de Sébastien me hérisse : là où je n'ai pas appris à dominer mes reculs, je n'aime pas à le voir évoluer sans gêne, et son attitude d'hôte parfait et décontracté me donne le goût de lui sauter dessus. De plus, il est plus grand et plus mince que moi, ce qui me donne la sensation d'être un petit bas-cul à côté de lui. Je me dégage de son étreinte amicale, il ne paraît pas s'en apercevoir.

En somme, c'est quand même Sébastien qui a la meilleure attitude : l'air qui s'était fait frisquet à l'entrée des deux nouveaux venus se réchauffe de nouveau et bientôt, j'entends encore le rire homérique de Sébastien à une plaisanterie lancée par Charles. Courageusement, le Vichy ne me mettant pas beaucoup de pétillant dans la tête, je me jette à l'eau pour me mettre à l'unisson. Mais Henriette ne fait pas chorus. Son silence de fille de bonne maison devant un spectacle inconvenant me semble excessif. Et puisqu'elle est là pour porter le poids de nos préjugés à tous deux, je puis me permettre d'avoir l'esprit large et de paraître me dissocier d'elle. Je me montre avec Charles d'une amabilité que je ne ressens guère, car le garçon me déplaît et me déplairait tout autant s'il n'était pas l'ami de coeur de Clément. Je déteste ce genre de jeune snob pour qui tout ce qui s'est fait avant les deux dernières années est dépassé, qui affecte de n'aimer que les choses jugées idiotes ou choquantes par le commun des mortels et qui crache sans vergogne sur les gens qui vivent avec leur femme et leurs enfants. Je ne sais plus si je vais lui casser la gueule ou claquer la porte, quand Sébastien l'interrompt avec lenteur :

— Tu vois, Charles, aux yeux de la majorité des gens, tu es un marginal, avec tes moeurs sexuelles affichées.

— Je me fous de l'opinion des cons, répond suavement Oreste.

— Je veux bien, reprend Sébastien. Je suis donc un con.

— Je n'ai pas...

Sébastien lève la main pour faire cesser l'interruption :

— Ça va. Bon, je suis un con. Il n'empêche que j'essaie de dépasser mon petit univers personnel et de me dire que tout le monde n'a pas comme moi le goût de l'érotisme hétérosexuel.

— C'est bien bon de ta part, commente le jeune homme avec ironie.

— N'est-ce pas ? Après une réflexion honnête, je me dis que tu as parfaitement le droit d'être un homosexuel si ça te chante, et que je n'ai pas le droit de te traiter comme un imbécile, un paria ou un asexué à cause de ça. Vu ?

— Vu, répond l'autre qui se rend compte que ses interruptions se retournent contre lui.

— Alors — le ton de Sébastien a monté à peine, mais quand même un peu — je te prie d'en faire autant. Je refuse de me faire traiter de con parce que j'ai plaisir à faire l'amour avec une femme. Je te conteste furieusement le privilège de faire passer l'hétérosexualité pour une déviation morbide et l'homosexualité pour la norme. C'est peut-être ça dans le milieu très étroit où tu évolues d'habitude, mais moi, je connais des milieux où c'est plutôt le contraire et je veux que tu les respectes.

Nom d'un chien ! Comment ce garçon réussit-il à dire ce qu'il dit sans être désagréable ? Après ce petit assaut, il offre un nouveau verre à son invité, avec autant de naturel que s'il venait de lui distribuer force compliments, et reprend la conversation au point où elle en était auparavant.

Il faudra que j'apprenne ça : dire le fond de ma pensée, sans y perdre mon sang-froid ni mes amis. J'ai raison d'être jaloux de ce gars-là : à trente ans à peine, il a développé une sagesse que je serai bien en peine de faire valoir dans dix ans.

L'intervention de Sébastien, pour des motifs certainement différents, a ramené à la conversation deux personnes qui s'en tenaient éloignées : Clément et Henriette. Pour ma chérie-douce, c'est comme le signal qu'elle peut se mêler à l'échange de propos sans paraître endosser ce garçon qu'elle déteste visiblement. Pour Clément, c'est le signe que son ami est suffisamment accepté pour qu'on l'engueule et il se met à parler à son tour, cessant de se croire obligé à une solidarité que l'autre ne lui rendrait certainement pas dans le cas contraire. Mais Clément n'est pas pour rien le fils d'Alexis.

Fraternité, solidarité, loyauté, j'ai bien peur qu'il ait investi toute la gamme des vertus alexiques dans cette relation amoureuse où il est vraisemblablement celui qui donne le plus et reçoit le moins. L'autre, imbu de sa notoriété naissante, de son langage bien rodé d'intellectuel snob et affranchi, de sa beauté incontestable, joue sans doute avec les sentiments de Clément, peu aguerri aux démêlés sentimentaux. Déjà malhabile avec les filles, comment et où aurait-il appris à se comporter avec un amoureux masculin ? Pauvre Clément, moi qui le voyais venir avec méfiance, me voilà plutôt disposé à le plaindre, non pas tant d'être pris dans une relation que la société ne lui pardonnera pas, mais surtout de se préparer à ce fait banal mais toujours triste chez un être jeune : une peine d'amour.

Nous sommes les premiers à partir. Henriette s'est mise à bâiller sur le coup de onze heures, comme à la maison, et nous nous sommes éclipsés sans trop de regret. Dans le vestibule, Aurélie nous a chuchoté :

— Vous n'êtes pas trop fâchés de les avoir vus ensemble ?

Je secoue la tête, Henriette sourit sans répondre. Pour dissiper le léger malaise qui va s'installer, ma femme prend Aurélie par le bras :

— Si tu as besoin d'une tricoteuse pas trop rapide, dis-le-moi. Je peux aussi te donner des tas de conseils des femmes de la campagne sur toutes les choses défendues pendant la grossesse.

— Ça me fera plaisir d'en apprendre d'autres, déclare Aurélie en riant. Sébastien m'en a déjà donné un joli paquet.

— As-tu des maux de coeur ? s'informe ma femme avec sollicitude.

Avant que ma nièce ait pu répondre, je m'appuie de la main au chambranle de la porte :

— Sébastien, si les femmes doivent parler nausées, varices et maux de reins, je crois que je ferais mieux de retirer mon imperméable.

— Égoïste ! Vieux saligaud !

Aurélie fait mine de me bourrer de coups de poing, mais je demande grâce :

— Ah non, c'est pas juste ! Moi aussi, je suis sensible là, de ce temps-ci.

— C'est vrai, pauvre Vic, on ne s'est pas informés de toi. On se rappellera.

Songeuse, Henriette me fait ses commentaires, alors que je roule lentement sur la chaussée glissante. Il pleut à verse et les essuie-glace scandent de leur bruit sec et régulier chacun de ses mots :

— Crois-tu vraiment qu'ils sont heureux, ces deux-là ?

— Tu ne parles pas d'Aurélie et Sébastien, je pense ?

— Non, tu le sais bien.

— Je ne sais pas, ma chérie-douce. Honnêtement, je ne sais pas. D'abord, le genre de sentiments qu'ils éprouvent l'un pour l'autre m'est étranger. Peut-être est-ce la même chose que pour n'importe quels amoureux, mais j'ai peine à m'y faire. En plus, dans ma jeunesse à moi, ces rapports-là étaient tenus si secrets qu'on n'aurait pas imaginé, même dans un roman de science-fiction, une conversation comme nous en avons eue ce soir au sujet des moeurs homosexuelles.

— Ça m'a quand même un peu choquée, reconnaît Henriette qui, conservatrice dans ses opinions, le sait et l'admet sans fausse honte. En fin de compte, je ne vais pas détailler l'attirance que j'ai pour toi, moi, et pourtant c'est beaucoup plus dans la norme, non ?

— Justement, ma douce. Ça n'a pas besoin d'être discuté, parce que c'est accepté. Mais eux, ils doivent défendre leur droit à être respectés. Je ne sais pas... Je ne les comprends pas, surtout je ne comprends pas que Clément soit attiré par ce type-là.

— Là aussi, je suis renversée. On a le goût de lui dire : sois beau et tais-toi. Dès qu'il ouvre la bouche, il y a un imbécile qui parle. Tu sais, Vic, j'espère que jamais pareille chose n'arrivera à nos gars, j'aurais... j'aurais beaucoup de difficulté à les comprendre. J'aime autant te prévenir. Je ne suis pas une femme large d'esprit, moi. Je n'accepterais pas ça.

Hugo est au salon, ostensiblement plongé dans la lecture d'un roman policier. En fait, je le soupçonne d'avoir regardé cent cinquante fois à la fenêtre au cours de la dernière heure. Tout à coup, en l'apercevant, je me souviens qu'il faudra l'informer de la grossesse d'Aurélie et j'ai un instant de panique : qu'est-ce que je vais faire, mais qu'est-ce que je vais faire ? Garder le silence ? C'est une manoeuvre dérisoire. Ce qu'il ne sait pas aujourd'hui, il l'apprendra demain et il nous gardera sans doute rancune de l'avoir tenu à l'écart de la nouvelle. Il attribuera notre silence à un apitoiement qui ne lui fera nul plaisir. Ou bien je lui annonce l'heureux événement et alors...

— Laisse-moi faire, murmure Henriette sans presque desserrer les dents au moment où nous entrons au salon.

Hugo lève à peine les yeux pour nous saluer, comme si notre arrivée lui était totalement indifférente, alors qu'au fond, il est impatient d'entendre parler d'Aurélie, du moins c'est ce que je suppose. Pendant qu'Henriette lui raconte que Clément et son ami étaient là après le repas et qu'elle cherche à attirer les commentaires de son fils, je trépigne d'impatience. Enfin, elle se décide :

— Aurélie avait une grosse nouvelle à nous apprendre.

Comme un cheval sensible, Hugo a tourné le col vers le bruit :

— Une grosse nouvelle ?

Il se tait un moment, au seuil d'une vérité qu'il n'ose proférer lui-même et qu'Henriette achève charitablement pour lui :

— Eh oui. Elle est enceinte.

— Il connaît pas l'existence des pilules, ce cave-là ?

— Je crois qu'il ne voulait pas la connaître, Hugo, ce n'est pas en prenant des pilules qu'on a des enfants.

— Ils vont se marier ? interroge l'adolescent d'une voix sans timbre.

— Oui.

— Faut bien sauver les apparences.

— Comme tu dis, fait Henriette, conciliante. Bonsoir, mon gars.

—'Soir, Minouche. 'Soir, Vic.

Une folle image me poursuit pendant que je grimpe l'escalier : je vois le chagrin d'Hugo grossir et s'enfler à mesure que grossira et s'enflera le ventre d'Aurélie et alors... de quel affreux désespoir accouchera-t-il à la fin ? On devrait n'être qu'heureux à dix-sept ans, on ne sait pas souffrir.

XVII

Petit à petit, je recouvre une sorte d'équilibre physique et mental. Physique, parce que mon ulcère est en bonne voie de guérison. Mental, parce que, j'ignore pourquoi, les crises affectant les uns et les autres ne m'apparaissent plus comme autant d'attaques dirigées intentionnellement contre le méchant Victor, pour le faire étriver.

C'est ainsi que j'ai pu parler gentiment et avec naturel à Monique qui est aux prises avec la vie de femme seule, après tant d'années de mariage. De ce côté, rien ne sert de forcer les confidences. Monique finira bien par me dire ce qu'elle veut, une salade assaisonnée à doses égales de vérités arrangées et de demi-mensonges. Hervé m'a toujours été sympathique, et je n'ai aucune peine à deviner que dans ce divorce, les torts ont été partagés. Mais tel n'est certainement pas l'avis de ma douce aînée.

Les filles de Monique n'étant pas de l'âge de mes garçons, seul le lien fraternel créait entre elle et moi une entente, d'ailleurs toute superficielle. Maintenant que ma soeur joue le rôle délicat de troisième dans des couples partout où elle va, y compris chez moi, rien ne vient justifier des rencontres où les affinités n'ont aucune part.

Il faudra pourtant bien que je m'habitue à voir des gens solitaires autour de moi. Sabine est veuve, Monique divorcée, Nora était célibataire, Alexis, durant des années, est venu sans sa femme dans la famille. Je souris à la pensée que de tous les enfants de ma mère, je suis celui qui offre l'image la plus traditionnelle et la plus stable.

Quand j'étais petit et que mes parents nous emmenaient aux veillées de famille, je me demandais pourquoi les oncles et tantes ne se querellaient jamais. Pourtant, ils étaient frères et soeurs, tout comme nous, qui passions le plus clair de notre temps à des féroces empoignades. Aujourd'hui, je comprends que ces gens-là s'ennuyaient beaucoup trop les uns avec les autres pour entretenir des chicanes. Ils redevenaient des étrangers, tenus à une politesse de commande et à des rencontres régulières. Il en va de même pour nous, désormais, au grand chagrin d'Henriette qui a toujours plaisir à revoir les siens.

— Aimerais-tu que Marin et Hugo refusent de se voir dans une vingtaine d'années ?

— Je ne sais pas. Faut bien que j'admette qu'ils ne feront pas leur vie l'un avec l'autre.

— D'accord, mais si tu les invites et que Marin ne veut pas nous voir parce qu'Hugo viendra, que diras-tu ?

Je hausse les épaules. J'espère, en dépit de tout bon sens, avoir donné à mes fils suffisamment de joie en famille pour qu'ils ne passent pas le reste de leur vie à établir des bilans négatifs sur ce qui leur aura manqué. Si je me trompe, tant pis pour moi. J'ai bien assez de cultiver aujourd'hui des remords pour mes péchés d'hier, je refuse d'en amasser pour ceux que je me découvrirai demain.

Somme toute, je crois avoir donné à Monique une certaine chaleur fraternelle chaque fois que je l'ai vue. Peut-être dans le but de former une sorte de clan des femmes seules, elle s'est mise à appeler Sabine, jusque-là considérée comme trop insignifiante pour figurer dans ses relations. Tant mieux pour l'une et pour l'autre.

Actuellement, je savoure sans réticence, pour la première fois depuis longtemps, le printemps retrouvé. Mai est particulièrement chatoyant, cette année, et la fièvre qui s'insinuait dans mes veines d'adolescent, autrefois, vient réchauffer mes artères d'homme mûr. J'invite Henriette à d'interminables promenades qui la laissent sur les genoux, je passe des après-midi de congé étendu dans les parcs publics, vêtu du jean que mes gars m'ont obligé à acheter, mâchonnant des brins d'herbe et reluquant les nymphettes. Ma parole, je deviens gâteux. Mais ça me plaît, je suis bien, l'empire de la V.D. est dissous, vive la république victorienne !

Mes gars ne comprennent rien à mon humeur folâtre :

— Méfie-toi, Minouche, conseille un Marin qui recommence à savoir rire, un de ces jours, il va t'arriver avec une petite maîtresse de mon âge.

— Je suis encore capable d'aller me chercher un petit ami de l'âge d'Hugo, répond placidement Henriette avec un jeu de hanches irrésistible.

Elle est heureuse, ma chérie. Je m'avise que durant toutes ces années, elle m'a supporté et même porté de toute sa patience paysanne et de tout son amour opiniâtre. Elle se repose un peu.

Depuis la soirée chez Aurélie et Sébastien, aucune allusion n'a été prononcée chez nous au sujet du futur bébé de ma nièce. J'ai su que les amoureux se marieraient fin mai, une petite noce intime qui me changera de la surboum donnée en l'honneur de Marianne. Hugo n'a parlé ni d'y aller, ni de s'absenter. Et moi, fidèle à ma vieille habitude de laisser dormir les problèmes que je ne puis régler, je ne lui parle de rien. J'imagine que les choses en sont au point mort, et je manque tomber à la renverse quand je surprends une conversation entre Henriette et mon aîné.

— Moi, je connais rien là-dedans, Minouche. Veux-tu lui parler ?

— Amène-la ce soir. On en parlera ensemble.

— T'es un ange, Minouchette.

— Pourquoi es-tu un ange et pas moi ? dis-je en entrant dans la cuisine au moment où Hugo la quitte.

— Parce que je vais donner des conseils éclairés à une

petite jeune fille qui ne sait pas comment s'habiller pour une noce tranquille.

Je suis toujours lent à comprendre la signification de telles phrases.

— Et la petite jeune fille, elle vient à la noce pour Hugo ?

— Tu ne voudrais pas qu'elle vienne pour toi ?

— Ça pourrait se trouver. Mais sérieusement, ma chérie-belle, Hugo s'est trouvé une petite amie ? Je suis tout content. Comme ça, il est sur la bonne voie ?

Henriette me regarde avec cet air d'ineffable indulgence qui me met immanquablement en rogne.

— Pas si vite, Vic. Pas si vite. Je pense surtout qu'Hugo est décidé à afficher que lui aussi, il peut se trouver quelqu'un. Mais je ne me fais pas d'illusion, il a invité sa Marie-José surtout pour se donner contenance. Maintenant que c'est fait, il est tout embêté. Il n'est jamais sorti avec des filles, tu le sais.

— N'empêche, dis-je songeur, qu'on commence par miser sur sa propre vanité, puis on se laisse prendre au jeu. J'aime bien qu'Hugo réagisse.

— Et puis, ça te dispense de jouer le rôle du père du cocu.

— Il y a de ça.

Tout occupé à cerner les sentiments d'Hugo, je n'ai pas prêté attention à ceux qui s'agitaient au-dedans de Victor. C'est pourquoi j'ai eu un choc quand Aurélie est venue à la maison pour qu'Henriette lui fasse un essayage de sa robe de mariage.

Aurélie a déjà beaucoup grossi, bien que la naissance ne soit prévue qu'aux environs de Noël. Ma femme et ma nièce ont porté leur choix sur une ligne floue, « à la mode Cegep », ricane Marin. Je fais la moue :

— Je trouve que ça fait un peu robe maternité.

— Mon beau chéri, c'est justement une robe maternité, ton sens de l'observation fait mes délices, me répond Henriette, la bouche pleine d'épingles.

— Oui, mais est-ce qu'il n'y a pas des robes maternité qui ne... enfin qui ne soulignent pas le trop-plein, si j'ose dire ?

Aurélie me rit au nez et, me saisissant la main, elle la pose sur son ventre. Comme effaré, je la lui retire vivement. Elle rit encore :

— Voyons, Vic, ça ne va pas te manger. Comment veux-tu cacher ça ?

Elle palpe avec orgueil sa rondeur impudique.

— Il est vrai que je ne pensais pas devenir aussi vite un petit baril, mais puisque c'est comme ça, autant souligner ce qu'on ne peut pas mettre dans sa poche.

Et c'est à cet instant que je comprends que je n'ai pas cessé d'être jaloux. Durant ces dernières semaines, j'avais fait de cette maternité une espèce d'abstraction. Mais en voyant prospérer l'abdomen d'Aurélie, je me sens plus tenaillé que jamais par la jalousie, une jalousie viscérale, aveugle et destructrice. Saisissant le premier prétexte, je quitte les lieux pour me lancer dans une de mes promenades-marathons.

L'air frais me calme un peu, sans apaiser la houle de mes sentiments. Je revois Nora, clignant d'un oeil, aspirer la fumée d'une cigarette et remercier avec effusion mes copains qui lui en faisaient don. Je revois mon ami de jeunesse, Julien, qui trouvait Nora fort à son goût. J'ai tout fait pour les éloigner l'un de l'autre. Je n'ai jamais rien su de ce que pensait Nora de Julien. Elle ne me confiait pas ce genre de choses et j'étais probablement trop heureux de ne rien savoir. « Les amis sont une chose, les soeurs une autre », répétais-je onctueusement. Et mon prestige d'intellectuel boutonneux était tel que Julien n'osait pas courtiser ma soeur dans mon dos. Du moins, je le crois, je n'en mettrais pas ma main au feu. J'ai tant menti à Nora qu'elle pouvait bien en faire autant à mon égard si besoin était.

Je n'ai pas été jaloux, pourtant, quand Nora était enceinte. Mais c'est tout simple : elle n'avait pas d'homme autour

191

d'elle pour me servir de rival. Elle était seule, et je pouvais me figurer être par procuration le père de cet enfant qu'elle portait. C'est probablement la raison pour laquelle j'aurais tant voulu faire quelque chose pour elle. C'est sans doute aussi la raison pour laquelle Élise était aussi hostile à Nora. Elle sentait bien que ce bébé constituait entre ma soeur et moi un lien spécial qu'elle ne pouvait remplacer, la pauvre. Elle avait flairé l'égoïsme possessif dont j'entourais ma soeur : Nora était à moi, pour l'abandonner moi-même si j'en avais envie. Mais pas pour laisser les autres la rendre heureuse. Heureusement que ma petite soeur ne se laissait pas faire.

Mes pas m'ont conduit presque aussi loin que mes pensées. Me voilà à deux milles de chez moi, arpentant les rues à une allure de dératé, les mains aux poches, l'air du mafioso qui médite un mauvais coup. Ce nouvel assaut de souvenirs est de loin le plus désagréable qui se soit produit en moi depuis des mois.

Et Aurélie ? À la mort de ma mère, j'aurais sans doute repris moi-même contact avec elle si mes frère et soeurs n'avaient pas pris l'initiative de la rencontre. J'ai alors reculé : toute à moi, Aurélie, ou alors je m'en vais. C'est très bien, Victor, tu apportes le ballon à la partie et si tu ne comptes pas tous les buts, tu reprends le ballon. Je te félicite, tu es un grand garçon, capable d'être aussi exclusif que dans ta jeunesse, mais avec plus de méchanceté.

Le recul que j'ai eu tout à l'heure quand Aurélie m'a fait toucher son ventre, comment ne l'a-t-elle pas perçu pour ce qu'il était ? Un recul devant l'enfant de l'autre, un refus d'affronter cette réalité : un rival triomphant dans la vie d'une femme que je considère comme exclusivement mienne. Quand il sera né, aurai-je envers lui cette réaction de rejet que j'ai eue pour Aurélie enfant ? Mais il n'y avait pas d'homme dans la vie d'Aurélie enfant, pourquoi donc ai-je fui ?

Un visage surgit brutalement en moi : Théo. Oui, il y avait un homme dans la vie d'Aurélie : le grand-père. Théo, qui n'avait jamais gâté ou dorloté aucun de ses enfants, s'est pris d'affection pour ce petit démon femelle baveux et adorable qu'il faisait sauter sur ses genoux avec des rires bêtes de vieil amoureux. Pas longtemps, d'ailleurs, il est mort trop tôt pour voir grandir l'enfant. Mais il avait suffisamment marqué le front de ma nièce de l'empreinte de son pouce pour que je n'ose plus y poser les lèvres. Nom de Dieu ! que je n'aime donc pas ça ! Pourquoi est-ce toujours mon tour de faire mon examen de conscience et d'y dénicher des parasites ?

Lourdement, je m'assieds sur un banc, fort judicieusement placé près de l'arrêt d'autobus, à portée de fesse des messieurs essoufflés, et je reprends le cours de mes songeries. Quand je me sors la tête du sable, le spectacle qui s'offre à ma vue est inévitablement déplaisant. Rien d'étonnant à ce que je me recache à la première alerte. Nora, Aurélie, vous m'aurez à vous deux causé plus d'ennuis avec ma virilité que toutes les autres femmes de ma vie, y compris les deux que j'ai épousées.

Sébastien existe, je suis forcé d'en tenir compte. Et j'ai beau lui chercher des poux et espérer qu'il se montrera à la hauteur de ma mauvaise opinion, je crois que c'est un chic bonhomme. À ma courte honte, je m'aperçois que je voudrais presque le voir abandonner Aurélie, pour être de nouveau le seul, l'unique, l'Homme dans la vie de ma nièce. En même temps, j'ai honte de cette pensée : Nora n'a donc pas eu assez d'ennuis, je voudrais que le même scénario se déroule au profit de sa fille ? C'est une chance que la vie ne se conforme pas aux rêves malicieux des jaloux. Aurélie épousera Sébastien, et moi, je devrai adopter de trois attitudes l'une : essayer de dissocier le couple, m'en aller loin de leur bonheur ou partager l'amour de ma nièce avec... avec mon neveu, puisqu'il faut l'appeler par son nom.

Je suis enfin calme en rentrant à la maison. L'essayage est terminé depuis longtemps. Aurélie attend que Sébastien passe la chercher. Les propos qu'elle échange avec Henriette et Marin sont des plus anodins.

— Qu'est-ce qui t'a pris ? demande Aurélie. Ça t'arrive souvent, de lâcher les gens comme ça au milieu d'une conversation ?

Henriette vient à mon aide :

— Ne le questionne pas, Aurélie, il est complètement fou au mois de mai. Il est encore allé se rincer l'oeil dans le parc ou quelque refuge de voyeurs. Il n'avouera rien, je le connais.

Cette réponse m'a donné le temps de me ressaisir. Je m'intègre sans aigreur à l'échange de propos, mais par un besoin d'obscure vengeance envers je ne sais qui, j'annonce :

— Je vais prendre un scotch, Henriette.

Tout de suite, elle a le regard inquiet :

— Tu es sûr que tu peux ?

— Non, mais je peux toujours essayer.

— Tu ne veux pas attendre d'avoir vu le médecin pour qu'il te dise si l'alcool t'est permis maintenant ?

— Non, je n'aime pas mieux ! Henriette, si j'ai mal à l'estomac, ce sera tant pis pour moi et tu me laisseras souffrir sans soins avec ton mauvais sourire à la bouche.

— Ça me ressemble, oui, grogne Henriette, reconnaissant sa défaite.

Devant ce petit différend, Aurélie hésite à accepter le verre que je lui offre. Henriette s'interpose :

— Tu ne vas pas te priver parce que Victor veut être malade. Qu'est-ce que je te sers ?

J'ai bien garde, après cette escarmouche, d'avouer à Henriette que le scotch trop bien tassé à réveillé dans mon corps tous les diables de l'enfer. Aurélie partie au bras de Sébastien, Henriette me cuisine :

— Pourquoi, Vic ? Pourquoi as-tu pris ce verre ? Tu m'avais paru raisonnable jusqu'à présent.

Ma frustration se retourne contre elle :

— Que le diable emporte le médecin, le régime, l'ulcère et la catastrophe ! J'en ai plein le cul de boire du lait et de manger du jello ! Je veux aller prendre des bons repas au restaurant, boire du vin, me taper une cuite de temps à autre.

Et j'ajoute pour le seul plaisir de l'affoler :

— Et mourir d'un ulcère ou d'un cancer si ça me chante !

Sur ces bonnes paroles, je vide mon verre d'un trait et je retourne dehors, tandis que le javelot enflammé s'enfonce plus avant dans mon estomac.

Je ne sais si Henriette a compris pourquoi je me suis payé cette petite révolte. Je n'ai pas répété mon exploit : il m'a fallu attendre toute une journée pour être débarrassé des crampes. Dans un goût morbide d'autopunition, j'ai refusé de prendre les comprimés que m'a prescrits le médecin en cas de douleurs. J'ai voulu faire le fin, tant pis pour moi. Intuitive, Henriette ne m'a reparlé de rien. Et moi, je suis retourné à mes bonnes habitudes d'abstinent et de vieillard au régime.

Curieusement, mon éclat m'a fait du bien. Peut-être pas à l'estomac, mais à la tête. C'est comme si j'avais exprimé le pus d'une plaie trop tôt fermée, la laissant saigner un moment avant de la cautériser. Après cet incident, j'ai pu revoir Sébastien sans éprouver l'envie de lui meurtrir la bouche de mon poing ou de lui assener une de ces perfidies dont j'ai le secret.

Et puis, il m'a fallu penser à autre chose qu'à mes mesquines jalousies. J'ai appris par Henriette que Monique voulait vendre son chalet du Nord et les garçons m'ont assailli de supplications et d'arguments péremptoires pour que je m'en porte acquéreur. Après maintes hésitations, j'ai fini par y consentir. Le plus bête, c'est que le chalet m'attirait, moi aussi. Ce qui me faisait reculer, c'était la perspective d'avoir à conclure la transaction avec Monique qui m'expliquerait en long et en large comment l'entretenir, quelle route emprunter pour s'y rendre, la quantité de provisions à y ranger, et le reste. Une soirée y a été consacrée. J'ai aiguisé ma patience pour entendre la conférence de ma soeur et me voilà propriétaire d'une jolie bicoque dans laquelle les gars prétendent passer la moitié de l'année. J'emploie tous les arguments possibles pour refréner leur enthousiasme — vos études, l'entretien, la peinture, le chauffage — mais je suis aussi excité qu'eux et j'invoque déjà tous les prétextes pour m'évader la prochaine fin de semaine vers le chalet que les garçons veulent baptiser en grande pompe. J'ai l'impression d'avoir racheté Villy, je me fais presque l'illusion que j'y reverrai Nora, je voudrais y inviter...

Aurélie s'est mariée samedi dernier, par un matin pluvieux mais écrasant de chaleur. Elle et Sébastien étaient calmes, mais le jeune mari a quand même perdu deux fois les anneaux avant la cérémonie, à la grande exaspération d'Aurélie qui craignait d'être en retard.

— Si tu ne veux plus te marier, dis-le, je prendrai ta place, a lancé Hugo qui faisait le jars pour le profit de Marie-José.

Henriette a vivement tourné la tête vers son gars. Elle était choquée, je le voyais bien. Non pas tant de la réflexion, anodine en elle-même, mais du cynisme qu'Hugo se croyait obligé d'afficher. D'ailleurs, Marin n'était pas plus sympathique. À la réception, résolu à attirer sur lui tous les yeux et toutes les oreilles, il émaillait sa conversation de plaisanteries cochonnes qui étaient déjà éculées quand j'avais son âge.

— Il était temps pour vous de régulariser votre situation, mes enfants, a déclaré doctoralement Alexis en évaluant avec une feinte sévérité la taille rondelette d'Aurélie.

— Je ne vois pas ce que tu veux dire, a répliqué Sébastien, ingénu.

À deux ou trois reprises au cours de la réception qui se donnait chez Monique — droit d'aînesse, droit éternel — j'ai dû m'occuper de la petite Marie-José qu'Hugo négligeait pour faire le pitre devant sa cousine. Je ne voulais pas humi-

196

lier la gamine en rappelant mon fils à l'ordre, mais j'avais un peu honte : je le croyais plus délicat dans l'expression de ses sentiments. Et puis un peu de mansuétude a calmé mon irritation : ce n'est pas moi qui puis me permettre de lui faire la leçon, avec mes accès de jalousie au cours desquels je suis tout disposé à me fabriquer des maladies.

Marie-José s'en est bien tirée, sans doute parce que les filles reçoivent souvent une éducation leur permettant de sauver la face en toute occasion. Elle a tourné ses batteries vers Clément, venu seul à cause de ses conflits avec Monique. Clément a compris la situation et s'est occupé de la petite, avec tant de gentillesse d'ailleurs qu'Hugo, humant le danger, est revenu rôder autour de sa conquête. J'ai fait un signe à Clément qui s'est approché de moi :

— Tu as réussi à réveiller la politesse chez mon sauvageon ?

Il sourit :

— Pauvre petite fille, elle faisait pitié, toute seule dans une famille de gens qu'elle ne connaît pas.

— Toute seule, je te remercie ! Et tonton Victor, il ne s'occupait pas d'elle ?

— Oui, un vieux, réplique Clément en m'assenant une bourrade. Tandis qu'avec mon charme slave, j'étais suffisamment dangereux pour piquer Hugo. D'ailleurs, tu peux en juger par toi-même.

De fait, Hugo est désormais tout attentions pour Marie-José qu'il prend ostensiblement par la taille et couve même des yeux. Allons, il n'est pas mon fils pour rien. Rien n'attise autant ses ardeurs qu'une brave frousse suscitée par la présence d'un autre coq dans son poulailler.

Accaparé par cet incident, je ne me suis pas aperçu tout de suite qu'Aurélie et Sébastien avaient filé à l'anglaise, sans venir me saluer.

XVIII

Septembre est-il déjà de retour ? Comment se peut-il que l'été ait passé sans que je me sois livré une seule fois à des séances d'introspection moroses comme j'ai appris à m'en donner depuis la mort de ma mère ?

Le chalet m'a fait un bien fou. Mon ulcère est complètement résorbé, s'il faut en croire mon médecin qui a conclu le diagnostic par son désagréable ricanement :

— Libre à toi d'en commencer un autre maintenant que tu sais que je peux te soigner.

— Penses-tu que je tiens tant que ça à venir te montrer mon ventre ?

— Alors, parfait. La crainte est le commencement de la sagesse. Si tu ne veux pas me voir, peut-être que tu te tiendras tranquille. Pas trop d'alcool, un régime sévère, mais faut quand même pas charrier. Et surtout, pas trop d'emmerdements, puisque tu ne sais pas les prendre. Remets ta chemise, je t'ai assez vu.

Jusqu'à présent, je crois avoir assez bien suivi ces directives. Si bien que mon poids accusait bien une dizaine de livres de plus quand je me suis pesé, la semaine dernière. Mon mois de vacances avait passé par là. Je m'y suis adonné consciencieusement, mettant à me détendre la même ardeur que je mets en d'autres occasions à me démolir. J'ai la peau d'un Abénaki et le jean acheté pour plaire à mes gars se fait nettement trop étroit pour mes hanches.

Malgré le surpeuplement de la région du Nord en été, j'ai vécu comme si j'étais seul en forêt. Baignades, promenades en canot, surtout avec Marin qui fait un excellent « canot arrière », feux de camp en compagnie d'inoffensifs voisins du bord du lac.

Aurélie et Sébastien sont venus, de temps à autre, illuminer de leur bonheur tout neuf nos vacances bourgeoises. La jeune femme est déjà fort lourde et ses essoufflements me rappellent Nora, dont le corps étroit ne paraissait pas non plus suffire à porter son fardeau. Henriette est pleine d'attentions envers cette nièce dont elle raffole et qui constitue pour elle une sorte d'intermédiaire entre la fille qu'elle n'a pas eue et l'amie qu'elle avait trouvée en ma soeur. Quant à Sébastien, on dirait qu'il a été toute sa vie le mari d'une femme enceinte. Tendre sans panique, attentif sans être agaçant, il fera un père calme qui s'endormira en même temps que son poupon, les nuits où il sera de veille. Je lui en fais la remarque :

— Il ne faut pas se tromper, Vic, m'explique-t-il avec cette lenteur verbale qui le caractérise. Au fond, je suis fou comme un balai à la pensée d'être père. Et je suis nerveux comme le dernier des veaux en pensant à l'accouchement.

— Naturel, l'accouchement ? s'informe Henriette.

— Naturel et sans violence.

— Les chanceux, soupire Henriette qui a connu des heures pénibles lors de la naissance de nos enfants. Si c'était à recommencer, j'en ferais bien autant.

— J'aurais cru que tu étais la femme la plus sereine en cas d'accouchement, s'étonne Aurélie.

Après m'avoir consulté des yeux, Henriette rit piteusement :

— Non, non. Je suis la plus mauvaise patiente du monde. J'avais une peur folle, autant à Marin qu'à Hugo, et pourtant mes accouchements étaient normaux. Heureusement, Victor était là pour me calmer.

— Moi ? Mais tu m'envoyais promener.

— Oui, mais j'aurais été bien fâchée si tu y étais allé. Je n'aurais pas pu me passer de toi.

— Je pense à Nora, dit tout à coup Aurélie comme si elle avait lu ma pensée. Elle a dû trouver ça dur d'être seule. En son honneur, j'espère faire ça comme une grande fille. Si ça continue comme ça, ajoute-t-elle en étirant sa robe sur son bedon, il me faudra deux salles d'accouchement. Il me reste encore quatre mois pleins à courir, et j'ai déjà l'air de la tour de Babel.

Comme le renard du *Petit Prince,* Hugo s'approche chaque jour d'un peu plus près. Commence-t-il à guérir, ou bien le mystère toujours renouvelé d'un être humain en formation l'émeut-il en sa fibre paternelle latente ? Une fois, même, il a demandé timidement à Aurélie :

— Est-ce qu'il bouge ?

— Viens t'asseoir sur l'autre chaise, près de moi. Pose ta main là et attends. À un moment ou un autre, tu sentiras certainement quelque chose.

Hugo a fermé un instant les yeux à l'idée de toucher de façon aussi proche le corps d'Aurélie. Je voyais l'inquiétude et la contrariété d'Henriette. Aurélie est-elle totalement inconsciente de ce qui se passe dans la tête de ce garçon ? Mais sans doute est-ce elle qui a raison. Elle prend les choses avec simplicité, obligeant de ce fait mon gars à en faire autant. Plus courageux que son père, il surmonte son réflexe et pose une patte bronzée sur l'objet de ses frustrations. L'air attentif, les yeux au loin, on dirait vraiment qu'il s'est mis à l'écoute de cet enfant inconnu et qu'il entend un langage que nous ne captons pas. Sébastien l'observe avec émerveillement.

— C'est vrai, déclare enfin Hugo après un interminable silence. Il bouge pour vrai. Je pensais que c'était des blagues de femme. Je me demande ce qu'il veut dire.

Personne n'a de réponse aux étranges questions d'Hugo.

— En tout cas, lui dit gentiment Sébastien, s'il veut dire

quelque chose, c'est sûrement à toi qu'il l'a dit parce que tu es celui qui l'as écouté le plus attentivement.

Ou je me trompe fort, ou Sébastien a tout deviné du trouble de son jeune cousin. Celui-ci lui lance un regard où il y a de la méfiance et de la gratitude.

Alors que j'engraissais sans vergogne, Henriette suivait une diète de carmélite dans le but de retrouver sa taille de jeune fille. C'est ainsi qu'elle a pu arborer un bikini écarlate qui fait ma fierté, mais qui a nettement scandalisé les garçons.

— Tu vas aller te baigner avec ça ? a demandé Marin avec horreur, en pointant un doigt incrédule sur les deux lambeaux d'étoffe.

— Pourquoi pas ? Tu me trouves trop grosse pour porter un bikini ?

— Trop grosse pour celui-là, en tout cas. Tout reste en dehors, t'as rien mis dedans.

— On dirait que tu n'aimes pas ça, Marin.

— Non, j'aime pas ça. Je veux pas que ma mère ait l'air de s'être habillée avec un... un...

— Un bout de drapeau communiste, a ricané Hugo, pour une fois d'accord avec son frère.

Mais Henriette a passé outre à ces tabous masculins. À ma grande joie, d'ailleurs. Ma chérie-douce, pourtant si blonde, bronze merveilleusement dès qu'elle s'étend au soleil, et le bikini lui va comme à une jeune fille en fleur. Je suis fier de voir les regards des autres s'attarder sur son joli corps et j'ai même perçu dans l'oeil de saint Alexis quelque chose de presque égrillard quand il a passé une fin de semaine avec nous au chalet.

— Tu ne m'avais jamais parlé de ça, vieux cachottier, a-t-il dit à mon adresse, mais sans quitter Henriette des yeux.

— J'ai mes secrets, Alex. On ne dit pas tout à son grand frère.

— C'est assuré, au moins ?

— Non, mais c'est très surveillé. Pas touche, mon frère.

Bref, c'était un été sans problèmes, doux, chaud au corps et au coeur, un été comme je n'en mérite pas, un été si bon, comme disait autrefois Sabine, que ça doit être péché. Malgré moi, à reculons, à contre-coeur, je suis de retour à mon travail. Nous reviendrons évidemment passer des congés au chalet, mais le long moment d'état de grâce est révolu. Pour nous consoler, nous parlons déjà des vacances d'hiver. Les garçons voudraient y passer la nuit de Noël, mais Henriette hésite : Aurélie accouchera vers cette époque, et n'a ni mère, ni soeur pour l'entourer d'affection dans ce moment si important. Hugo n'est pas content :

— À quoi bon avoir un chalet si on n'y va jamais ?

— Que tu es de mauvaise foi, Hugo ! On arrive à peine. Et puis, on a le temps d'y penser.

— En tout cas, si vous autres vous ne voulez pas passer Noël là-bas, j'irai avec des amis.

Il n'a pas le goût de se trouver en ville à cette époque de l'année, je le vois bien, et le chalet est pour lui l'alibi parfait.

— En attendant, les gars, il faudrait penser tout de suite au ménage d'automne dans le chalet. Il faut aller chercher beaucoup de choses. Je n'ai pas encore pris d'assurance-vol. Je ne tiens pas à racheter les choses qu'on se sera fait voler pendant notre absence.

— C'est vrai, intervient Henriette sans rire. Pensez donc, si on me prenait mon bikini, je ne m'en consolerais pas.

Et elle lance un regard malicieux à un Marin déjà tout renfrogné.

XIX

Quel écran de fumée s'est interposé entre la réalité et moi pour me faire croire que j'étais bâti pour la sérénité ? Septembre n'est pas écoulé que le climat s'est déjà gâté autour de moi. D'abord, je n'aime pas l'automne qui me flanque dans la dépression la plus noire, comme au temps de la rentrée scolaire. Et puis Marin semble avoir repris ses bonnes habitudes de fainéantise à l'école, sous couvert d'un comportement docile. Sa révolte n'est plus ouverte comme l'an dernier, mais si on l'interroge sur ses devoirs scolaires, il n'a jamais rien à faire et va s'étendre des heures durant devant la télévision, à la grande colère d'Henriette.

Du côté d'Henriette, d'ailleurs, les choses ne vont pas trop bien. Elle, si heureuse cet été, est en proie à une tristesse dont rien ne peut la tirer. Quand je l'interroge, elle m'adresse un héroïque sourire et me répond : «Je n'ai rien, mais je m'ennuie. » Chaque fois, je me sens coupable. Henriette s'est toujours bien plus occupée de moi que d'elle-même, surtout ces dernières années. Ses états d'âme me sont presque aussi inconnus que ceux d'une étrangère. Je connais ses humeurs, pas ses sentiments. Je m'avise soudain que nos relations sont surtout des amis à moi, que sa famille tient une place aussi discrète que possible dans notre vie, chose illogique, puisque c'est moi qui maudis ma famille alors qu'elle aime la sienne. Le vieux monsieur Chatel, qui décline doucement dans un foyer pour vieillards, n'a pas été pour moi le beau-père qu'on cherche à connaître, ni pour mes enfants le grand-papa du dimanche. Et c'est ma faute. Si je n'étais pas aussi réticent aux rencontres familiales, je sais bien qu'Henriette aurait fréquemment convié les siens à la maison, et qu'elle leur aurait souvent rendu visite. Il est vrai que Solange et René sont établis, l'un en Ontario, l'autre aux États-Unis. Mais il pourrait exister entre nous un accord plus profond : je ne l'ai pas voulu.

Madeleine, je crois, téléphone souvent à Henriette et elles se voient entre femmes pour de brefs après-midi de détente. Mais c'est tout. Au total, en plus d'avoir été piètre fils, frère insuffisant et père occasionnel, je suis un bien pauvre beau-frère. Les reproches que m'a adressés Henriette à cet égard ont glissé sur moi sans laisser de trace profonde. Aujourd'hui, j'en ai du regret. Henriette a mis en moi, en ses garçons, presque toutes ses énergies, il ne lui en est guère resté pour cultiver l'amitié. Elle a aussi son travail, mais le secrétariat n'a jamais passé pour une enivrante occupation.

Pour le reste, je n'ai pas partagé grand-chose avec elle, l'obligeant à tout partager avec moi. Elle était sportive quand nous nous sommes connus, maintenant c'est tout juste si elle fait du ski une fois l'an, quand Hugo ou Marin la traînent sur les pentes. Elle sent que je n'aime pas pas la voir m'échapper et elle renonce à une activité qu'elle aime, sans regret apparent. Mais tous ces petits renoncements la minent.

En attendant de trouver la bonne tactique qui remettra Henriette en selle et lui permettra de s'amuser sans avoir l'impression de me frustrer de quelque chose, je dois me résigner à la voir triste et sans ressort et à m'armer de patience, ce qui ne me convient guère. Je ne suis pas patient, en effet, c'est de là que me viennent la plupart de mes maux.

Établissant le bilan de mes rapports avec ma famille, je constate que la mort de ma mère a disloqué les liens déjà fragiles qui nous unissaient, mes soeurs et moi. Seul Alexis, je pense, émergea de l'engloutissement dans lequel ont plongé mes relations fraternelles. Du côté de Sabine, qui m'a toujours tapé sur les nerfs, les rapports sont désormais quasi rompus. Mes enfants parlent de temps à autre de leurs cousins, mais nous ne les voyons plus depuis le fameux séjour qu'ils avaient fait chez nous. J'en éprouve un regret furtif, vite estompé parce que je n'aime pas à égarer mes pensées vers Sabine et ce qui la concerne.

Quant à Monique, la vente du chalet a été la dernière occasion de nous voir que nous ayons saisie. Depuis, ni elle ni moi n'en avons arrangé d'autres. Nora morte, il me reste Alexis. D'une façon mystérieuse, ma mère créait une forme de cohésion, forcée sans doute, entre nous tous. Personne n'aurait osé s'élever contre son désir de nous voir réunis à telle ou telle occasion. Mais les griefs que nous cultivons les uns à l'endroit des autres étaient trop nombreux et trop puissants pour que nous arrivions à les balayer à présent que nous sommes libres de nous éviter. Tant pis. Malgré la peine d'Henriette, je ne veux plus m'obliger à fréquenter ces gens et je réserve mes énergies pour les inévitables funérailles auxquelles je serai convié.

Peut-être parce qu'elle sent Henriette désemparée, Aurélie vit une période un peu plus difficile. Ses formes ont maintenant atteint des dimensions impressionnantes, elle perd souvent le souffle et sa démarche est celle d'un canard. Ses yeux cernés trahissent la fatigue que lui cause son enfant. Mais il y a autre chose. À la fin de ses grossesses, Henriette aussi était fatiguée, mais la fierté se lisait sur son visage et empêchait d'y voir les marques de lassitude. Aurélie a l'air morose, ce qui me surprend, vu la joie qu'elle affichait encore cet été à la pensée de son bébé.

Encore une fois, c'est Henriette qui surmonte ses ennuis personnels pour voler au secours d'Aurélie. Mais cette fois, la jeune femme se montre réservée, secrète envers ma femme. De guerre lasse, Henriette m'a demandé conseil :

— On dirait à présent qu'elle n'en veut plus, de ce bébé.

— C'est normal, ma douce. Toutes les femmes, rendues

à ce point de la grossesse, trouvent qu'elles ont entrepris une lourde tâche.

— Il y a autre chose, voyons, Vic. Même Sébastien a l'air triste. Ce n'est quand même pas son poids qui le fatigue.

Je suis donc allé voir Aurélie, malgré mon incrédulité sur les résultats possibles de ma mission. Je ne me trouve plus à ma place comme consolateur auprès d'une jeune femme mariée de fraîche date à un homme qu'elle adore. Je me sens l'intrus, l'empêcheur de pleurer en rond, l'oncle omniprésent. Mais Henriette y tient et je ne veux pas la contrarier en cette période de morosité.

J'ai trouvé une Aurélie silencieuse, taciturne même, pas du tout disposée à échanger des propos joyeux avec qui que ce soit, moi moins que quiconque.

De mille façons, j'essaie de toucher le point sensible qui a fait de cette femme triomphante et heureuse une pauvre chose désolée. Je n'y parviens pas. Sébastien est dans une autre pièce, occupé à corriger des copies d'examen, et ne s'est montré qu'un instant, le temps de me serrer la main. Henriette avait raison : il est triste, ce garçon, je me demande pourquoi.

— Vic, me demande Aurélie à brûle-pourpoint, penses-tu qu'il y a des gens qui sont faits pour le bonheur et d'autres pas ?

Au moment de lui répondre quelque phrase douce et rassurante, je m'arrête. Ce n'est pas le moment de dire n'importe quoi : le trouble d'Aurélie n'est pas de ceux qu'on peut dissiper avec deux mots de tendresse, sans quoi Sébastien y aurait réussi bien mieux que moi. Je marque une pause avant de parler :

— Je l'ai longtemps cru, Aurélie. J'ai pensé que les enfants de mes parents étaient marqués d'un signe, le signe sur le front, le signe de Caïn, qui leur interdisait le bonheur. À bien des points de vue, notre éducation a été si bizarre, si contrainte que nous avons de la difficulté à nous épanouir.

— Et maintenant ?

— Maintenant, j'ai encore de la difficulté, mais je sais qu'il n'y a pas de gens marqués par le destin.

— Tu sais, ou bien tu espères ?

La voix d'Aurélie est coupante, elle n'acceptera pas comme argent comptant les résultats de mes cogitations.

— Je sais, Aurélie, parce que moi, le vilain Victor, qui n'étais pourtant pas doué pour le bonheur, je réussis tant bien que mal à me faire une vie harmonieuse.

— Tant bien que mal, tu vois. Je n'appelle pas ça du bonheur, moi, tant bien que mal !

— Quelle idée s'est mise à te trotter dans la tête pour que tu penses ça ? Pendant l'été, tu semblais toute prête à croire que le bonheur était fait pour toi aussi ? Qu'est-ce qui a changé ? Sébastien ou toi ?

— Moi. Sébastien ne change pas, du moins pas aussi vite et pas envers moi. Non, c'est moi qui me pose des questions.

— Quel genre de questions, Aurélie ?

J'ai mis dans mon interrogation le plus de douceur possible.

— Je pense à Nora, me dit-elle dans un souffle. Je ne sais pas pourquoi, mais c'est maintenant que mes culpabilités me reviennent.

— Des culpabilités ? Tu te sentais coupable vis-à-vis d'elle ?

Soudain, les yeux d'Aurélie s'emplissent de larmes qu'elle ne retient pas et qui coulent sur ses joues en ruisseaux continus.

— Ma mère s'est suicidée, Vic, elle n'est pas morte de maladie. Comment veux-tu que je ne me pose pas de questions ?

Faut-il que j'aie été naïf ? Je me croyais très fin connaisseur d'âmes en supputant ce que ma mère avait pu éprouver après le suicide de sa fille, je ne m'étais jamais demandé ce que la fille de Nora avait pu ressentir. Avec franchise, je le lui dis :

— Je n'ai pas pensé que tu pouvais avoir des remords, Aurélie. As-tu des raisons précises d'en avoir ?

Elle hausse les épaules et caresse un moment son ventre ballonné :

— Je n'étais pas toujours une enfant facile, tu sais. Au cours de mon adolescence, il m'est arrivé de faire des reproches sanglants à Nora parce qu'elle ne m'avait pas donné une famille normale. Je lui disais que c'était sa faute si grand-maman ne voulait pas nous voir.

— Qu'est-ce qu'elle te répondait ?

— Elle me disait que je devrais me féliciter d'être écartée de la zone d'influence de sa mère. Mais moi, je trouvais que j'avais droit à une grand-mère. Et puis, je me rendais bien compte que grand-maman n'aimait pas l'alcool et Nora buvait comme un trou. Je pensais qu'elle le faisait exprès d'avoir une habitude qui l'éloignait de sa mère. Et puis, j'aurais aimé voir plus souvent mes cousins, je n'avais pas beaucoup d'amis. Nora était plutôt sauvageonne et je me sentais différente des autres enfants. En plus, j'ai eu des histoires avec des garçons.

— Beaucoup d'histoires ?

— Non, pas beaucoup. Enfin, pas beaucoup pour mon âge, je pense bien, mais des histoires compliquées.

Elle se fait violente pour me demander :

— Et où est-ce que j'aurais appris à avoir des relations pas compliquées avec des garçons ? Avec les filles aussi, d'ailleurs ?

— Tu l'as bien appris avec Sébastien, lui fais-je observer.

— Oui, tu as vu de quoi il a l'air ! Il est absent, triste, c'est tout juste s'il habite encore avec moi. Ce soir, il corrige des copies, je sais, mais même les autres soirs, il ne me parle plus.

— Aurélie, ma belle, on parlera de Sébastien un peu plus tard, si tu veux. On va régler le cas de ta mère, comme j'ai bien dû régler le cas de la mienne.

— Ta mère ne s'est pas suicidée.

— Non, dis-je avec un soupir, c'est bien tout ce qu'elle n'a pas fait pour me foutre des remords. Mais revenons à toi. Tes histoires avec des garçons, ça faisait de la peine à Nora ?

— Oui, tu penses bien. Une fois, j'ai... elle hésite au seuil de la confidence, comme si elle craignait une trahison de ma part. Je suis sortie avec un type que Nora avait amené à la maison.

— Un ami à elle ?

— Je ne pense pas que c'était un ami sérieux, elle n'avait pas d'ami sérieux, sauf un qui a été longtemps dans sa vie. Mais c'était quand même un homme de vingt-huit ou trente ans et j'ai tout fait pour le séduire.

— Tu as réussi ?

— Je ne crois pas. Je pense qu'il a eu une attirance vers moi, parce que je l'ai poussé à bout, mais à la fin, il a eu peur de mon jeune âge : j'avais seize ans. Il s'est enfui à toutes jambes, je ne l'ai jamais revu.

— Nora non plus ?

— Non. J'ai idée qu'elle avait tout compris. J'aurais préféré qu'elle m'en parle, mais elle ne parlait jamais de ce qui la contrariait. Des fois, je ne savais pas comment agir avec elle. Elle gardait ses rancunes en dedans, puis tout à coup, elle me faisait un tas de reproches et j'étais bourrelée de remords pour des semaines.

— Tu lui en veux un peu, non ?

— Oui, murmure Aurélie, accablée. C'est effrayant, je lui en veux beaucoup. Cette histoire avec ce bonhomme-là...

— Ma chouette, ce bonhomme-là, mets ça dans les profits et pertes. Si Nora y avait tenu, elle se serait arrangée pour le récupérer malgré toi, au besoin. Si elle ne l'a pas revu, c'est peut-être parce qu'elle était contente que tu l'aies débarrassée de lui.

— On voit que tu ne connaissais pas Nora.

— Oh si, je la connaissais. Et peut-être un peu mieux que toi, Aurélie, même si je ne l'ai pas beaucoup vue pendant des années. Toi, c'est différent, c'était ta mère, tu la voyais avec tes yeux d'enfant. Mais moi, j'ai été enfant en même temps qu'elle et je peux t'affirmer que Nora n'aurait pas laissé passer sans rien faire un homme qu'elle aurait aimé. Au pire, elle t'aurait envoyée dans un pensionnat.

Aurélie ne dit rien, mais je vois que mon argument l'a ébranlée. Je reprends :

— Tu ne penses pas qu'elle s'est suicidée pour ce type ?

— Non, quand même pas. Mais je pense qu'elle s'est suicidée pour une accumulation de faits, pour une série de griefs contre moi entre autres.

— Tu sais, elle avait passé par-dessus bien des choses quand tu étais toute petite, je ne vois pas pourquoi elle n'aurait pas surmonté les difficultés d'adolescence que tu lui donnais.

— Justement.

Aurélie parle maintenant avec véhémence, et je vois qu'elle a longtemps ruminé les mots qu'elle me jette.

— Ça faisait trop, à la fin ! Nora était comme ça, elle accumulait sans fin les griefs et elle ne disait rien, on aurait pu croire qu'elle ne ressentait rien. Puis tout à coup, ça éclatait.

Je demeure silencieux. Puis-je affirmer à Aurélie qu'elle n'est pour rien dans le suicide de sa mère ? Jamais auparavant je n'ai autant ressenti un sentiment à la place d'un autre. Je suis impuissant devant sa détresse. Quand je pense que je cherchais précisément auprès d'Aurélie des motifs pour me rassurer quand je me croyais responsable de la mort de Nora ! Pauvre aveugle qui ne voyait même pas le désespoir de l'enfant. Je me maudis, je n'ai pas d'injures assez colorées pour traduire mon agressivité contre moi-même.

— Aurélie, tu vas avoir un enfant...

— Je sais, dit-elle. C'est bien ça qui m'écrase. Je pense qu'avec la meilleure volonté possible, je vais en faire un petit malheureux ; déjà, je rends mon mari malheureux et il n'y a pas six mois qu'on est mariés.

— Ton mari est malheureux, dis-je fermement, parce qu'il est comme moi : il ne sait pas comment te tirer de ton désespoir.

— S'il y avait quelque chose à dire, s'il pensait que je ne suis pas responsable, il me le dirait.

— Lui en as-tu parlé ?

Un peu, mais je pensais qu'il devinait tout.

J'éclate de rire. Aurélie est choquée.

— J'ai dit quelque chose de drôle ?

— Oh oui, ma chatte. Tu voudrais que Sébastien, ayant lu dans tes pensées les plus intimes, celles que tu te dis à peine à toi-même, te console avec les mots qu'il faut. Ah, tu es bien la fille de Nora !

— Vic, ne joue pas à ce petit jeu avec moi !

Je l'apaise du geste, lui prenant les mains dans les miennes. Elle veut me les retirer, mais me les abandonne enfin, avec un soupir haché comme un sanglot :

— Si tu te suicidais aujourd'hui parce que tu ne peux pas régler ton conflit, tu ne penses pas que Sébastien s'en poserait, des questions ?

— Si.

— Bon, alors arrange-toi pour qu'il ne s'en pose pas trop. Dis-lui au moins pourquoi tu es triste. Le pauvre type pense probablement que c'est à cause de lui.

— Il ne peut pas penser ça, voyons !

Elle se tait. Je retrouve en elle l'honnêteté de Nora, ergoteuse jusqu'à la limite, mais qui cessait de s'obstiner dès que les mots de l'autre touchaient juste.

— Oui, convient-elle en hésitant, il peut le penser, mais ça veut dire qu'il n'a pas confiance en moi, en mon amour.

213

— Et toi, tête de pioche, tu as confiance en lui ? Tu ne lui parles de rien, tu le laisses penser que tu ne veux pas de son enfant ou je ne sais quoi d'autre.

— Maman, gémit Aurélie. Maman, pourquoi es-tu partie ?

Elle s'effondre en sanglotant, la tête dans ses mains, appuyée à l'accoudoir de son fauteuil. De temps à autre, elle lève la tête vers moi et m'envoie un regard suppliant, puis se remet à sangloter de plus belle, répétant à chaque souffle : « Maman. »

Sentant une présence, je me retourne. Sébastien est debout dans la porte, le visage fermé. Je constate qu'il a maigri et qu'il est au bord de l'effondrement, lui aussi. Abandonnant Aurélie, je vais vers lui :

— Mon pauvre Sébastien, lui dis-je en lui mettant la main sur l'épaule, tu t'es marié avec une drôle de fille compliquée.

— Ça ne va pas, Aurélie ?

Il ne m'a pas adressé la parole. Sa voix est brève, comme agacée. Aurélie s'arrête net de pleurer et un regard voyage entre eux, si chargé de sentiments contradictoires que je me sens de trop. Sébastien doit me détester d'être là et de consoler sa femme là où il s'est montré impuissant. Ce sont des choses que les hommes n'apprécient guère, et moi-même, dans un tel cas... J'essaie de faire face :

— Je suis venu me mêler de ce qui me regardait pas, Sébastien. Henriette m'avait dit qu'elle trouvait Aurélie un peu triste, je suis venu aux nouvelles, comme un vieil oncle-gâteau.

Je suis idiot. La crème fouettée dont j'assaisonne ma pâtisserie doit avoir un goût sur. C'est Aurélie qui réagit. La voix basse, elle s'adresse à son mari :

— C'est vrai que tu penses que je n'en veux pas, du petit ?

Interloqué, Sébastien tourne vers moi un regard sans amitié. Je ne sais plus où me mettre.

— Vic m'a dit qu'avec mon attitude, je pouvais te laisser croire que je regrettais... le bébé... tout.

Surmontant son hostilité, Sébastien s'avance enfin et s'agenouille près du fauteuil d'Aurélie. Je fais mine de me retirer :

— Reste, Vic, m'intime Sébastien. J'étais fâché de te voir auprès d'Aurélie, mais personne ne gagnera rien à ta fuite.

Déjà revêtu de mon imperméable, je pose un quart de fesse sur une chaise. Je suis mécontent de moi, mécontent de Sébastien, mécontent d'Aurélie. Mon antipathie pour mon neveu se réveille. Je lui pousse sa femme dans les bras, et il me déteste. J'explique à Aurélie le chagrin de son mari et le crétin m'en veut. Qu'il aille au diable ! Mais déjà, il me parle avec douceur, à sa façon lente et réfléchie :

— Tu es gentil, Vic, d'être venu. C'est vrai qu'Aurélie a l'air désemparée depuis quelque temps. Je ne crois pas y être pour quelque chose, mais ça me faisait de la peine.

Ce gars-là ne m'avouera rien de ses interrogations secrètes. En moi-même, j'ai déjà du regret d'avoir déployé aussi ouvertement mes batteries. Aurélie vole de nouveau à mon secours :

— C'est peut-être bête, Sébastien, mais je pense tout le temps à Nora, ces temps-ci. Et le bébé me pèse, tu n'as pas idée. Pas physiquement seulement, il me pèse comme j'ai dû peser à ma mère. Je n'aurais jamais dû penser que je pouvais être mère, moi aussi.

Son contrôle de soi l'a abandonnée. De nouveau, les sanglots la secouent. Mais cette fois, c'est Sébastien qui appuie sur sa poitrine la tête de sa femme. Et je remarque que les mains du jeune homme tremblent et que, malgré sa maîtrise de soi, il a eu très peur, lui aussi. Sans doute a-t-il pensé qu'Aurélie finirait par faire comme Nora.

215

— Ne dis pas ça, ma toute petite. Raconte-moi ce qui ne va pas.

Décidément, je m'en vais. Il y a des limites que même le grossier Victor ne franchira point. En quittant le salon, je pose la main sur le dos tourné de Sébastien, toujours agenouillé près d'Aurélie. Celle-ci me regarde et je lui fais une grimace d'amitié.

Le coeur lourd, l'esprit en déroute, je rentre chez moi, espérant n'y pas trouver un imbécile en train de consoler ma femme à moi, que je ne sais pas rendre heureuse.

XX

Il y a des gens qui servent de catalyseur aux autres, d'autres de miroir, d'autres encore de bouc émissaire ; moi, j'ai dans la vie d'autrui un impact de détonateur. Le détonateur à émotions violentes. Je devrais tenir un répertoire des personnes auxquelles j'ai permis, bien souvent malgré moi, d'exploser en colère, en pleurs, en trop-plein de chagrin ou de déception. Seule ma mère échappait à ce raz-de-marée émotif que je soulève autour de moi. J'avais le sentiment que rien, venant de moi, ne la ferait sortir de ses gonds. Il m'arrivait d'en être un brin contrarié.

Je n'ai pas revu Aurélie et Sébastien depuis le fameux soir où je suis allé chez eux pour me mettre le doigt entre l'arbre et l'écorce. Je ne sais si je dois en être heureux ou désappointé. Je n'ose en toucher mot à Henriette, toujours déprimée, et je n'irai certes pas aux nouvelles avant d'avoir été invité dans les formes les plus péremptoires.

En rentrant du travail, hier, je trouve Alexis affalé dans un fauteuil du salon, tenant compagnie à Henriette, rentrée un peu avant moi.

— Salut, Vic.

— Tiens, Alex, salut. Tu soupes avec nous ?

Un coup d'oeil du grand frère vers Henriette. Alexis ne s'impose jamais. Mais Henriette aime beaucoup son beau-frère et c'est avec enthousiasme qu'elle m'appuie :

— C'est évident, Alex, si tu aimes les hamburgers, reste à souper, ça me fera plaisir.

217

Il acquiesce en silence, se bornant à remercier d'un sourire. Ses longues jambes étendues devant lui, une bouteille de bière à la main, il paraît moins, comment dire, moins aristocrate que d'ordinaire. Il y a en lui un je ne sais quoi de relâché, d'abandonné qui, chez un autre, serait de la détente pure et simple.

— Il y a longtemps que je n'ai pas vu Françoise, dis-je pour être aimable.

— Mmm...

À peine s'il a levé distraitement les yeux vers moi pour me répondre par cette onomatopée. Doucement, Henriette ajoute :

— J'aimerais beaucoup la revoir. J'avais eu du plaisir à parler avec elle à la soirée de Noël chez Sabine et Louis-Marie.

— Appelle-la, déclare laconiquement mon frère. Elle sera contente.

Un silence. Henriette est toujours un peu embarrassée d'aborder les sujets tabous et Dieu sait s'ils sont innombrables dans ma famille. Enfin :

— Alex, ça me gêne d'appeler Françoise. Je ne sais pas si je serais bien accueillie. Tu comprends, elle n'est jamais avec toi quand tu viens nous voir et tu ne nous invites jamais chez toi. Ce n'est pas pour t'en faire un reproche, ajoute-t-elle précipitamment, mais... oui, ça me gêne un peu.

— Toi, Vic, ça te gênerait aussi d'appeler ma femme ?

Je demeure interloqué :

— Moi ? Quelle drôle de question ! Non, ça ne me gênerait pas. Enfin, un peu quand même. Je ne connais presque pas Françoise, et il me semble qu'entre femmes...

— Te fatigue pas, Victor, me lance Alexis très sèchement.

— Mais enfin, Alexis, qu'est-ce qui te prend ? Pourquoi me fais-tu un grief de ne pas appeler Françoise ?

Pour la première fois de ma vie, je vois mon saint frère s'animer un tantinet :

— Quand tu es arrivé ici, tout à l'heure, j'étais bien ici, moi, en compagnie de ta femme ! Je n'ai pas attendu à la porte que tu arrives. Je suis venu en sachant que tu ne serais probablement pas rentré, j'ai sonné quand même. Tandis que toi, quand tu es venu chez moi, l'autre jour, tu étais tout inquiet à la pensée que Françoise pouvait rentrer.

— Mais non...

— Te fatigue pas, je te dis ! Je t'ai bien vu, tu en étais malade.

— N'exagère rien, Alex. J'étais mal à l'aise, c'est vrai, mais c'était surtout parce que...

De nouveau, il m'interrompt. Il ne me laissera pas parler aujourd'hui :

— C'était surtout parce que pour toi, Françoise n'est pas quelqu'un de bien, quelqu'un à qui tu aurais quelque chose à dire. Alors tu t'es débiné le plus vite que tu as pu.

Jamais, depuis ma jeunesse, je n'ai vu Alexis en colère. À tel point que je l'ai toujours cru imperméable à ce genre d'émotion. J'ai recours à une tactique qui m'a souvent servi à juguler les humeurs de Sabine, laisser l'autre « sortir son jus » :

— O.K. Alex, dis-le, ce que tu as sur le coeur.

Je me suis campé devant lui, debout, le toisant de haut en bas comme je le fais quelquefois avec Marin. Toujours affalé dans son fauteuil, Alexis ressemble à une panthère prête à bondir. Les yeux mi-clos, un sourire sardonique aux lèvres, il m'examine à son tour :

— Tu es malhonnête, Victor, j'ai le regret de te dire que tu l'as toujours été.

Je ne pipe mot. À plus tard les réactions, les réponses et les justifications, si toutefois il me laisse le loisir d'en fournir. Je continue à le fixer, mais Alexis n'est pas Marin. Mon fils est encore un enfant, et son attitude de défi cache une fai-

219

blesse réelle. Chez Alexis, au contraire, il y a une force contenue qui me fait un peu peur. En une seconde, je suis reporté à trente ans en arrière et j'ai treize ans en face du grand frère qui en a presque vingt. Je me rappelle l'avoir vu réagir une seule fois avec violence contre moi. Encore l'accès avait-il été très bref. C'était pour une histoire de cigarettes volées dans la poche du grand frère qui n'avait guère d'argent de trop pour les payer et qui se rationnait sans se plaindre. La paire de gifles qu'il m'avait assenée me résonne encore aux oreilles. Mais c'était fait en silence, dans le plus grand calme, au secret de la chambre que nous partagions. Il y avait entre nous une entente tacite : régler en dehors des parents nos conflits fraternels. Je n'avais pas poussé un cri, et ma défense s'était limitée à un coup de pied dans les tibias, donné sans conviction, d'ailleurs, puisque je me savais dans mon tort.

Ce court métrage s'est déroulé à toute vitesse dans mon crâne, mais il a suffi pour me priver de mes moyens devant la colère d'Alexis. J'ai comme l'impression que j'aurai à rendre compte d'un peu plus que quelques cigarettes et j'attends l'algarade :

— Assieds-toi, ne reste pas planté là, tu me fatigues, m'ordonne Alexis toujours sans bouger.

Stupéfait de son hostilité, je m'assieds en face de lui, à l'autre bout du salon. Henriette est silencieuse, un peu craintive devant la minute de vérité ; j'aboie à l'adresse de mon invité :

— Alors, tu le vides, ton sac ?

— Ça vient, fait-il avec nonchalance, mais il reste muet, tout en sirotant sa bière, sans me quitter des yeux.

Je commence à fatiguer, mais je refuse de le laisser me faire le coup du père préfet. Je m'encante à mon tour et j'attends :

— Quand je me suis marié, ce n'est pas l'attitude de maman ni celle de Théo qui m'a le plus...

Il hésite sur le mot, Alexis n'aime pas à trahir ses sentiments :

— ... le plus contrarié. Tu étais sur la fin de ton cours
classique, tu fréquentais des fils de riches, tu essayais de te
montrer à leur hauteur. Tu étais humilié à la pensée de devenir le beau-frère d'une fille comme Françoise, qui vient
d'une famille simple et qui ne parlait pas comme nous.

Mon visage doit exprimer mon étonnement, Alexis
hausse le ton, pas trop parce qu'il reste correct, même en
colère :

— Parfaitement, Victor, tu étais humilié. Tu me méprisais parce que je me laissais avoir par une fille enceinte. Tu
m'avais même demandé en rigolant si j'étais sûr de reconnaître le type Dutil dans mon futur bébé.

J'ai dit ça, moi ? S'il l'affirme, ça doit être vrai. Mais bon
Dieu, ce n'est pas croyable ce que les autres prennent au
sérieux des phrases que je prononçais en l'air et que j'oubliais
au bout de trois semaines. Lancé, Alexis poursuit :

— Jamais tu n'as appelé Françoise par son prénom. Tu
affectais de l'appeler belle-soeur ou madame Alexis, si tu crois
que ça lui faisait plaisir ! Si bien que j'ai fini par renoncer à
amener ma femme aux réunions de famille auxquelles tu
assistais.

Cette fois, je ne puis m'empêcher de l'interrompre :

— Elle allait aux autres ?

— À l'occasion, quand elle était sûre de ne pas t'y
trouver.

Décidément, c'est sa fête, au méchant Victor. On n'a pas
fini de lui dresser des potences. Accourez, bonnes gens, venez
assister au supplice du vilain.

— Françoise sentait bien qu'Henriette n'était pas
comme toi. Elle aurait aimé la rencontrer de temps à autre,
mais elle pensait que ta femme était trop subjuguée par toi
pour voir quelqu'un que tu n'aimais pas.

— Elle se trompait, Alex, intervient Henriette froidement. Pour une fois, je trouve que tu exagères. D'ailleurs, j'aurai deux mots à lui dire, à ta femme qui n'osait pas décrocher le téléphone pour affronter la femme de l'ogre. Mais c'est surtout ta faute. Si tu ne lui avais pas fait une telle image de nous autres, Françoise serait entrée tout simplement dans la famille.

Les longues jambes se sont détendues comme un ressort. Alexis est sur ses pieds et marche vers Henriette qui l'observe sans crainte. Dans un geste inattendu, il lui saisit le poignet pour lui parler, les dents serrées, le visage déformé par la colère :

— Mais oui, mon adorable belle-soeur, c'était tout simple. Je n'avais qu'à faire comprendre à Françoise...

Aussi brusquement qu'il l'a saisi, il lâche le poignet d'Henriette qui n'a pas bronché et il se retourne vers moi :

— ...à lui faire comprendre qu'elle était dans les patates, que Victor était tout indulgence, qu'il ne blessait jamais personne, qu'il avait tout du frère parfait.

Brutalement, j'interromps le cours de son exorde :

— T'as fini, Alex ?

Il se calme d'un coup. La crispation de sa mâchoire trahit l'effort qu'il fait pour reprendre possession de sa proverbiale impassibilité ; il se passe la main sur le visage et répond d'une voix rauque :

— Pour le moment, oui.

— Bon. Alors, si tu le permets, je peux peut-être parler, moi aussi.

À pas feutrés, Henriette s'est éclipsée et je l'entends fourgonner dans la cuisine, comme pour bien nous faire comprendre qu'elle n'est plus avec nous :

— Tu as raison sur bien des points, mais même là où tu as raison, tu multiplies la vérité par dix, par cent.

— Où, s'il te plaît ? demande Alexis d'une voix maintenant atone.

222

— En ce qui concerne Françoise, pour commencer. Ce que tu dis sur mon attitude de collégien, c'est vrai. Sabine m'en a assez fait le reproche.

— Elle t'a fait des reproches au sujet de Françoise ?

— Non, elle m'a dit que dans mon temps de collège, j'étais un péteux de broue.

— C'est pas mal trouvé, commente mon saint frère avec un sourire sur lequel j'aimerais bien cogner.

— C'est pas mal trouvé, O.K. Mais Alexis, je n'ai plus dix-neuf ans, j'aimerais que tu t'en souviennes. J'ai peine à croire que pendant toutes ces années, tu es resté sur l'impression que je t'avais donnée à ton mariage.

Il lève les bras et les abat sur ses accoudoirs :

— Que veux-tu que je te dise ? Chaque fois que j'amenais Françoise en ta présence, tu avais pour elle des commentaires mordants.

— Pas pour elle seulement, lui dis-je avec lassitude. Pas pour elle seulement ; Alex, je suis comme ça. Penses-tu que je sois un homme agréable même avec la femme que j'ai choisie et avec mes enfants ?

— Oui, mais Françoise ne sait pas se défendre.

— Là, tu as peut-être raison, mais je ne l'attaquais pas personnellement. Pour te dire en toute franchise, Alexis, je n'ai jamais pensé que c'était à cause de moi qu'elle ne venait pas voir notre famille. Je pensais que vous vous entendiez mal. Je croyais toujours être sur le point d'apprendre votre séparation.

Il ouvre de grands yeux :

— Qui t'a mis une chose pareille dans la tête ?

— Et toi, qui t'a mis en tête que je la méprisais ?

Il se tait un moment, essayant de trouver une réponse honnête. À la fin, il répond lentement :

— Je te connais mal, Victor. On n'a pas été enfants en même temps et à peine étais-tu devenu un homme que j'ai quitté la maison. Puis tu t'es marié tout jeune et je t'ai perdu de vue. C'est vrai que j'en suis resté sur mes impressions.

— Peut-être aussi que mes soeurs t'ont aidé à cultiver la bonne opinion que tu avais de moi.

J'ai dû mettre dans ma remarque beaucoup d'amertume, car Alexis change d'expression :

— Y a de ça, Victor. Moi aussi, je suis comme ça. Je me sens facilement rejeté, difficilement accepté. Mais malgré tout, tu l'as reconnu toi-même, tu n'as pas été le beau-frère en or.

Je ricane, tournant entre mes doigts mon verre où dansent des reflets bleutés :

— Qu'est-ce qui te fait rire ?

— Rien. Rien, sinon que la boucle est bouclée. Depuis la mort de ma mère, j'en ai appris tant que je voulais sur ce que les autres pensaient de moi. Monique m'a dit qu'elle m'avait assez vu, Sabine m'a fait mon procès de jeunesse, Marin est allé te trouver quand il en a eu assez de moi, je me suis fait haïr de Sébastien.

— Sébastien, pourquoi Sébastien ?

— Pour rien.

J'ai répondu vivement, trop vivement pour que ma réaction passe inaperçue aux yeux aigus d'Alexis. Il rit à son tour :

— Le style victorien est mal apprécié cette année, p'tit frère.

— Et les sarcasmes fraternels ne sont pas les bienvenus, saint Alexis.

Les rôles se sont soudainement inversés. Je suis dans une colère folle, Alexis rigole. Plus rien ne subsiste de l'homme blessant et ulcéré qui défonçait les ressorts de mon fauteuil il y a encore quinze minutes.

— Comment m'as-tu appelé ? Saint Alexis ? Rien que ça !

Il savoure l'expression pendant un instant, puis, redevenu sérieux, il ajoute :

— Je vois que toi aussi, tu avais ta perception de moi. Saint Alexis, c'est pas une mince responsabilité à porter.

Une grande détresse m'envahit d'un seul coup. Je me vois réellement maudit de tous, haï ou craint des uns et des autres et je regarde cet homme qui m'était devenu si cher depuis quelque temps. Bêtement, j'ai envie de pleurer. J'allume une cigarette, je cours nous quérir deux autres bières et j'engloutis la moitié de la mienne d'une goulée. Faiblement, un tison se réveille en mon estomac. Je peste intérieurement : non, pas aujourd'hui ! Il y a des jours pour surveiller sa petite santé et des jours pour cuver ses chagrins. Paix, là-dedans ! Complètement désorienté, je dis à Alexis :

— Tu vois, on se fait illusion sur soi. Dans la foutue famille que j'ai, tu es le seul avec qui j'avais plaisir à garder contact. J'avais le sentiment que je m'étais découvert un frère sur le tard. Tu viens de m'apprendre que là aussi, j'ai raté mon coup. Tu aurais pu me le dire avant.

Jamais Alexis ne répond du tac au tac à une remarque, si pressé soit-on d'obtenir une riposte ou un démenti :

— Tu fais tout à fait mon affaire comme frère, dit-il enfin du même ton qu'il aurait pris pour constater que ses chaussures prenaient de l'âge. Toutes les fois qu'on s'est revus, j'ai eu plaisir à te rencontrer. Mais j'ai une femme, Vic, et contrairement à ce que tu peux croire, je ne suis pas sur le point de la quitter. On a eu des à-coups, comme beaucoup de gens, mais je pense qu'on vieillira ensemble. Alors, je n'aime pas beaucoup penser qu'elle sera tout le temps mise de côté. Ça me heurte, je n'accepte pas ça.

À mon tour de réfléchir avant de parler. Je sais, au fond de moi, que je n'ai pas particulièrement le goût des rencontres avec Françoise. J'ai eu beau me débattre tout à l'heure contre les accusations d'Alexis, je ne me sens pas d'affinités avec ma belle-soeur. Évidemment, c'est toujours possible de voir les gens sur une base de simple courtoisie, mais je connais Alexis, il se formalisera de la moindre réserve, de tout ce qu'il interprétera comme de la froideur. Je n'ai pas le choix de la réponse, mais je suis déçu. Deux couples d'âge mûr prennent le thé où le dîner ensemble en échangeant de fraternelles embrassades et des propos anodins. Puisqu'il le faut, je le ferai, mais ces futurs arrangements ne font pas mon affaire. Comme ami, il me restera Jean-Denis. Je mets autant de chaleur que possible dans mes paroles, et j'ignore si Alexis a compris que, pour cette fois, c'est à travers lui que j'ai maudit ma famille.

Les garçons, rentrés il y a déjà un bon moment, crient la faim. Nous passons à table et les échanges redeviennent inoffensifs. Seul indice me démontrant que de son côté, Alexis ne nous écarte pas de ses affections : au cours du repas, il a pris doucement dans sa main le poignet rougi d'Henriette et y a posé les lèvres, avec un sourire plein de malice. Elle lui ébouriffe les cheveux :

— Pour les leçons de judo, je passerai te voir, Alex.

XXI

Je ne sais pas si les Hollandais avaient autant de peine à faire reculer la mer que j'en ai à maîtriser ma pathologie, mais je mène depuis quelques jours une âpre lutte contre ce maudit ulcère qui s'est réveillé.

Rendu à mes yogourts et à mon eau de Vichy, je décide de prendre en mains une sensibilité qui ne cherche qu'une fissure par où s'exprimer. Pourtant, je pensais qu'il suffisait d'avoir mauvais caractère pour être délivré de tous maux psychosomatiques. Malheureusement, je ne connais qu'une méthode pour régler ce genre de problèmes : serrer les poings, les dents, dire non de toutes ses forces et faire comme si tout allait bien. Ça ne m'a jamais réussi, mais je persiste avec l'opiniâtreté d'une fourmi.

Taxer Henriette d'indifférence envers un membre de la famille n'est pas un reproche qu'on puisse lui faire impunément. Avec tact mais fermeté, elle a établi avec ma belle-sœur Françoise des rapports sinon assidus, du moins réguliers. Pour l'instant, Françoise n'a pas été jusqu'à affronter le tigre dans son antre. Mais je sais bien qu'elle y viendra, ce qui me cause une joie mitigée.

Sans me dissocier totalement des efforts de fraternisation d'Henriette, je me suis tapi dans un attentisme qui ne fait qu'exaspérer ma femme :

— Tu donnes raison à Alexis, je te dis.

— Eh bien, il en a l'habitude.

— Qu'est-ce que ça te coûte de lancer toi-même une petite invitation à Françoise ?

— Une petite invitation va me coûter un petit peu de tranquillité, un petit peu de temps, un petit peu d'énergie et beaucoup d'héroïsme.

— Pourquoi de l'héroïsme ?

— Parce que je n'en ai pas envie.

À la fin, je me suis laissé circonvenir. Henriette le savait, d'ailleurs, l'insistance finit toujours par me faire réagir : j'éclate ou je cède.

Nous avons donc vu Françoise que je me suis efforcé de trouver le plus possible égale à l'image que je me faisais d'elle. Henriette ne s'en fait pas, elle a l'impression qu'à force de rencontrer les gens, je finis par les apprécier. Ce n'est pas toujours exact : la pauvre Sabine en sait quelque chose. Mais puisqu'il faut en passer par là pour Alexis...

Une révélation s'impose à moi. Sous ses allures d'homme doux qui cède à tout le monde, saint Alexis, dans sa vie, a toujours fait ce qu'il a voulu. Il a fait des études que mes parents désapprouvaient, il a épousé une fille qu'ils désapprouvaient plus encore et il s'est tenu à l'écart d'une famille qu'il trouvait déplaisante. Moi, en criant que je n'aimais pas mes frère et sœurs, je me suis astreint à les visiter et à les recevoir de temps à autre et je me suis privé pendant des années de l'affection de Nora parce que ma mère était là pour me l'interdire tacitement. Oui, en vérité, Alexis n'en fait qu'à sa tête. Encore maintenant, c'est à cause de lui et de son paisible entêtement que j'embrasse une belle-sœur dont je ne souhaite pas la présence et que je fais semblant de trouver ça bien. Quand a sonné pour lui l'heure de la vérité, il m'a envoyé au visage tous les griefs qu'il avait contre moi. De mon côté, j'ai dû me taire et je suis resté avec ma rancune d'être contraint par ses désirs et ses refus, de me mettre à son diapason, d'être à l'écoute de ses ennuis.

Et puis je finis par me calmer. On n'entretient pas à mon âge d'éternelles rancunes contre un frère, si profonde qu'ait pu être son influence. Mais je me promets bien d'arriver, moi aussi, comme un cheveu sur la soupe chez lui et de lui faire mon réquisitoire devant sa femme. Peut-être que ça me soulagera.

Toutefois, ce n'est pas seulement par sagesse que j'ai repris contrôle de moi-même. Mon esprit était ailleurs. Je pense à Aurélie dont je n'ai pas de nouvelles et à Sébastien pour lequel je ne puis m'empêcher d'avoir de l'amitié. Entre eux et moi s'est formé un lien indéfinissable que j'ai une peur folle d'avoir tranché. Henriette, qui les appelle de temps à autre, me rapporte des nouvelles de seconde main qui ne me font aucun plaisir. Aurélie va mieux, paraît-il — je me demande dans quelle mesure c'est vrai — et rien ne l'empêchera de rendre son enfant à terme. Sa santé est bonne, malgré ses essoufflements, et le médecin qui la suit la trouve assez vaillante pour porter jusqu'au bout un bébé qui sera sans doute très gros.

Autrement dit, on me rassure là où je n'étais pas inquiet. Que deviens-tu au fond de toi, ma bichette ? Le souvenir de Nora est-il toujours pour toi une torture ou t'apporte-t-il la paix ? Que peut te donner Sébastien dans ce climat d'incertitude où tu t'agites ? Est-ce l'enfant de Nora que tu portes ou l'enfant de l'avenir et des promesses ?

Mon orgueil me défend de faire un seul pas dans cette direction. Partagée entre deux hommes exclusifs, Aurélie préfère garder un silence prudent. C'est sage, mais comme j'aimerais qu'elle soit un peu folle et qu'elle vienne diminuer d'une unité la foule de mes ennemis.

— C'est pour toi, Vic, me fait Henriette un soir qu'elle vient de passer un quart d'heure au téléphone.

Je suis très surpris. Qui donc demande à me parler après avoir bavardé avec ma femme ? D'habitude, quand on a parlé à Henriette, on a tout dit. La femme de l'ogre filtre les messages.

— C'est Sébastien.

Je tiens le récepteur avec méfiance, comme s'il allait se liquéfier entre mes doigts.

— Qu'est-ce qu'il me veut ?

Elle hausse les épaules, m'indiquant du menton le moyen de mettre fin à mes incertitudes.

— Alors, Vic, ça vient ? crie Sébastien dans l'appareil.

Je me décide à coller le récepteur sur mon oreille.

— Bonsoir, Sébastien.

— Qu'est-ce qui se passe, Vic ? Es-tu malade ? Ton ulcère t'a repris ?

Qu'est-ce qu'il me chante, celui-là ?

— Non, dis-je en hésitant, je ne suis pas malade. Pourquoi ?

— Je ne sais pas, j'avais comme une idée que ça allait mal pour toi. Tu es sûr que tu n'es pas malade ?

Machinalement, je palpe l'estomac qui, jusqu'à la fin de mes jours sans doute, me rappellera que j'en ai un. Je réponds sèchement :

— Je vais comme un charme. Qu'est-ce qui t'amène ?

La voix traînante de Sébastien ralentit encore son débit :

— Aurélie s'inquiète. Ça fait une paye que tu n'as pas donné de tes nouvelles.

— Pour donner des nouvelles, il faut en avoir. Il n'y avait rien de neuf.

— Je suis désolé. Mais même le vieux, on aurait aimé à le savoir.

J'admire le « on », judicieusement placé pour ne pas compromettre le bonhomme et m'adoucir les moeurs. Je réplique presque cérémonieusement :

— Henriette me donne régulièrement des nouvelles d'Aurélie. Je savais qu'elle n'allait pas plus mal.

Un silence au bout du fil. Sébastien est-il en train de perdre patience ou est-il blessé par mon aigreur ? Méchamment, j'ai plaisir à le laisser mariner dans la politesse inutile qu'il croit devoir à son oncle par alliance ; finalement, il me déclare avec un peu plus de froideur :

— Je pensais que tu aimerais connaître les nouvelles de la bouche même du cheval. Mais on dirait que tu as autre chose à faire.

Soudainement, j'explose :

— Enfin, Sébastien, il me semble que tu m'as clairement montré que j'étais de trop l'autre soir.

— Moi ?

— Fais pas l'innocent avec moi, mon vieux, ça te va aussi mal que possible ; puis moi, ça m'enrage.

J'ai parlé si fort qu'Henriette, alarmée, s'est approchée de l'appareil. D'un geste furieux, je balaye sa présence, inopportune à l'extrême. Ah ! on veut faire joujou avec le vieux Victor ! On veut le transformer en yo-yo : viens-t'en, va-t'en, merde à la fin !

Toute la fureur que j'ai amassée depuis la visite d'Alexis déferle en moi à une vitesse démente. Une rage aveugle m'habite. J'agrippe le récepteur comme si c'était mon neveu en personne que je tenais enfin là ; je vais lui dire des mots... des choses... mais c'est une voix croassante, étouffée, qui sort de ma bouche :

— Tu m'as demandé pourquoi je n'appelais pas, je vais te le dire. Vous me traitez comme un chien d'arrêt qu'on siffle ou qu'on renvoie coucher quand on n'en a plus besoin. Vous...

— Qui ça, vous ? s'informe Sébastien, parfaitement calme.

Sa tranquillité ne fait que m'exaspérer davantage :

— Vous tous, toute la sacrée tribu qui me tient lieu de famille ! Aurélie, Alexis, Sabine, Monique, toute la boutique, le père, le fils, le Saint-Esprit, tout le monde... et son neveu aussi !

Nouveau silence.

— Ça, c'est pour moi, dit-il enfin d'une voix presque

joyeuse. Je me demandais où j'avais ma place là-dedans. Alors, le neveu te traite comme un chien d'arrêt ?

— Oui, et si tu veux le savoir, j'en ai ras le bol.

— Je m'en étais aperçu. Passe me voir, je veux te parler.

Mon rire se veut sarcastique, il n'est que chevrotant :

— C'est ça, viens ici, Victor, j'ai à te parler.

— Si Aurélie n'était pas aussi fatiguée, je me dérangerais certainement. Mais je ne veux pas la laisser toute seule et j'ai besoin de te parler.

— Ça ne m'intéresse pas.

— Ça va, Vic, tu as le droit de bouder. Mais si tu n'es pas ici dans une demi-heure, j'arrive chez toi.

Comme je reste muet, il ajoute d'une voix presque amicale :

— Aurélie t'aime beaucoup, Vic, et je ne veux pas la priver d'une affection importante pour elle, pas dans le moment. Elle n'a que moi comme famille directe, ce n'est pas beaucoup. Je t'attends.

Je grogne quelque chose qui peut passer pour un acquiescement. À Henriette éberluée qui me demande où je vais, je réponds hargneusement :

— Je vais me faire épucer chez Aurélie et Sébastien.

Elle court à notre chambre et revient avec un petit paquet :

— Tu lui donneras ça. C'est le petit ensemble de laine que je lui avais promis.

Le paquet sous le bras, je grimpe en voiture et j'arrive chez mon neveu, plus furieux que jamais, bien décidé à ne pas me laisser avoir. Toujours calme, Sébastien m'accueille avec le sourire :

— T'es chic d'être venu.

— Je suis pas chic, je suis con.

— Ça va, tu es con, viens t'asseoir.

La disposition des lieux a changé depuis la dernière fois. On voit que le jeune couple organise la maison en fonction d'un nouveau venu. Assise bien droite sur une chaise de bois, Aurélie lève sur moi un visage aux yeux cernés où se lit l'inquiétude :

— Vic, tu es là !

Elle veut se lever pour m'embrasser, mais je la retiens du geste et j'effleure son front, sans oser m'approcher davantage. Mais elle se met quand même debout et s'accroche à mon cou en pleurant :

— Vic, t'es méchant ! Qu'est-ce que je t'ai fait ? Pourquoi ? Pourquoi ?

Une fois de plus, je suis au supplice. Quelle attitude dois-je adopter ? Ce n'est pas Aurélie que je veux blesser. Je lui serre les épaules à deux mains :

— Je suis là, maintenant, grosse pas fine. Pensais-tu que je t'avais oubliée ?

Et tentant de lui ceinturer la taille à pleins bras, j'ajoute :

— Avec l'importance que tu tiens, c'est difficile de ne pas tenir compte de toi !

Si la scène a déplu à Sébastien, il n'en laisse rien voir. Aurélie sèche ses yeux :

— Excuse-moi, je passe la moitié de mon temps à pleurer, ces jours-ci. Il paraît que c'est normal, c'est de la fatigue tout simplement.

Je veux la faire asseoir sur le divan, elle s'en détourne avec horreur :

— Tu veux me casser le dos ? Non, laisse-moi sur mon banc d'église, je suis mieux comme ça. Au moins, sur une chaise, le ventre ne m'entre pas dans le menton.

Sébastien rit, il a l'air, comme toujours, tout à fait à son aise. Est-il parfois embarrassé, cet homme-là ? Je le toise avec colère, il s'en aperçoit :

— Aurélie, il paraît que je traite Victor comme un chien d'arrêt.

Ébahie, la jeune femme me regarde, bouche ouverte. J'interpelle rudement Sébastien :

— Peux-tu le nier ?

— Ma foi, c'est toi qui sais comment on traite un chien d'arrêt. Mais moi, je t'ai toujours considéré comme le meilleur ami d'Aurélie. Même que...

Il s'arrête. La pudeur est sans doute sa faiblesse. Mais il poursuit courageusement :

— Même que j'espérais que tu deviendrais le mien.

— Quand je suis venu ici, tu me haïssais à mort.

— Oui, dit-il lentement, je te haïssais parce que tu venais de me faire découvrir à quel point j'étais insuffisant. Tout ce qui tracassait Aurélie, je n'avais pas été assez fin pour le découvrir tout seul. Jamais elle ne m'avait parlé de ce qu'elle t'a dit... au sujet de sa mère.

— Sébastien, intervient Aurélie, Vic était l'être le plus proche de Nora. Je le considérais un peu comme un père, quand j'étais petite. Comme un père que je ne voyais pas assez souvent. C'est le seul qui connaissait assez Nora pour...

— Je sais, ma belle. Ça, je l'ai compris. Mais ce n'est quand même pas agréable de s'apercevoir qu'on n'a rien vu de ce qui crevait les yeux d'un autre.

Je veux parler, mais il me coupe :

— C'est surtout à moi que j'en voulais. Mais tu sais, Vic, tu es un sacré susceptible. Es-tu comme ça avec tout le monde ?

Je réfléchis, j'y suis bien obligé. Je pense à Alexis à qui je fais grief d'être loyal à Françoise, à Sabine qui ne parvient pas à me plaire, à Monique :

— Oui, dis-je enfin, je suis comme ça avec tout le monde.

Il rit encore, longuement ; je reste de glace :

— J'aimerais qu'on m'explique la farce.

— Je suis en train de me dire que comme chien d'arrêt, tu fais plutôt dans le genre chien-loup.

Aurélie éclate de rire à son tour. Pour ne pas être le vieil oncle grincheux, je suis forcé de me mettre à l'unisson de cette gaîté qui m'a pris pour cible.

Un peu vexé d'être aussi transparent et facile à amadouer, je les quitte après une petite heure. J'ai remis le paquet d'Henriette à Aurélie qui n'a pas perdu une si belle occasion de verser sa petite larme d'émotion. Sébastien regarde par la fenêtre :

— Tiens, il neige. C'est vrai qu'on est en novembre. Je pensais que ça ne viendrait jamais.

— Encore sept semaines, soupire Aurélie. Je n'ai jamais eu aussi hâte à Noël.

En roulant vers chez moi, je me rends compte, avec un mélange de soulagement et de dépit, que le scotch offert par Sébastien a passé comme crème douce dans mon estomac.

XXII

À mon corps défendant, j'ai fini par établir des rapports quasi normaux avec Françoise, tant pour plaire à Henriette que pour ne pas m'aliéner Alexis. Je me refuse le plaisir de mes habituelles dérobades, mais je n'irais pas jusqu'à affirmer que la satisfaction du devoir fraternel accompli m'emplit d'allégresse. Françoise ne m'intéresse pas, je ne comprends pas ce qu'Alexis a jamais pu lui trouver et j'en ai les mâchoires douloureuses à force de réprimer des bâillements d'ennui en sa présence.

Ce qu'il y a d'irritant, c'est que nul ne me sait gré d'être en l'occurrence le gentil Victor. On ne m'applaudit que dans le rôle du vilain. J'aimerais atteindre sur ce point la sérénité de mon frère qui a su faire son chemin sans vexer personne ni se soumettre à quiconque. Mais c'est plus fort que moi, je veux qu'on m'accepte : j'en arrive inévitablement au résultat contraire, mais mes intentions restent inchangées.

Henriette a commencé à m'entraîner dans les magasins pour les achats de Noël. Elle raffole de ces recherches hasardeuses, de ces supputations sans fin sur les goûts des uns et des autres, additionnées d'un savant calcul de ses possibilités financières.

Pour ma part, je joue d'assez mauvaise grâce le rôle du père Noël. Je n'ai pas confiance en ce que je donne et je ne sais pas recevoir avec simplicité. Quant à mes enfants, je suis persuadé qu'à Noël et à chaque anniversaire, c'est pour eux l'angoissante question à mon sujet : qu'est-ce qui pourrait bien lui faire plaisir ? Malgré ces insuffisances, j'ai quand même un peu envie, cette année, de courir les magasins à rayons. Me demandant pourquoi un enthousiasme depuis longtemps éteint se rallumait en moi, j'ai fini par comprendre que je désirais faire un joli Noël à Aurélie, qui sera sans doute maman vers cette date. Il faut pourtant que je me maîtrise : je ne suis pas l'époux, mais l'oncle trop longtemps absent, et un excès de gâteries de ma part n'apporterait de joie à personne, surtout pas à Aurélie. Là encore, je dois être ouvertement méchant, mais gentil de façon feutrée, en mineur, en secret.

Nous avons revu quelquefois le jeune couple, depuis que Sébastien m'a convoqué chez lui, un soir du mois dernier. Et c'est au cours d'une de ces rencontres que j'ai pris conscience d'un fait nouveau : Nora est morte. Je regarde Aurélie et je ne vois qu'Aurélie, je vois son ventre énorme et ce n'est pas le ventre de ma soeur, je l'entends parler et l'écho de la voix de Nora ne vibre même plus à mes oreilles.

Tout d'abord, j'en ai éprouvé un sentiment de deuil déchirant, comme si je venais d'apprendre la mort de ma petite soeur. J'ai toujours eu des réactions à retardement, mais dans le cas de Nora, il m'aura fallu toutes ces années pour accepter la dislocation du couple d'enfants que nous formions à Villy. J'ai eu l'impression de lui être déloyal, une fois encore, quand j'ai parlé d'elle comme d'un être définitivement disparu, passé sans retour possible dans la cohorte de mes souvenirs. Et en embrassant Aurélie — adieu, Nora — j'ai eu la sensation d'être vieux. Je ne suis pas de la même génération qu'elle, j'ai vingt ans de plus, je n'appartiens pas à son groupe d'âge, même si son mari se rapproche un peu plus de moi. Je suis l'oncle Vic, et je ne suis pas certain de l'accepter avec philosophie.

J'ai à peine émergé de mes songes en apprenant que Marianne, la fille de Monique, attendait également un enfant, qui naîtrait quelque part à la fin du printemps. Que m'importe Marianne et sa progéniture ? me suis-je demandé. J'ai même failli demander à Henriette pourquoi on m'informait d'un fait qui me concerne aussi peu. Je me suis mordu les lèvres à temps en me rappelant qu'il existe entre cette nièce et moi-même exactement le même lien de parenté que j'ai avec Aurélie. Eh bien soit, je serai deux fois grand-oncle en quelques mois, et Monique sera grand-mère. Et Nora le serait également si... mais à quoi bon : les « si » et les « quand » ne sont plus de mise.

Et comme si mes adieux à Nora donnaient le branle à un nouveau départ chez tout le monde, tout un chacun a décidé en décembre de repenser son orientation. Henriette veut changer d'emploi et s'est inscrite à des cours du soir ; Hugo, que je croyais depuis toujours tourné vers les lettres, a décidé de se lancer en écologie après son Cegep. Même Alexis parle d'aller vivre à la campagne.

Ils m'étourdissent, tous. Ils m'empêchent de réfléchir, de jongler sans hâte, d'achever le bilan que j'ai entrepris depuis si longtemps et qui ne s'équilibrait jamais. Les garçons me rebattent les oreilles avec des vacances de neige au chalet et j'ai l'esprit ailleurs ; non, pas ailleurs, nulle part. D'ailleurs, je ne souhaite pas être quelque part. J'ai longtemps couru en pensée vers quelque but inaccessible et maintenant, j'en suis comme hébété, écrasé de lassitude mentale.

Henriette, qui ne comprend pas ce nouveau Victor qu'elle n'a jamais vu, me harcèle aussi pour que je ne fasse pas languir Hugo et Marin.

— Dis-leur que tu ne veux pas y aller, mais dis-leur quelque chose !

— J'irai si tout le monde y va, y a pas de problème.

Et je retourne à mes cogitations. Jamais, au cours de nos dix-huit ans de mariage, je n'ai été aussi taciturne, aussi lointain. Henriette est inquiète et je n'ai même pas de mots pour la rassurer. Je ne suis pas inquiet, moi. J'aboutirai bien quelque part, même si j'ai l'air de ne pas bouger. J'ai trop parlé, trop pensé, trop couru, je veux m'arrêter, faire le vide et garder le silence. Comme ils sont bruyants et présents !

Puisque j'ai tout de même une fonction familiale et sociale à assumer, je me suis sorti de mes rêves, manu militari. J'ai fait comme tout le monde, je me suis posé des questions sur ce que chacun souhaitait pour Noël, j'ai couru acheter des skis pour Henriette qui achève d'user ses vieilles planches à baril sans oser se payer la dépense d'un nouvel équipement.

Désireuse de souligner Noël pour Aurélie qui sera peut-être à l'hôpital juste au bon moment, Henriette a décidé de faire, le 15 au soir, un petit souper tardif, genre réveillon, et elle a invité Aurélie et Sébastien, Alexis et Françoise. Je l'ai laissée faire ses préparatifs en lui apportant une aide distraite, mais j'ai quand même dressé l'oreille quand elle a parlé de Monique et de Sabine :

— Non, ma chérie, non. Si tu veux me faire plaisir, si tu veux me faire le cadeau de Noël qui me rendra le plus heureux, n'invite pas mes soeurs. Ou bien je me couche et je leur dors au nez.

Me sentant hors de la réalité, Henriette a insisté, croyant peut-être me faire fléchir en ce moment de vide mental :

— Elles sont seules, toutes les deux.

— Elles ne sont pas seules puisqu'elles sont deux.

Exaspérée par cette mauvaise foi qui ne dort jamais profondément chez moi, quels que soient mes états d'âme, Henriette a continué sa plaidoirie :

— Je ne vois pas pourquoi on ne pourrait pas les voir pendant une veillée.

— Moi, je le vois.

— Victor, tu m'enrages.

— J'en suis bien désolé.

— Écoute, tu ne penses pas qu'elles seraient plus heureuses d'être en famille, seulement pour ce soir-là ? Ce n'est même pas ton vrai Noël que tu sacrifies.

— Non, je ne le crois pas. On ne peut pas être heureux d'être invité quelque part contre la volonté de son hôte.

— T'as qu'à ne pas le faire contre ta volonté.

J'ai élevé le ton, chose qui ne m'arrivait plus depuis des semaines :

— Henriette, c'est non, quatre cent quatre-vingt-dix-huit fois non ! Ni Monique, ni Sabine ne viendront me casser les pieds pendant cette soirée-là. Si les enfants de Sabine veulent venir pendant le temps des fêtes, soit ici, soit au chalet, je leur ouvre tout grands les bras. J'irai les chercher, les reconduire, je leur fournirai des skis, des raquettes, des patins, des jeux de cartes, du coke, j'irai les border dans leur lit et je les embrasserai tous les jours. Mais je ne veux pas voir mes soeurs ici, si c'est pour fêter. Fêter, pour moi, c'est m'amuser sans elles. J'espère que je suis clair.

— Très clair, a répondu Henriette d'un ton glacial. Je peux quand même les appeler pour leur souhaiter un joyeux Noël ?

Je ne réponds pas. À quoi bon épiloguer ? J'ai tout dit. Si je me sens des remords vis-à-vis d'une famille, c'est avec celle d'Henriette, et malgré ma répugnance, je suis prêt à beaucoup de concessions de ce côté. C'est tout.

Quand nos invités arrivent, Henriette ne m'a pas encore pardonné ma défection. Tout poudreux de neige, Sébastien est entré en tenant par la taille Aurélie, fort rebondie et qui tire frileusement sur les pans d'un manteau beaucoup trop étroit.

— Je n'ai pas voulu m'en acheter un autre puisque j'accouche à Noël, mais il fait quand même froid, explique la jeune femme. Je prendrais bien quelque chose de fort. Il n'y a pas de chauffage dans l'auto, je suis transie.

— Alexis arrive derrière nous, a ajouté Sébastien en embrassant Henriette. Qu'est-ce qu'il y a, Minouche ?

— Rien, répond Henriette avec le sourire suave qu'elle

me réserve quand elle est fâchée contre moi. Victor m'a fait étriver, mais à toi, je peux faire une belle façon.

— Encore le méchant Victor ? a soupiré Sébastien avec un désespoir cocasse. Mais il n'est pas tenable, celui-là !

Je croyais qu'Henriette cesserait là ses perfides allusions, mais elle m'en réserve d'autres. Alors que nous sommes tous installés au salon, ma femme, si réservée d'ordinaire, entreprend le récit de mes méchancetés fraternelles. J'observe avec une attention soutenue le bout de mes chaussures. Je dois être pâle de colère, mais je la laisse dire sans l'interrompre. Pour une fois, je suis récompensé de ma vertu. Mon frère et mon neveu, loin de sympathiser avec Henriette, éclatent de rire à la fin de son histoire :

— Alors on est des élus ? demande Alexis avec émerveillement. C'est pas tout le monde qui est admis ici ? Tu te rends compte, Françoise, c'est comme dans un club !

Je grogne :

— Ça va, le frère !

Ma voix est on ne peut plus désagréable, mais Alexis rit de plus belle, suivi en écho par Sébastien qui jouit visiblement de la minute présente. Une fois passée l'hilarité déclenchée à mes dépens, Alexis reprend son sérieux et dit doucement à Henriette :

— Jamais je ne me permettrais un commentaire si tu n'en avais pas parlé la première, tu penses bien. Mais je trouve que n'importe qui a le droit de recevoir qui lui plaît, et puisque ça ne plaît pas à Victor, c'est un point de réglé, il me semble.

— Et si ça me plaît, à moi ? demande Henriette, sans conviction puisqu'elle sent tout le monde ligué contre elle.

Elle est surprise. Certaine que j'étais le seul de mon genre, le seul à être bardé de refus, jamais ma pauvre chérie n'aurait pensé trouver deux personnes capables de m'approuver.

— Moi non plus, je n'inviterais pas mes soeurs à réveil-

242

lonner chez nous, conclut mon frère qui aiguille rapidement la conversation sur autre chose.

Content d'être réhabilité aux yeux de mes invités, je le suis un peu moins de devoir ma victoire à la défaite d'Henriette qui n'a pas coutume d'étaler ses griefs au grand jour. Faut-il que je lui aie donné sur les nerfs, ces temps derniers, pour qu'elle m'assène publiquement un affront !

Vingt-quatre heures ne se sont pas écoulées depuis ce souper que Sébastien nous appelle :

— On part pour l'hôpital, Vic.

— Quoi ! Déjà !

— Eh oui, Aurélie a commencé le travail cet après-midi. Moi aussi, je suis un peu surpris ; j'espère que ce n'est pas un faux début de travail.

— Qu'est-ce que je fais, Sébastien ?

— Tu ne bouges pas. Si c'est une erreur, tu auras de mes nouvelles avant peu. Sinon, je t'appellerai quand ce sera fini.

Henriette, qui a entendu l'échange, me chuchote :

— Ils n'ont pas besoin de nous autres ?

— Non, répond Sébastien à qui je transmets la question. Si c'était très long, je verrais. Mais je ne crois pas.

Je n'insiste pas. Ce n'est pas ma place. Henriette, qui se considère un peu comme la remplaçante de la mère en la circonstance, me sait peu de gré de ma discrétion. Mais elle ne s'oppose pas à ma décision, de peur d'être, encore une fois, désavouée par Sébastien lui-même.

La nuit s'est écoulée, longue, lourde d'appréhension et de questions informulées. Nous sommes allés nous faire du café à la cuisine. Réveillés par le coup de téléphone, les garçons sont descendus aussi et nous avons cuit des oeufs et du bacon, comme pour un petit déjeuner. Marin est un peu excité, il n'a jamais entendu parler d'une naissance dans notre entourage proche. Hugo est plus calme et je n'ai pas l'impression qu'il a de la peine. Mais ce qu'il pense vraiment, il ne le dira pas. Ses questions sont rares et pertinentes :

— Ça prend combien de temps, d'habitude ?

Henriette lève les bras.

— N'importe quoi, entre deux et quarante-huit heures, mais c'est deux extrêmes. Pour Aurélie, je ne sais pas, c'est son premier accouchement.

C'est seulement à dix heures du matin, le lendemain dimanche, que Sébastien nous a rappelés, alors que nous avions fini par dormir un peu :

— C'est fait, s'est-il borné à dire, la voix plus traînante que jamais.

Marin m'a passé le récepteur après m'avoir répété la nouvelle.

— Et comment ça va ? ai-je demandé sottement, ne sachant quelles questions sont de mise dans ces cas-là.

— Très bien. C'est une grosse fille. Presque neuf livres.

Quand même je l'interrogerais jusqu'à midi, il ne m'en dirait pas davantage, ce sacré bonhomme.

Le soir venu, Henriette et moi sommes allés rendre visite à Aurélie.

Aussi blanche que sa chemise d'hôpital, elle paraît extraordinairement menue, privée de l'énorme appendice que je m'étais accoutumé à lui voir. Elle m'embrasse avec chaleur et prend Henriette par le cou :

— Ç'a été long, mais j'ai bien fait ça. Sébastien a tout vu, c'est lui qui a coupé le cordon, précise-t-elle fièrement.

— Quand pourra-t-on la voir ?

— Ils vont me l'apporter d'une minute à l'autre.

Sébastien, qui était allé se reposer quelques heures, rentre dans la chambre sur les pas de l'infirmière portant le petit paquet blanc. Je regarde ce paquet avec une sorte d'avidité. J'ai comme une boule dans la gorge, je me sens idiot au possible, et incapable de proférer un son.

Doucement, Sébastien a pris l'enfant, lui a découvert le visage et me l'a posé d'autorité dans les bras. Malgré mes efforts, j'ai les yeux qui me picotent. Qu'est-ce qui me prend ?

J'ai quand même déjà vu ça, un nouveau-né ! Je ne comprends rien à la vague d'émotion qui me bouleverse. Aurélie, qui a tout saisi, résume bien mon sentiment. Elle murmure avec une infinie tendresse :

— Bonjour, grand-père.

COLLECTION *PROSE ENTIÈRE*
dirigée par François Hébert

Achevé d'imprimer sur les presses de
L'IMPRIMERIE ELECTRA*
*Division de l'A.D.P. Inc.

Imprimé au Canada/Printed in Canada

DATE DUE
DATE DE RETOUR

LOWE-MARTIN No. 1137